U0841132

余生终是你

— Spend this life with you —

夏栀 作品

江苏凤凰文艺出版社
JIANGSU PHOENIX LITERATURE AND ART PUBLISHING, LTD

图书在版编目（CIP）数据

余生终是你 / 夏栀著. -- 南京 : 江苏凤凰文艺出版社, 2018.6
ISBN 978-7-5594-1739-8

Ⅰ. ①余… Ⅱ. ①夏… Ⅲ. ①长篇小说－中国－当代 Ⅳ. ①I247.5

中国版本图书馆CIP数据核字（2018）第050778号

书名	余生终是你
作者	夏 栀
出版统筹	黄小初 邹立勋
选题策划	吴小波
责任编辑	胡小河 姚 丽
文字编辑	肖 童
责任监制	刘 巍 江伟明
出版发行	江苏凤凰文艺出版社
出版社地址	南京市中央路165号，邮编：210009
出版社网址	http://www.jswenyi.com
印刷	湖南关山美印有限公司
开本	880mm×1230mm 1/32
字数	210千字
印张	9.5
版次	2018年6月第1版，2018年6月第1次印刷
标准书号	ISBN 978-7-5594-1739-8
定价	34.80元

（江苏凤凰文艺版图书凡印刷、装订错误可随时向承印厂调换）

CONTENTS

目录

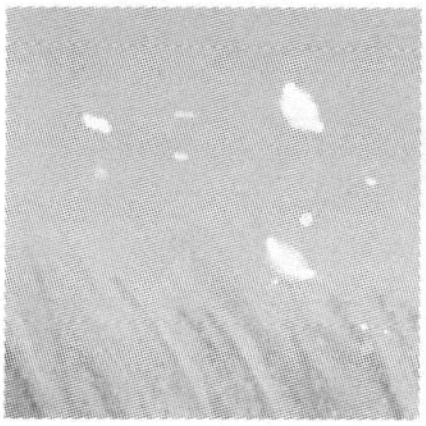

CONTENTS

目录

第一章

你是我的宿命

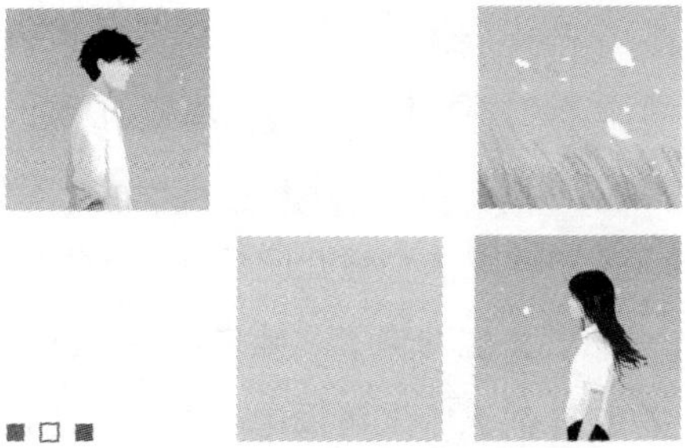

1

天空划过一道明光，紧跟着不远处传来“砰”的巨响，地面随之猛烈震动。

东边又开火了。

地上或坐或躺的难民，只是抬头看了一眼，没有任何反应。他们已经习惯这样的声音，这样的场面。

流血、饥饿、杀戮，是目前萨塔动荡地区的全部。

麻木是人们瞳孔的颜色，食物是他们唯一的冲动。

乔雯也习惯了，她来到萨塔已经三个月，作为一名战地记者，穿梭在战火中采访报道，头上划过的炮弹随时都有可能落在脚边，把带她去阎王殿报到。在这里，生命是轻于鸿毛的。

更多的时候她是红十字救助队的一员，帮受伤的人包扎伤口，减轻他们的痛楚，还把自己的口粮拿出一点来喂给饥饿的孩子。比如，现在——

一个五六岁大的孩子半睁着如墨的眼睛，躺在母亲的怀里，因为太饿没有力气动弹，连呼吸都变得缓慢，而他握拳的小手，手指也跟火柴棍似的。

乔雯蹙眉，把口袋里压扁的耶素拿出来递给这位母亲。母亲的眼底闪过一丝亮光后深深地望向她，微微张嘴，没有声音。

乔雯摇头，她知道她要说什么，可对于每一声感谢，她都从心底觉得自己受之有愧。

早就瘦得皮包骨的母亲小心翼翼地把干粮撕成片喂到孩子嘴

边，乔雯叹了一口气，收回目光，转身回到帐篷去拿纱布和绷带了。

露易丝和乔雯一样是战地记者，但和乔雯不同，她来这里不是自愿的，而是无意间得罪了人，被上司指派到这里来的。

此时她正躲在帐篷里拿着手机来回踱步，满脸焦虑。她来这里也有三个月了，可一点也没习惯，和刚来这里时一样怕得要死。最开始出去跑任务时被炮火吓得哭着回来，晚上惊恐地睡不着觉，发了疯一样地想办法要回去。

现在她依然没有放弃，下了任务就躲在帐篷里各种托关系，等电话，恨不得下一秒就能飞回国去。

看到乔雯进来，露易丝也只是瞅了一眼，然后继续盯着手里的手机。

乔雯补充完医药箱，喝口水准备出去，露易丝喊住她："昨天中弹的韩国记者，今天死了。"

乔雯抬头，脑海里闪过昨天那个韩国男记者中弹的情形：当时他正在刚被敌军袭击过的民宅前做报道，突遭敌军折返袭击，尽管有同盟军留下的战士保护，但还是不幸右腹中弹，送回来时已经昏迷。

没想到还是没能救回。

见乔雯面色平静地垂眸，露易丝诧异又恼火："乔雯，你真不怕死啊？"

死？她已经死过一次了，于她而言，来到这里后才是重生。

更何况，"死"这个字眼可不是她现在才近距离接触到的。

早在四年前，或是更久以前，她的人生就是和死亡博弈的过程。记忆的缆车启动，画面滚动到巴黎和那张脸时，乔雯强迫自己拉回缥缈的思绪，回神："你没听过中国一句老话吗？既来之则安之。"

露易丝别过脸，烦躁抚发："没听过，我爸是英国人。"

露易丝是中英混血，从小就跟着母亲生活，讲话还有点上海口音，所以这俗语自然是听过的。不过是被乔雯给激怒了，随便拿话来应对罢了。急火过去，她神情哀伤："我长得这么漂亮，才二十三岁，我不想把时间蹉跎在这里，也不想一不小心就死在这儿……"

都说混血儿是上帝的宠儿，露易丝确实生得一副好皮囊，身材高挑，褐色的波浪长发，一张无可挑剔的脸非常耀眼，在动荡之地简直就是危险的代名词。

如果不是来这里，她本可以活在天堂。乔雯无法反驳她抱怨的大实话，想了想说道："生死有命，怕有什么用。"

露易丝抬头，盯着乔雯像盯着一个奇怪的物种："乔雯，别说得你这么无所谓似的，你就没有念想吗？"

乔雯怔怔，忽然胸口像被人捶了一下的难受，她细眉下压，不想继续和露易丝对话。

她不是没有念想，而是不允许自己有。

在这里的人都知道，乔雯是这里最勇敢也是最忙碌的人。她敢于一个人抱着相机前往战火最密集的交战点，也常常背着救护药箱在受伤的人群穿梭。

她从不允许自己闲下来。

很多时候，只有忙碌，才能让人没有时间去想别的。

乔雯正试图安慰露易丝的时候，有一个士兵掀开了帐帘，他对乔雯说"有个小孩在外面说找她"。

乔雯赶紧跟着他出去，踏出帐帘的那一刻，明亮的光线倾晃了世界，她的眼眶莫名湿润。不知道是被念想波及，还是感伤那位韩国记者的死讯。

找乔雯的小男孩，她不认识。那孩子约莫八九岁，一双乌亮的眼睛警惕地打量周围每一个人，此时，他正蹲在地上，看到乔雯后才缓缓站起来。

乔雯用英文问他是谁，找她有什么事。小男孩不说话，只是怯生生地从破烂的衣服里掏出一封信递上。男孩的手有些脏，白色信封上沾了几处黑黑的手指印。乔雯看到正中间写着她的名字，中文字体工整漂亮。

不等乔雯问话，小男孩把信递上后就“嗖”地跑掉了。

乔雯往回走，边走边打开，里面竟是韩文。

只有两句话：

当你看到这封信时，说明我已经死了。请务必护送A21号的真相到塞漠港，拜托了，乔雯。

最后右下角是用阿拉伯文写的地址。

落款金文彬。

居然是那个负伤死亡的韩国男记者。

■□■ 2

看完信以后，乔雯骇然，她手指猛地攥紧，纸张在指缝间皱褶。乔雯意识到这是一封很重要的信，可是她不明白，金文彬为什么会写信给她。

除了有一次她和他一起出任务遇到流弹空袭时，她本能把他扑倒，免于受伤，除此之外他们两人并无过多接触。

太阳渐渐西移，换防的战士来回踏步的声音充斥周围，乔雯内心汹涌，但表面依旧保持平静，她把信折叠好放回信封，塞进口袋，转身间看到阿罕麦德首领。

乔雯快步上前："阿罕麦德上校，我想去看看金宇彬记者。"

阿罕麦德说："不，你见不到他了，我们已经开车送他的尸体去火葬场了。"

话音刚落，乔雯听到十点钟方向驻地外卡车开远的声音。

她心下一紧，快步追去，推开门口刚从摩托车上下来的士兵，利落跨步上车并拉下油门，一个箭步飞出，将士兵骂咧的叫喊声甩在身后。

乔雯追逐卡车飞溅起的尘土，胸膛像在漏风。

她不停回想金文彬信上没有逻辑关系的两句话，以及刚才阿罕麦德如此着急要火化一个外国记者尸身的安排，一个可怕的念头涌过心头：难道金文彬的死不是意外，而是和A21号的真相有关？

他们现在扎营在萨塔郊外三公里处，执政党管辖，与玛格党交火。五个月前，萨塔执政党的政府大楼遭到空袭，当晚一个村落被屠杀烧毁，那里实则是执政党一处秘密的军火库。战火一触即发，被称为"A21号事件"。

舆论纷纷一边倒，谴责玛格党单方面挑起战争，屠杀百姓，支持执政党。

乔雯的思绪十分混乱，她知道，在见到金文彬之前，一切都只是猜测。

就在她和前边的卡车距离拉近时，忽然有子弹从左侧飞来。乔雯俯身躲闪，赶紧将摩托骑到右侧，就这样看到子弹是从前面迎面开来的卡车里射出来的。

看车头插的旗，是敌军玛格党。

对方火力十分猛，一阵扫射逼得卡车无法前行，运送金文彬尸身去火葬场的只有两个士兵，虽然也做出了回击，但两个士兵的火力不堪一击。

乔雯借助卡车的庇护左躲右闪着，保证自己不被射击到。很快她听到“啪”的一声闷响，车身剧烈地摇晃。

乔雯皱眉，卡车的车胎被打爆了。

这里还是执政党的兵力范围，闹出这么大的动静，他们的人一定很快会赶来，玛格党这样明目张胆地跑过来，不知是什么目的。

乔雯顾不得多想，她贴近卡车尾部，拿出一颗放在摩托车袋里的小型爆炸器，一跃而起抓住后车门，身体贴紧车身，随后将爆炸器安在车门把手上爆破。车门被爆，几颗子弹迅速飞出，乔雯听到里面士兵换弹夹的声音，趁着这几秒的间隙，前滚翻入车厢。没等士兵看到她的身影，她飞快出手将两个人的脖子拧断。

尽管两个士兵连自己死在谁的手里都没看清，但乔雯很清楚自己的动作生疏不少。她挥手将两个士兵的眼睛合上，不停地对自己说，这一切只是自卫需要，和以前无关。

她现在是战地记者乔雯，以后也是。

乔雯迅速撩开盖在金文彬身上的白布，被面前的这一幕给硬生生地扯下了最后一丝侥幸。

金文彬的脸上、手臂上有侦讯过的痕迹，他果然不是死于腹部中弹。

有人想从他嘴里套出守着的秘密，而这个秘密，估计就是他交代在信里的内容了。

玛格党有人从车上下来，乔雯往车外看，不远处执政党的增援也往这里赶来了。现在逃出去已经不可能了。

乔雯干脆把白布盖上，在玛格党的人过来之前，翻身借助臂力跑到车底。

紧追而来的执政党一边追赶一边发射子弹，地上的石子和尘土飞溅而起，玛格党车速加快，乔雯不知道自己要被带往何处。就在她思考没多久的时候，突然来了一个急刹车，乔雯被惯性甩出车底，顺着一旁的倾斜山坡滚下。

天空和地面在一秒之间，颠倒数次。

跌到地面后，乔雯吃力地睁开眼睛，身子一时动弹不得，她环顾四周，发现自己滚到了半山腰的位置，下面是茂密的荆棘和更深的坡地。

她休息一会儿后爬起来，忽然想到什么，赶紧去翻口袋：幸好，信还在。

萨塔的夜说黑就黑，待乔雯爬回到公路上，星星和月亮都已经出来了。

她得尽快回到营地去。乔雯往回走，脚步匆匆。

沉重的夜色和受伤后的疲惫感一点一点袭来，四周连一只鸟都不曾飞过，更别提是否有人。脚下的路显得格外冗长，看不到一点光的前方像魑魅魍魉等在那儿，乔雯越发觉得不安。

这时身后传来汽车的声音，乔雯警惕回头。

不是军用卡车，而是一辆普通的黑色皮卡。

战火纷飞的地方，深夜僻静的公路，独自行走的女人容易成为被攻击的目标。

乔雯蹲地捡起一块石头握在手里，低着头继续走，用余光留意着皮卡。车越来越近，可是却没有停下的意思，最后和她擦身而过。

看着远去的皮卡车，乔雯整个人像被抽走了灵魂停在了原地，石头的棱角似要嵌进她紧握的手掌里，那痛感像是在提醒自己，要保持随时的清醒。

猛然而至的紧张过后，她渐渐回过神来：为什么突然会有如此强烈的熟悉感？

其实夜色里的粗略一瞥，她连对方的轮廓都没看清楚。可为什么，她脑海里却出现了一个久违的人影。

或许，她下意识地还在想他，希望有一天还能再见到他。

乔雯失神一笑，想着：不过是因为紧张产生的错觉罢了，还是继续赶路吧……

乔雯回到营地的时候已经是后半夜，阿罕麦德正在门口来回踱步，不知道是不是在等她。

乔雯走过去，解释回来这么晚的原因，说是玛格党来犯，引得执政党与其动火，她躲到一旁不小心滚下山坡晕了过去，其他一概不知。

阿罕麦德看了看乔雯，没说什么，只是让她回去休息。

乔雯回到自己帐内，露易丝从床上跳下来，瞪大眼睛打量她：“你，你跑去哪儿了？现在才回来！呀，你衣服都破了！”

乔雯的脸、四肢都有不同程度的划伤，是滚下山坡时弄的，她假装无谓地摆了摆手，“出去了一下，不小心滚下山。没事。”

“我听到外面打起来了，阿罕麦德说你跑出去了。我以为你也要死了呢。”露易丝眼眶一红，咬牙忍住。

乔雯愣了愣，扯嘴角自嘲：“我命硬，没那么容易挂掉的。”她走到一旁拿起脸盆打水，简单梳洗后，换掉衣服就躺上床了。

关灯后，乔雯内心的汹涌无法随着夜色平静下来。

她在犹豫，要不要去金文彬给的地址。所谓“A21号事件”的真相，是东西，还是人？

想到金文彬受刑后的尸身，乔雯懊恼极了，她真想让他活过来好让自己问一问：为什么偏偏是她？为什么偏偏选择了那么努力想要甩掉过去的她！

突然隔壁床的露易丝开口说话：“你为什么当战地记者？”

乔雯侧头：“你怎么还没睡。”

“你不也没睡嘛。”露易丝双手枕到脑后，等待乔雯的回答。

这个问题很简单，战地记者可以全世界到处走，并且还能很好地掩饰身份，十分适合她保命和重新开始的需要。乔雯重新看向帐顶：“因为我想要冒险。”

露易丝冷笑两声，不置可否地转过身，声音却哽咽了：“乔雯，我回不去了。”

乔雯才反应过来她说的回不去，是指心心念念的上海。

“下午你猜领导怎么劝我的？他说我虽然没选择这里，但这里却选择了我。全都是狗屁话，和你的什么既来之则安之一样的狗屁……”露易丝自顾自地吐苦水，泪湿枕头，丝毫没注意到乔雯听到这一句话时，脸上一闪即逝的哀伤。

第二天一早，乔雯的床铺已经没有了人影。

露易丝发现一张纸条，是写给她的：露易丝，谢谢你。

谢谢你告诉我，有些事我们无法选择，还要欣然地接受。

因为，这是宿命。

■□■ 3

金文彬给的地址，很难找。

因为战乱的关系，站牌、门牌号残缺不齐，乔雯穿过临时搭建的菜市场，进入集中的居民区。不封顶的房子之间缝隙很小，路道蜿蜒冗长，不时看到一些年轻的男人三三两两地或靠墙而站，或蹲在路边，迷茫和懒散从他们的眼底溢出来。

大概找了二十分钟，乔雯踩上台阶，驻足在一扇红色铁门外，应该就是这里了。

敲门，没有人来开。

乔雯耳朵贴门，听到里面隐约有声音。她从包里拿出便利贴，用阿拉伯文写下她是金文彬派来的，然后塞进门缝。就在这时，里面忽然传来一阵短促而惊恐的尖叫，乔雯连忙敲门呼喊，可依旧没人应门。她停下了动作，忽然想到什么，然后沿着一旁跑到房子后面，果然看到后院铁门被撬开了。

在后院停着的车，是昨晚公路上擦身而过的皮卡。此时，一个戴帽子的黑衣男人肩上扛着一个人，正快步走向皮卡。

直觉告诉乔雯，黑衣男人肩上的这个人，就是金文彬用性命守护的 A21 号真相。

她冲上前把打开的车门狠踹回去，戴帽男人眼露杀气地瞪过来，那一刻杀意相对，但下一秒却又两两无言。

乔雯真切地，看到了傅靳然的脸。

相比两年前，他瘦了、头发长了很多，刘海遮盖住两道帅气的眉毛，但遮不住一如从前的犀利眼眸。

傅靳然内心的讶然不低于乔雯，他从来没想过会再见到她，并且是在这样的情况下。尽管巴黎一别后，他没有一天忘记过她。

更准确地说，他没有一天忘记过恨她。

可是真的见到了，见到记忆中她乌黑的长发，像月亮一样明亮的脸蛋，见到她洒满星辰的眼睛望着自己，傅靳然不曾间断的恨意偏偏在此刻崩断了。

他先乔雯一步回过神要走，乔雯却忽然拽住他的手，说："你不能带他走。"

傅靳然皱眉，警惕侧身："你打不过我的。"

"打不过也要试试看。"话音未落，乔雯转身用手肘去攻击他，趁机迫使他把肩上的人丢到地上。

她的接连几招近距离掣肘很奏效，傅靳然为躲避试图将肩上的人往车上放，乔雯趁机抓住，扯到地上。强烈的动作让昏厥过去的男人醒过来。

完全没有束缚的傅靳然一下子占了上风，乔雯的出击频频被束缚。傅靳然利用绝对的身高优势和力气紧紧地将乔雯箍在怀里。

"你是不想伤害我，还是不屑和我打？"乔雯无法动弹，开口问。

傅靳然皱眉："你为什么要找他？"

“那你又为什么要找他？”乔雯反问。

醒来的矮个子男人看到两人正难解难分，正是天赐良机，赶紧站起来飞快跑远。

乔雯要的就是这个效果，她不是傅靳然的对手，所以宁愿让目标跑掉，也不能让他带走。

傅靳然松开乔雯要去追，乔雯拖住他百般阻挠，两人又贴身博弈了几十招，直到目标不见身影。乔雯放弃抵抗，被傅靳然死死地按在车门上。

随着乔雯轻喊出声，傅靳然注意到她胳膊上的伤痕。

傅靳然愤愤地放开她。

乔雯捏着肩膀转过身来，用连自己都分辨不清是什么心情的语气说：“傅靳然，好久不见。”

傅靳然的嘴角暗暗搐动，他似乎想要说些什么，但最后还是沉默地别过头去，开门上车。

“下一次我绝不会手软。”他的声音低低的，像在警告乔雯，又像是在对自己说。

乔雯被这句话激怒，在他发动车子时径直开门上车：“何必等到下一次，我们现在就遇上了。”

她在对他的底线视而不见！傅靳然瞪着后视镜，低喝:“江樱！”

听到这个名字，乔雯有片刻的失神，她倔强抿唇笑了一下：“江樱已经死了，我现在叫乔雯。”

傅靳然放在方向盘上的双手关节清晰凸起，强忍着回头的冲动，他很想知道这两年她去了哪里，过得如何。

可是她过得好不好和他有什么关系呢？知道了又能怎样呢？

那一天是他一生的分界点，他没有完成任务，他最好的战友死了，他失去了自己的特种兵身份和她的行踪。

那天以后，他祈祷过无数遍不要再见到她，又无数遍地按捺不住思念。

在这种纠结的折磨中，时间慢慢地冲淡了心跳和热血。

现在的他，只想把这段找不到出口的过往烂在心里，直到灰飞烟灭。

狭小的车内，一阵寂静。乔雯盯着他的背影，黯然垂眸："你就没有什么话要对我说吗？"

哪怕是一句"好久不见"，也吝啬于我吗。乔雯恨透了这样憋闷的重逢。

"有。"傅靳然回头，脸色如冰山一样，"你别再坏我的事。下车。"

乔雯心头一恸。

她深深地看他一眼，头也不回地下车。

萨塔的清晨是宁静的，若没有战火，这片浅灰色的建筑就全部沉眠于这样的宁静中。乔雯一个人走回铁锈红门前，坐在冰冷的台阶上，坐着坐着眼前就模糊了。

原来世界上没有坚强这回事，不过是拖长时间轴的强撑。

特别是动情的人，早已没有刀枪不入的盔甲了。

听着傅靳然车开走的声音，乔雯咬了咬嘴唇。没有人知道她此时的心情有多复杂。可是她没有哭，因为她一直知道，跌宕起伏的，才是人生。

尽管从前的她没有料到自己有一天会因失手而永远做不了保镖；没有料到自己会从一个冷血的保镖成为一个战地记者；没有料

到那个让她失手的男人，会让她牵挂一生。

尽管有这么多的没有料到，但她依然知道，命运给予的，只能接受。

■□■ 4

待情绪平复后，乔雯进入房间里，搜集那个逃走的男人更多的信息。

寸头、偏褐肤色、高鼻梁、身形偏矮瘦、右侧鼻翼有颗痣。

房间很脏乱，地上丢着很多衣服、烟头，还有吃过的快速食品，厨房里散发出阵阵臭味，已断电断水，窗帘拉起来不见一点光。

很明显，这里是那个男人的安全屋，他躲在这里。

他应该有一个孩子，因为在床头有个小铁箱，里面有一双小孩子的小鞋子。但所有的物品中暂时没发现女人的痕迹。

乔雯在抽屉里发现一张照片，照片上是军人们的合影，但照片被剪走了一部分，照片背后写着：To Sami。

逃走的男人叫Sami。

地毯式搜索过后，乔雯在Sami的食品垃圾里发现，所有食品都来自同一家餐厅。而这家餐厅的位置并不是最近的选择。

直觉告诉乔雯，或许可以去这家餐厅问到一些关于Sami的线索。她拿着票据赶往餐厅，期间不忘查看傅靳然的定位。

是了，刚刚的乔雯强意上车，并不全是为了寒暄，更多的，是为了将微型定位器偷偷地放到他的座椅下。

定位显示傅靳然出了居民区，正向北面驶去。不管他找Sami有什么目的，她都要先他一步找到Sami。乔雯想着，抄近路赶到了餐厅。此时还没到中午的营业时间，餐厅里没有多少人，一个服务生在拖地，另一个在收银台，一男一女。

乔雯看着收银台包着白色头巾的女孩，走过去轻敲台面，问道：“卡巴布还有吗？”

女孩抬头，说：“有，不过要现做，要等。”

乔雯又问价格是多少。

女孩说一份要五十萨币。

乔雯盯着她，没说话。

女孩不明就里，问乔雯要不要来一份，乔雯开口又问她：Sami在哪儿。

听到Sami这个名字，女孩的脸闪过一丝不自然，但很快耸肩摊手，表示不认识这个人。

乔雯俯身，严肃绷脸说：“我知道你认识Sami，他现在很危险，我必须找到他。”

女孩蹙眉，乔雯从口袋里拿出金文彬的信，反过来在空白处写下自己的手机号码，随之把信折好推过去：“你把这封信转交给Sami，他一定会见我。要快，如果你不想他有事的话。”

乔雯在对方的眼神里看到成事的可能性，这才转身离开。

卡巴布是萨塔人最喜欢吃的烤肉串，一般二十萨币就可以买到一份。但处于战乱时期，战火封锁区域的餐厅价格就会翻上一番，甚至更高。Sami一个躲藏着的人，一个连穿在脚上的鞋破了都没钱换的人，居然可以在他的食品垃圾里看到很多卡巴布的残渣。这对乔雯而言，他们的关系并不难猜。

女孩一定知道怎么找到Sami，现在乔雯担心的，只是时间。

在傅靳然出现之前，对金文彬说的A21号真相，乔雯还是模糊的。但现在她知道了，是人，是逃走的Sami。

乔雯盯着天空的那一轮骄阳，她意识到接下来自己要做的事是：找到Sami，并按照金文彬的嘱托，护送他安全抵达塞漠港。

突然，乔雯的胃翻江倒海般难受，她捂腹扶墙猛地干呕起来。她真切地感受到一只大手推着她往前走，容不得她回头。

金文彬的死、信上的嘱托、傅靳然的出现，一切的一切，似是命中注定的安排。

乔雯瞪大眼睛，在心中问自己的影子："乔雯，你要变回江樱了吗？"

第二章

最好的梦与最悲的痛

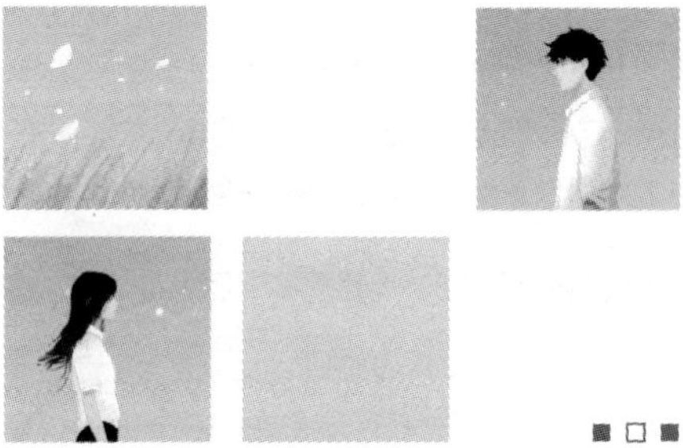

■□■ 1

从美国安保特训学校毕业的时候，教官给乔雯的评语是：锐不可当。

那个时候，她还不叫乔雯，她是江樱。

她是唯一一名从严苛的美国安保特训学校毕业并且取得第一名成绩的亚洲女学员。

所以一毕业她就被选为乌利塔公主的贴身保镖。

在贴身保护乌利塔公主的两年时间里，她的确担得起教官当初的评语。因为她从来没有失手过，直到她遇到傅靳然的那一次……

第一次相遇，他是不速之客。

那天，她化身一名高级白领，进入巴黎第一酒店包下顶层套间，在房里检查窃听装备时，落地窗外忽然有一个身影挡住温暖和煦的阳光。她回头，便看到挂在十五层窗外的他，而他正从腰间拿出手枪，打破玻璃，飞身进来。

她随手拿起茶几上的花瓶朝他扔去，抬腿踢向他的脸，却被反手一握，甩了出去。随之，他做出一个停止的手势："Hey，I' am not an enemy（嘿，我不是敌人）。"

这是他和她说的第一句话。

在后来的时光里，乔雯每每想起他说的这句话，都觉得讽刺。

傅靳然说他是某国际金融组织的追债人，从天而降，是要秘密追捕一个卷走五个亿的诈骗犯。

一个追债人根本不会有这么好的身手，不过乔雯还是佯装相信了，因为她也没有对他说出真实身份。

不是所有的相遇，都必须从坦诚相见开始。而世上本就没有偶然的相遇。在遇见傅靳然的那一刻起，乔雯就有预感他们会一直纠缠下去。

在执行任务的那半个月里，她和他或去塞纳河畔并肩而行，或在咖啡厅里就着一支古老舞曲跳上一个明媚的下午，或踩着梧桐树下红彤彤的落叶你追我赶直至深夜。

你有试过把生命里所有运气都集中在一段时间里消耗完吗？

乔雯想，她之后坠入无尽黑暗的缘由，就是因为那半个月的相处太美。

秋叶落尽时，她和他用最惨烈的方式知道了彼此的真实身份。

她原以为他是因为爱情和她相守，没想到他只是别有所图。

他是特种军人，和战友一起缉拿国际罪犯。借她的身份掩饰自己的身份。公主和罪犯意外同在一个酒店，枪火意外发生的时候，他们终于为了各自的任务现出了真实身份。

原本她是可以保护好公主离开的，因为罪犯意外劫持了公主，她尽全力保护，但还是发生了意外。

短短两个小时，枪林弹雨，血流成河。

最后的结果是公主惨遭不测，乔雯负伤狼狈逃离。她只看到傅靳然的战友在他的身边倒下，甚至来不及回头看他一眼，来不及和自己做一个交代。

像是列车脱轨，急速冲向毁灭的尽头。

也是从那天开始，她再也没有资格做保镖。

不仅如此，乌利塔皇室甚至认为那不是一场意外，而是有她参与的精心策划的刺杀。

至此，她不仅做不了保镖，还开始了亡命天涯的生活。

乌利塔皇室派出杀手，势必要乔雯陪葬。

乔雯记不清自己在生死边缘徘徊了几次，记不清想起傅靳然时咬牙切齿了几次。她努力半生实现的梦想被傅靳然一下击碎，初次难以忘怀的心动也被傅靳然狠狠夺去。

她这一生，最悲的痛、最好的梦，都是他给的。

“乔雯，乔雯？”

露易丝的声音慢慢清晰起来，乔雯艰难睁眼，模糊的视线渐渐聚焦，露易丝的脸就直扑扑地无限放大在眼前。

“你终于醒了。”

乔雯倏地坐起，发现自己躺在一间陌生的房间里，空气里还弥漫着奶香，露易丝裹着头巾，手里握着水杯，如释重负地望着她。

乔雯看着她，问：“你怎么会在这儿，我这是在哪里？”

“你不记得啦？我打你电话，你没说两句就没声了，幸好有过路的人接起电话和我说了地址，我才能赶过来救你。”露易丝没好气地瞪眼。心中庆幸，幸好接电话的是个中国人，她来的时候，乔雯已经被这个中国人扶进自家开的茶饮店里休息。

记忆慢慢回笼，好像她晕倒前是有接到露易丝的电话。乔雯低头，她从昨天中午开始就没吃过东西，消耗了那么多体力不晕倒才怪，现在醒来觉得整个人都是软的。

乔雯接过露易丝的水，一饮而尽，饥饿感汹涌而来：“有吃的吗？”

这时一个微胖的女人端着食物上来，露易丝跑过去接过，连忙道谢。

是牛奶和面包。

“那个……傅靳然是谁？”露易丝犹豫好久，终按捺不住地问出口。

正在喝牛奶的乔雯倏地看向露易丝。

露易丝被乔雯犀利的目光吓到，吸了吸鼻子：“你刚才昏迷时……一直喊着……”

乔雯放下牛奶，苍白的脸一点点恢复血色：“一个想要忘记的人。”

露易丝了然点头，右手“啪”地拍大腿：“我就说嘛，你怎么总是一副看破红尘的样子。原来是被感情伤过。这样就对了，这样才是一个正常人。”

她一向口无遮拦，乔雯见怪不怪，她从床上下来，拿过手机想查看傅靳然的定位，然后看到了两个未接电话。

再一看时间，已经是晚上七点。

乔雯一惊，抬头：“我睡了多久了？”

“睡一下午了呀，哎，你去哪里啊？！”露易丝见乔雯中邪一样头也不回地跑下楼。露易丝心急：他们已经转移营地，没她带路，乔雯根本找不到新营地。她拎起包追下楼，但已不见乔雯踪影。

此时乔雯一边快步赶往餐厅，一边心急如焚地回拨号码。她真是该死，居然睡了这么久，这么重要的电话居然没有接到。

那头一阵一阵的忙音，让她的心像被放在火上烤一样。

大约三分钟后，终于有人接起了电话。那头传来一个虚弱的求救声：“救，救……救我们……”

乔雯蓦地在夜色里站住，她很清楚地听到电话从对方手里落地的声音，还有大风吹过的声音，心焦一时无从说起。她迈开腿拼命地跑，转过弯，看到不远处的天空映出一片漫天火光，内心的一丝侥幸荡然无存。

餐厅着火，熊熊烈焰灼烧视线。

想到还有人在里面，乔雯脱下外套盖住头往里冲。此时餐厅中，木头做的柱子已经倾斜倒下，摇摇欲坠的房梁似乎下一秒就要砸下来。刺眼的火光让人辨不清方向，她艰难地看向吧台，终于在电话机旁发现了人。

乔雯跑过去，扶起他，想着应该就是刚才接电话的男人。他下半身被桌子压住，不能动弹，奄奄一息地指着吧台里面。

乔雯探过头，看到白天和她对话的女收银员。

男人示意乔雯先救女收银员。

浓烟越来越刺鼻，没有时间犹豫。乔雯咬牙，起身跑进吧台里面，将女人从地上扶到自己背上。然后越过了男人，逃往门口。

吧台离门口不过二三十米远，眼看再走几步就能逃出生天，但在最后关头，却听“砰”的一声，带火的房梁从上方掉下来挡在了跟前。

火苗蹿得老高，形成死亡屏障，乔雯望着几步之遥的生机，眉峰紧皱。她是要死了吗？

逃过一次又一次的鬼门关，却没有盲目的自信可以一直逃下去。每次乔雯都告诉自己，如果逃不过去，就这么死了，也未尝不是种解脱。可这一次她感受着背上女人微弱的呼吸，心中竟萌发了强烈的求生欲望。

就在她四处张望寻找生路的时候，门口忽然冲进来一个身影，她定睛一看，那是傅靳然。

他将外套脱下来拍打火焰，并徒手将房梁移开，朝乔雯喊道：“快走！”

房梁太重，他用自己的背拱出通道，让她脱离险境。乔雯越过他跑向门口，听到了他背部被烫伤而他却强忍住疼痛的喘息。

傅靳然出来了，随着玻璃破碎的声音，餐厅轰然倾塌的那一秒，他也逃了出来。可是，那个男服务员却被永远地埋在了火海里。

乔雯将女人平放在地上，见她身上并无外伤，应该是吸入浓烟过多晕了过去。乔雯弯腰想要给其吸气，这时一只手推开她：“我来。”傅靳然半蹲，从口袋里掏出一瓶药水，撬开女人的嘴灌下，女人立刻痛苦醒来，捂着胸口呕吐不止。

乔雯看向傅靳然，他没有表情的脸在夜色和火光交织里显得那么不真实。

女人发现自己还活着，环顾四周，最后不敢相信地看向餐厅，双手撑地想爬过去，傅靳然按住她的肩。

乔雯明白，她想去找他。

街上没有一人，仿佛谁都没有注意到这里的失火。

女人歇斯底里地哀号，拼命反抗傅靳然的阻止，可傅靳然就像机器一样按着她，连眉头都不皱一下，最后索性将她打晕，横腰抱起扔进车里。

乔雯站在一旁，目睹这一切，内心似千帆过境。

傅靳然关上门，没有看她：“我们先离开这儿，此地不宜久留。”

乔雯听到他说“我们”。

她坐上车，这回坐在副驾驶座。

车驶入夜色，离火光越来越远，直到不见。乔雯望着前方：“你要开去哪里？”

"回格旦。"

"你怎么会刚好出现？"

"你出现得也不晚。"傅靳然淡淡回应，余光里她嘴角不屑上扬。

"为什么要找Sami。"乔雯侧过身，正对他。

要回答这个问题，对傅靳然来说太难，他目视前方，没有说话。

"是杀人，还是救人？"乔雯追问。

傅靳然终于侧目看她："都不关你的事。"

他的一字一句把厌恶表露得那么明显，这刺痛了乔雯。她黯然神伤，随即又笑了："你不是说，再见到我，绝不会手软吗？"

傅靳然眼角一跳。

"既然如此，刚才为什么还要救我？"乔雯看向他皮开肉绽的虎口，以及后背上触目惊心的红肿脓血，忍不住伸手。

"为了Sami的下落。"傅靳然嘴硬辩驳，冰冷的瞳孔还是泄露了他的慌乱，"不是因为你。"

乔雯缩手坐回去，人就是这样，明明知道是怎么回事，却还是想让内心的不可能占据上风。

汽车行驶在颠簸的路上似要把五脏六腑都翻涌出来。她静静地坐在他身边，虽看着前方，余光里却都是他。这么近的距离，仔细听，能听到他的呼吸。重逢后的不真实感，在这一刻，达到顶峰。

"我没有一天忘记过你，傅靳然。"乔雯脱口而出。

未曾忘记，朝朝暮暮。

"是吗？"半晌，久到乔雯以为他不会回答她了，傅靳然缓缓开口，"可我过去的每一天，都希望从未认识过你。"

从未认识过你，这样我就不会爱上你。

从未认识过你，这样我的战友就不会死。

从未认识过你，这样我便不会忘记自己的使命。

乔雯别过头，鼻子一酸，眼泪落进黑夜。

■□■ 2

格旦。

皮卡停在米色石房门口，傅靳然拉上手刹，下车的动作有些僵硬迟缓。乔雯越到傅靳然前头，先一步打开后车门背起女人，看他盯着她没有动。

“放心，我背得动，你忘了以前我是做什么的了。”

傅靳然收回视线转身。

乔雯跟着他进门上楼，楼梯盘旋而上，每踩一步都能发出吱呀吱呀的响声。

来到二楼门口，傅靳然拿出钥匙刚打开门，整个人就直挺挺地往前倒去。

后半夜，当他醒来，发现自己趴在床上，衣服被褪去，手和后背都涂上药包扎好了。就着橙黄色的壁灯，乔雯俯在床头睡着了。静谧的空气，似乎让呼吸都变得缓慢。他凝视着她，脸上卸下别扭和防备，目光柔软而哀伤。

漂亮的眼睛，睫毛浓密而修长，小巧的鼻子下嘴巴轻轻嘟起，即便脸上还有没擦拭掉的黑渍，但依旧是他心动的模样。

这样偷看她，以前也试过。

在巴黎的唐人街，她带他去一家广东人开的文艺酒吧喝酒，那时她大放厥词的模样，让他误以为她酒量很好。结果没喝几瓶她就醉了。红彤彤的脸蛋压在冰凉的琉璃台面，不知道是不是做梦梦到自己变成了鱼，迷迷糊糊入睡间居然吐出了泡泡。他唤了她好几声，最后她的泡泡越吐越大，让他啼笑皆非，印象深刻。

那时，傅靳然偷吻了她。

过往的记忆越甜蜜，此刻内心正在拉锯的锯齿就越锋利。傅靳然喉结滚动，缓缓靠近乔雯，缓缓地……

这时乔雯眉头动了动，睁开眼睛看到傅靳然贴近的脸，抬起头："你醒了。"

傅靳然回神，重新绷起脸："你怎么没走？"

乔雯看着他。

傅靳然用手肘撑着坐起来，"我以为你会趁我晕倒，带上那女人离开。"

乔雯自嘲一笑："是啊，我给忘了。"

看到他在自己面前倒下，她什么都顾不上了，将女人关进房间后，就将他扶到床上，用剪刀剪开他的衣服。他伤得不轻，能撑这么久，纯靠意志。

清理伤口、上药、包扎，用毛巾包着冰块给他身体降温，当乔雯做完这一切跌坐在床头，才意识到自己对他的恨意可以这么轻易地就被心疼取代。

因为他而毁灭的人生，不得已的改名换姓，都剔除不掉自己对他的贪恋。乔雯伸手轻抚他的脸庞，心如刀割。

她管不住自己的心，又忘不掉地狱般的过去。

其实刚刚她能感觉到傅靳然的靠近，抢先睁眼，不过是为了不让他发现自己在装睡。看到他脸上转瞬即逝的哀伤，乔雯心里莫名凉了一大截。

江潮容易得，只是人南北。

而真正让人南北一方的，是心里跨越不了的鸿沟。

傅靳然坐起来，拉开床头柜的抽屉，拿出一包 L&M 香烟。他点上一根，靠在床头用力地吸上一口。

以前傅靳然是不抽烟的，退伍后，他开始抽烟，想要用烟瘾来戒掉别的瘾。两人一时无话，房间里只剩下灯光、烟圈，还有淡淡的血腥味。

乔雯站了一会儿，绕过床尾："我，去看看她醒了没有。"

话落抬步，一个身影却突然疾步闪过，乔雯只觉左手被用力一拽，下一秒她就被按在了门上。傅靳然高大精壮的身体像高山一样倾斜而来，男人的雄性荷尔蒙将她紧紧包裹。

她瞪大眼睛，双唇被轻易撬开。

这个吻充斥着猛烈的报复，浓郁的愤恨。

乔雯连一点反抗的空间都没有，或者说她根本不想反抗。在最初的惊恐过后，她唯一做的，只是抓住他腰间的皮带，回应他霸道的吻。

重逢后禁锢的情感，在这一刻爆发，交织在一起形成惊涛骇浪，将两人淹没。

3

不知道吻了多久，傅靳然终于放开乔雯，额头抵着她的额头，低喘着气说道："江樱，把 Sami 交给我吧。"

乔雯心下一沉，她抬眸，突然愠怒地推开他，却被握住手。

两人双颊红潮未退，四目相对。

乔雯不悦："我说了，我现在是乔雯，不是江樱。我是一名战地记者，Sami 是很重要的一位人证，我不会把他交给你的。"

"我不管你是乔雯还是江樱！"傅靳然反感她的一再强调，握她手腕的力道更大了些，在看到她眉眼吃疼地跳动时，心头一紧，随即放开她，示威似的拍在她头顶，"总之，我不会再让你破坏我的任务。"

乔雯忽略了他说的"再"是什么意思，倔强地迎难而上："好啊，那我们就各凭本事。"

她一直都不是一个低眉顺眼的姑娘，而她的温柔如今也成了黑夜里的鬼魅——

特别是他卑鄙地用一个深吻试图和她做交换。

这时，门外传来声响。

乔雯推开傅靳然出去，刚打开女人的房门，女人就疯了一样地跑了出来。乔雯眼疾手快地抱住她，听到她用阿拉伯语不停地说："我要去找他，我要去找他！"

"他已经死了！"乔雯大声喝道，"他已经死了！就算你现在回去也找不到他，你听到没有？！"

女人终于安静下来，她缓缓转头看向乔雯，原本圆亮的眼睛黯然失色，像掉进黑土里的玻璃球，蒙上厚厚的绝望。她一遍遍重复着乔雯的话："他已经死了？他死了……"

呢喃着，像被抽走所有的力气，女人双腿一软，开始号啕大哭。

乔雯拥着她回房间，回头见傅靳然要跟过来，说道："让我陪她待一会儿吧。"

关上门，乔雯扶女人来到房间的阳台，瞟了一眼安静的门口，待她情绪稍平复些后，低声问道："Sami 在哪里？如果你不想再有身边的人死去，就马上告诉我。"

"现在，我也不知道他会在哪里了……"

女人名叫丽莎，她和 Sami 是同村人，小时候 Sami 救过她，所以他有难，她自然要义不容辞地帮忙。只是丽莎没想到会给自己和爱人招来杀身之祸。一帮不知身份的人冲进来，威胁丽莎，要她说出 Sami 的下落。丽莎在恩情和感情中左右为难，最后还是无奈说出 Sami 的下落。尽管如此，他们还是丧心病狂地放了火，想将他们置于死地。

乔雯垂下眼睑，陷入了沉思：放火的人不是傅靳然，他的出现真的只是刚好赶到？如果是这样，那说明还有另外一拨人在找 Sami。

看来 Sami 的重要性超出了她的想象。乔雯忽然意识到什么，转头看向丽莎："你刚刚说的那句话是什么意思？"

丽莎蹲坐在地抱着双膝："我和 Sami 有个安全措施，如果到点我没有送饭过去，他就知道自己不安全了，会马上离开。我想，Sami 并没有落到他们手里。"

这算是不幸中的万幸，乔雯松了一口气在她身边坐下，忍不住再次自责，如果没有晕倒，现在早就已经找到 Sami，也不会惹出这些事来……

"希望到时你和外面的男人也是讲同一番话。"尽管乔雯相信她没有说谎，但还是保持清醒地进行提醒。

丽莎奇怪地看她。

乔雯自然读懂她眼神的意思，轻描淡写地说："我和他不是一伙的。”

像是解释，又像是对自己说的。

乔雯陪丽莎待了一会儿，看她睡下后，轻轻地把门带上。

傅靳然在餐桌上摆弄碗筷，抬头看见乔雯出来，手里的动作停顿了片刻，随后又继续：“我煮了面，要不要来点儿？”

乔雯上前，只见桌上早已放好两人份的碗筷。餐桌上方悬挂着圆形铁艺吊灯，柔和的黄光照落在桌面，面条还未盛上，乔雯便已然觉得美味。

见他主动邀请，她也不再置气，点头说好。

番茄酱意大利面，外加一颗半熟的蛋。

乔雯的习惯是先吃蛋，咬上一口发现生熟度刚好。她忍不住抬眸看了他一眼。

傅靳然低头佯作专心吃面，他知道她在看自己。

以前，他总爱把鸡蛋黄煮得很硬很硬，在厨艺方面笨拙得有些夸张，她抱怨说因为他变得不爱吃蛋了。

后来有一段时间，他没事就爱把自己困在厨房，鸡蛋一盒盒地试煮，直到把鸡蛋半熟的时间卡得精准无比。到头来看着一厨房的鸡蛋残渣苦笑，他以为，再也不会有在她面前翻盘的机会了。

两人各自内心翻涌，默契地沉默吃面。

吃完面，傅靳然又拿过烟抽上，问乔雯：“她怎么样了？”

“我安慰她说睡一觉就没事了，再痛的伤都会被时间治愈。”乔雯顿了顿，“可是我知道，安慰的话是这个世界上最没用的东西。”

傅靳然猛吸一口烟，朝吊灯吐了一个大大的烟圈：“你没有问出 Sami 的下落？”

烟圈散开，模糊了他的脸。

乔雯沉默片刻说：“没有。”见他静默，她问，“餐厅的火，真的不是你放的吗？”

两人四目相对，傅靳然歪头，弹掉烟灰：“如果是我放的，我为什么又要救？”

“让丽莎感激，说出 Sami 的下落。”乔雯直言不讳。

傅靳然若有所思地点头，忽而不屑地一笑，伸手从耳朵里掏出微型耳机放到桌上推到她面前。

乔雯蹙眉，赶紧伸手捏自己的外套口袋，摸到窃听器。

他什么时候放进来的？

那个吻……

怪不得他没有第一时间问她丽莎的情况，怪不得他刚才的眼神里透着冷眼旁观。乔雯又羞又愤，拿过手旁的水一饮而尽，努力克制。

傅靳然起身，又将一样东西推送到乔雯眼前——是她放进他车里的窃听器。

原来自己早已出丑而不自知。

“你还真喜欢以牙还牙。”乔雯冷笑。

突然，眼前的他开始重影，她心下一惊，扶桌起身，小腿一软跌坐了回去。傅靳然的脸越来越模糊，乔雯碰倒下了药的水杯，在最后强撑的意识里听到他说：“乔雯，我们不要再见了。”

4

你见过巴黎的秋天吗？

那是一种惹人犯罪的美。

十一月中旬，那时候乔雯还是江樱。梧桐落尽的金黄，萧索慵懒的蓝天，白云是甜的，因为路人温柔的仰望。

江樱老远就看到傅靳然坐在塞纳河畔的露天咖啡厅，身形笔直，而那张英气俊朗的脸却是比风景还要夺目耀眼的存在。即便是安静地坐着，也能吸引旁边金发碧眼的巴黎美女抛来媚眼。

江樱没有立刻走过去，而是站着欣赏了一会儿，她的内心是骄傲喜悦的，因为这么一个出色的男人等的不是别人，而是她。

女人的虚荣心得到满足。

江樱是遇到他之后，才发现自己也是有虚荣心的。

尽管十八岁时，她以第一名的成绩和唯一一名亚洲女学员的身份，从严苛的美国安保特训学校毕业。但在工作中没有性别之分，执行任务时做到比男人还要男人是义务。是傅靳然激发了她内心所有沉睡的温柔。

在他回头看到她时，江樱会害羞地抚发，然后踩着高跟鞋迈着优雅的步伐走过去。

漂亮的法式甜点，冒着热气的卡布奇诺，傅靳然突然伸手帮她拨弄滑落的几丝头发。

江樱抬眸看他的手，倏地脸红，下一秒就被亲昵摸头。

“江樱，我们做恋人吧。”

我们做恋人吧。

这大抵是世界上最美好的邀请了。

起风了，他眉眼中的柔情阵阵漾开，江樱听到自己的心突突跳动的声音。

她没有回答，只是抿嘴笑着看向一旁。

乔雯醒来后，房间里只剩她一人。

傅靳然和丽莎都已不见，她彻底失去了他们的下落。被欺骗的感觉紧紧缠绕着乔雯，傅靳然那句“乔雯，我们不要再见了”不停地在耳边回响，她推开椅子，强撑着去找自己的包和手机。

你有试过每一寸的呼吸不是氧气，而是碾过刀尖的疼痛吗？乔雯的热泪从眼角滑落，她理智地告诉自己现在不是自怨自艾的时候，分析情况重新出发才是当下该做的。

可身体却跟不上这样的坚强，连充电器连接手机这样简单的动作也是反复多次才勉强成功。

开机后，乔雯看到露易丝无数个未接来电，回拨过去。

过了很久，才听到露易丝接起，而背景声是轰炸般的枪林弹雨：“喂……”

“是我。”

“你知不知道我打了多少电话给你……你在哪儿？我去接你！”露易丝的每一个字都是吼出来的。

乔雯刚报完地址，电话那头便猛地传来一阵刺耳噪声，露易丝挂掉电话。

等露易丝的这段时间，乔雯决定查出傅靳然现在的身份。她的视线落在餐桌旁还没有干的水渍，回想自己喝下去的过程，如果是一般的安眠药粉，喝下去是不会立刻起效的。如果是别的普通的迷幻剂，都逃不过她训练出来的嗅觉。

乔雯从包里掏出装药的小瓶子将里面的药丸倒到纸上，用瓶子装了一点地上的水。随后她放眼整个屋子，开始搜寻傅靳然留下来的个人物品。

傅靳然带着丽莎是即刻离开的，所以他不可能收拾。

他很谨慎，舍弃的东西中很难看出他的个人风格，床单、毯子是当地人喜欢的花绿色，物件摆设也皆是房子原本就存在的。衣橱里挂着的寥寥几件衣服不外乎是黑色风衣和换洗的白色背心。香烟、打火机，就近能买到。连纸笔这样的东西，都没有留下一丝痕迹。

不过，在床脚边，乔雯发现了一个特别的东西：那是一枚如大拇指指甲盖大小的别扣，别扣上的龙纹图案十分别致。

乔雯想起她被傅靳然按在门板上吻，下意识握住他皮带的时候，隐约间感觉到有东西从手中掉落了。当时她没有在意……

现在看来，应该就是这个别扣。

乔雯握于手心，欣喜扬唇。这个别扣就是傅靳然身份的引线，现在她抓住了线头，便不再是瞎子摸象。

这时外面有动静。

起初乔雯以为是露易丝，可很快她发觉脚步声不对劲，警惕贴门，听到门口有一群训练有素的人发出的声音，立刻躲进衣柜。

几乎是同一时间，大门被撞开。

听声，对方有十几个人。乔雯伸手轻轻地拿过头顶上方的衣架，透过柜门门缝，看到两个拿枪的士兵进来搜索，床底、门后都没放过地全方位搜索。

当他们准备搜索她躲藏的衣柜时，乔雯猛地推开柜门，飞身就给了他们一人一脚，左边的士兵最先反应过来，抬起枪杆要射击，乔雯把衣架插过他的保险杠对着天花板“嗖嗖”就是两声枪响！

客厅里的士兵听到动静纷纷过来支援，乔雯跳上床，三步并做两步一个鲤鱼跃龙门，飞出阳台。下一秒，身后像下起了子弹雨。

乔雯贴在掉土的矮墙，躲在屋檐下，子弹打在屋檐上溅起的尘土迷乱了视线。她听到其中一个士兵骂了句脏话，说：分派成两队，下楼去找，一定要找到她。

乔雯弯腰进入灌木丛，借着绿色屏障躲到对面房子的花园中，静静地看着他们分散搜捕。

其中一个士兵，她认得。是之前被她抢了摩托车的士兵。

乔雯心惊，她只告诉了露易丝这里的地址。为什么……不，露易丝现在在阿罕麦德的部队。

是阿罕麦德要杀自己？难道说他也知道A21号的事？那丽莎说的那帮人和他有关吗？

各种猜测纷纷涌上乔雯的心头，好像立刻就要真相大白，但又好像更加迷雾重重。乔雯在暗处盯着他们，本想就这样等他们找不到人后离开。偏偏这时一辆车开了过来，乔雯定睛一看，是说好来接她的露易丝。

那些士兵就在二十米开外，眼见露易丝什么都不知道就要开车过去，乔雯情急地拿起石头砸向她车窗。露易丝被突如其来的袭击给吓了一跳，大叫着急踩刹车。

乔雯蹲着慢慢挪过去，想要安静地打开车门，不想露易丝惊惧之下把车门锁上，抱着头失控大叫：“Don’t kill me,Don’t kill me（别杀我，别杀我）！”

乔雯无奈探长脖子敲车窗，压低声音道：“是我，是我。”

隔着玻璃，她看到最外围的一个士兵已经转身注意到这边了！

时间就是生命，乔雯急促敲车窗，心急如焚地想让露易丝缩进膝盖里的脑袋能钻出来看一下！

士兵已经朝这边走过来，露易丝抬起头瞪大眼睛终于看到乔雯的脸，她赶紧打开车门："乔雯怎么是你！"

乔雯刚想捂住她大嗓门的嘴，可已经来不及，冰冷的枪口已经抵住她的太阳穴。露易丝这回叫不出来了，因为惊吓过度，她的眼珠子都快要跑出眼眶了。

乔雯假意举起双手投降，一听到他扣扳机的声音，就一把拉过了枪杆，后踢了他的腿，然后将他的头恨恨地往车身上砸。利索地干掉一个后，在后院搜索的士兵以及在二楼的士兵纷纷提枪扫射过来，乔雯立马按下露易丝的头，将她推到副驾驶座。说时迟那时快，乔雯把油门踩到底，晃着来不及关的车门，将追过来的士兵撞飞，一路狂奔。

直到甩掉所有的流弹，被子弹打中的车胎爆胎后踉跄地又驶过一段路后，才慢慢停下来。

乔雯转头看向露易丝，轻拍了拍缩成一团的她，问："露易丝？你怎么样？有没有受伤？"

露易丝条件反射地往后弹去，缓缓侧过脸，眼神陌生而错愕。

乔雯早该明白，在她动手杀第一个人开始，她的秘密就掩藏不住了。

"你，你到底是什么人？"一个女孩，战地记者，居然有这么好的身手，连训练有素的士兵都能够轻而易举地干掉……露易丝预感自己发现了一个巨大的秘密，而后果很可能是自己承受不起的。

“我成为战地记者之前，曾经是保镖，从美国安保特训学校毕业。”乔雯的声音恢复一如既往的轻，仿佛之前身手了得的人根本不是她。

“刚才那些人……好像是阿罕麦德的手下。不，不是好像，就是他的部队。”恢复平静后的露易丝想起自己接完乔雯的电话时阿罕麦德就在身旁，他还特意过来说要派几个士兵护送她一起来。她怔怔地看向乔雯，“阿罕麦德为什么要杀你？”

乔雯目光沉沉。

“不对。”露易丝自顾自地摇头，“自从那个韩国记者死后，你莫名其妙地追出去，一切就变得奇奇怪怪的。那天你晕倒了醒来后又突然跑出去……乔雯，你到底在忙什么？”

乔雯深深地吸了一口气，她有些烦躁地把头发抚到耳后，组织语言：“露易丝，你听我说。阿罕麦德那边我们不能回去了。从现在开始，你得帮我。”

露易丝迷茫皱眉。

“A21 号事件，有另一个真相。”

“你到底在说什么？我一个字都听不懂。”露易丝紧贴着车门，眼神中全是不解跟恐惧。

“这场战争背后的真相，你得帮我一起把它找出来。”乔雯扶上露易丝的肩，“人民有权利知道真相。”

每一个做记者的人，在入职第一天就被告知：

尊重真理，尊重公众知晓真理的权利，是记者的首要职责。

为此，赴汤蹈火，在所不辞。

这是他们的理想和夙愿，也是他们的光荣与宿命！

■□■ 5

遇见赵凡的那天，她刚刚遭受一波袭击。皇室的追杀如影随形，总是能很快地找过来，即便是躲来了泰国也不例外。

当她筋疲力尽地倒在垃圾箱旁，正好看到对面的天桥上有一个男人在号叫，他手里似乎拿着什么，他一边跑一边回头，顺着他的视线望去，只见他身后有十几个凶神恶煞的男人在追他。

都说同是天涯沦落人，惺惺相惜能相逢。

她望着他从桥上跑下来，内心不禁感慨：世界从来没有真正的安稳，除了她，不知还有多少人在逃命。

只是很快，她就感慨不起来了，因为这个男人向她这边跑过来了。自己刚从死亡边上艰难挣扎回来，实在没力气帮他，所以只能默默地往后挪动，将两边的黑色大垃圾袋拿过来盖在自己身上。

很快，那些人就追着他过来了。她透过缝隙，终于看清他手里拿着的东西，一部相机。他被追，大概也是因为这个相机。以寡敌众，无处可逃，更何况戴着个粗框眼镜一脸文质彬彬的他，似乎没有任何还手能力。

果然，相机“嗖”地被抢，他也只是呆呆地站着。

很快，对方发现东西不在相机里，便恶狠狠地问他：“卡呢？交出来！”

“我，早就扔了，不在身上。”连撒谎都不会，一看就是瞎掰的。

对方把相机扔在地上，抓过他的衣领就要搜他的身。他转身想跑，却猛地被踹倒在地，对方拖着他的脚往回走时，隔着垃圾袋，她和他四目相对。

他先是一愣，然后几乎没有犹豫地就把手里的卡塞到了她的手里。她这才明白过来他这是套路，从一开始他就想安置 SD 卡。被拖回去后他自然是被围殴得鼻青脸肿，直到路人发现叫来警察，他才没被活活打死。她扒开垃圾袋爬出来，把 SD 卡还回去，说："为了一张 SD 卡，连命都不要了，值得吗？"

他很认真地举了举 SD 卡，"对我来说，这就是我的命。"

眼镜被打飞了，那张脸也是鼻青脸肿的，可乔雯竟发现他长得和傅靳然有几分相似，只是傅靳然不会像他那样子大笑。

那天，他告诉她，他叫赵凡，是一名记者。SD 卡里的内容是他当卧底在一家酒吧地下赌场拍到的坑害赌客的实质性证据，刚刚那帮人就是赌场的打手。

"哎，你要不要当记者啊？我看你反应挺快，也够聪明。是块当记者的好材料。"赵凡一边擦脸上的血一边抬眼看向她。

反应快是说接过 SD 卡这件事的话，聪明又从何说起？

见她狐疑瞪他，赵凡耸肩，"我看到了，是你打开手机的闪光灯让路人注意到这边来的。"

原来他看到了。

她拍了拍身上的尘土，刚想说"不必了，我没兴趣"，不想却被赵凡抢先说："你应该是签证过期的黑户吧？我请你吃饭，再给你找个住的地方。泰国晚上很不安全的，你一个姑娘家露宿街头很危险。"

他很热情，即便他的热情有所企图，她也不怕。

毕竟身无分文的她，真的需要一个住的地方和温热的吃食。

于是她就跟着赵凡回家，也接触到了记者这个行业。从赵凡身上，她知道了原来记者是可以为了真相而奋不顾身地献出自己的生命的。

因为真相就是记者的生命。

赵凡是个善良的家伙，不管她说什么，他都选择相信，也从不过问她之前的生活。出去采访的时候，也把自己知道的倾囊相授。那段时间托赵凡的福，她过得很开心。

只不过开心的时间总是短暂的，赵凡因为爆料地下钱庄的事，最后还是遭遇了不测——

那是乔雯与他相遇一个月后的一天晚上，那天赵凡兴致勃勃地说要吃火锅，因为发了工资。可是吃到一半，他发现豆腐没了，一定要出去买。

她说“不用了”，可他笑嘻嘻地说“小区门口的超市就有，五分钟就回来了”。

结果他去了很久还不见回来，她出去找他，才发现他受伤躺在地上，血从腹部汹涌地流出，塑料袋里的豆腐像淌在红河中。

她抱起他的头，他气息幽若：“江樱，你，你一定要……”

她咬牙，双眼跟涂了辣椒水一样刺痛：“我知道，我一定会帮你报仇的。”话落，却见他皱眉摇头，然后指了指自己，又指了指她，没来得及说什么，就在她怀里闭上了双眼。

她来不及救他。

但她知道他想要说的，是希望她一定要完成他未完成的心愿：做一名好记者。

听乔雯说完事情的前因后果，露易丝半晌都说不出话，她静坐着一动不动，双手交叉紧握：“我不知道，我不知道……我突然被阿罕麦德利用，突然发现你不是一个普通的记者，突然……突然就回不去本来也没想待着的营地，突然知道这些事……我现在脑子很乱……”

乔雯望着天边灰暗的云，打断露易丝：“来这里之前，我每一天都在逃生，突然飞出来一颗子弹，突然插过来一把刀，根本没有时间给你害怕、给你整理思绪，你唯一能做的，就是应付。怕，是这个世界上最无用的东西。”

露易丝怔怔看向她。

“或许你还来不及怕，就死了。”乔雯淡淡一笑，“所以想这么多做什么。”

露易丝张了张嘴，无力反驳，可也没有因为这样的话而好过一点，只好说点实际的：“我们下一步怎么办？”

“你身上有钱吗？”乔雯问。

露易丝把身上的钱都拿出来，和乔雯的加在一起合计了一下，这些钱不够住酒店的。而她们现在离市中心还有很长的一段路。眼看天色渐渐黑下来了，乔雯打开地图定位当下的位置，发现走大概十分钟就有一座清真寺。

两人根据地图走，很快，露易丝拍拍乔雯的肩，指着清真寺的顶部说：“在那在那。”

第三章

带我走，或者留下来

1

格旦有很多清真寺，大小不一，而这座清真寺没有宣礼塔，只有两个尖塔，算是规格比较小的寺。两人各自从包里拿出头巾戴上，进入礼拜大殿，发现不大的殿内竟容纳了很多人。

大家都盘腿而坐着，看他们的样子，应该是附近涌过来的难民。

为了不引人注意，乔雯拉着露易丝找空位坐下。不远处有穿着白色大褂的阿訇，对难民一个一个进行安抚。露易丝发愁地问乔雯：“我们今天晚上要在这里过夜吗？”

乔雯压低声音，顺便把她的红色头发往头巾里塞了塞：“这里管吃管住，如果够幸运的话，我们可以在这里过夜。”

“够幸运……”露易丝狐疑地重复这三个字，随后咬唇，想来乔雯的话中之意大概指的是阿罕麦德派来的士兵，他们很可能会找到这里来。

不一会儿，大家纷纷站起来，开始绕着圈地往里面有秩序地移动。

乔雯看了下手表，猜测应该是到了吃饭时间。她和露易丝挤在队伍中往里面走，突然队伍后方传来骚动，露易丝最先回头，吓得赶紧捂住嘴。

乔雯刚要回头，便听到露易丝低喝道：“别回头，是他们！”说着，她稍稍侧过脸，看到士兵的土黄色军服在后面攒动。露易丝怕到紧贴着她止不住地发抖，低头不停地小声问她怎么办。

“冷静点。在寺内他们不能用枪，我们先别自己乱了阵脚。”乔雯皱眉握紧露易丝的手。

虽然是这么说，但是乔雯看到他们在一个一个地辨认长相。难民里也有女人，但她的亚洲面孔以及露易丝的混血长相太扎眼，一下子就能看出。眼见他们马上就要过来了，乔雯从口袋里掏出所有的钱往一旁的地上丢去，指着钱用阿拉伯语大叫："这是谁的钱？"

一下子所有人的视线都集中到一块儿，队伍开始变形，士兵们前进的方向被混乱的难民们拦截了，乔雯拉着露易丝趁乱往前走。

两人来到饭堂，露易丝不知道为什么她们不直接离开，便问道："如果他们追到饭堂里来怎么办？"

"我们现在身无分文，离开这里，晚上的格旦并不比这里来得安全。"乔雯带露易丝重新隐进盛饭的队伍里，端着空盘子盛好食物，观看周围，就在这时，乔雯目光一震。

露易丝见她神情有异："乔雯？"

"我好像看到了……"那个迅速低头的男人腾地站起来要跑，真的是 Sami ！居然在这里碰到了他！乔雯欣喜若狂，把饭盘丢给露易丝，反应敏捷地追了过去。

露易丝瞪大眼睛，被这突如其来的情形给怔住了。

饭堂是个露天院子，大家都是在走廊上就地用餐。Sami 要往连接大殿的门口跑去，乔雯抓到他时，正好和那些士兵迎面撞上！清真寺出现士兵，不知情的 Sami 又被吓到，乔雯尽量自然地低头，面无表情，可内心汹涌。如果这时 Sami 大叫，或者有动作，那么她和 Sami 就都危险了。她掏出手机抵在 Sami 的腰间，和他自然贴近。

Sami 脸色一变，意识到什么，张大的嘴巴慢慢合上，侧过身挡在士兵和乔雯的中间，士兵看了他一眼，随后擦身而过。

"你放心，我不会伤害你。那天是我让你逃脱的，你忘了吗？"

看着士兵走过去，乔雯提着的心稍稍放下，低声在Sami耳边说道。

Sami小心翼翼地侧过身，看到乔雯手里拿着的不是手枪而是手机时，紧张的脸色稍稍缓和些，他警惕地看向乔雯，“你是谁，为什么要找我？”

“我是乔雯，是金文彬记者把你托付给我。”提到金文彬，Sami的眼神亮了。

很显然现在并不是说话的好时机，乔雯确定Sami能够相信自己后，表示希望他能帮她和露易丝躲开这些士兵。Sami领着她和露易丝折返大殿，找到阿訇秘密地说了什么，很快阿訇眼神哀怨地盯着她们一会儿，最后点头转身引路。

只见阿訇把他们引到门口一辆装满水果和食物的卡车旁，对乔雯说：他们可以坐这辆车离开这里去到战区。

乔雯和露易丝面面相觑，待阿訇走后，Sami一边让她们上后车厢一边解释道：“这辆运输车是唯一可以出封锁线的交通工具，我刚刚和阿訇说你们执意要去战区看望受伤的丈夫，他才允许司机载我们。”

刚才他一定还说了别的什么，但这不重要了，先安全离开才是上策。

司机很快启动车子，车门一关，漆黑的空间里什么都看不到。露易丝从包包里拿出手电筒打开，才依稀看清乔雯和Sami。

露易丝盯着Sami问乔雯：“他就是你要找的人？”

乔雯望向坐在对面的Sami，内心是踏破铁鞋无觅处的激动——眼下线索全断，她却是比傅靳然先一步找到了他。

汽车颠簸，乔雯忍不住想此时此刻傅靳然带着丽莎去了哪里，他会怎么处置丽莎？

“我看到你让丽莎转交的信，那天我等了很久你都没来。”Sami

的问话拉回出神的乔雯，“你见到丽莎了吗？她没事吧？到了约定的送饭时间，她没有出现。”

说到丽莎，乔雯不留痕迹地点头：“没事，只是出了一点小状况，她现在很安全。现在，和我说说吧，你是怎么和金文彬认识的？A21 号事件的真相，到底是什么？”

说到这个，Sami 叹了口气，在手电筒的白色灯光下脸色愈发凝重，他不愿回想起那个残忍血腥的晚上——

Sami 是个逃兵，曾服役于执政党的 71-4 部队。因为服役期间执行任务失败，他害怕回去后要接受制裁，所以从部队里逃了出来，逃兵一旦被抓必然是死刑。他为看望母亲还是被部队抓了回去。当时 Sami 以为自己死定了， 可上司给了他一次戴罪立功的机会——去莫林村看守政府的军火库。

莫林村居民有一百多人，他们是政府亲自划地迁过来的。执政党秘密从美国买进来的一批特殊武器放在这个村子里，只有军方少数几个高层知道。为保证这批武器的安全，Sami 和其他犯错士兵一样，从军方名单中除名，化身为村民出现在村子里。可谁也没想到就在接到命令的当晚，一群开着战车的武装分子就进村扫射。

“他们见到人就杀，连小孩、牲畜都不放过。我们看到玛格党的军旗，以为他们是来抢夺武器的，一边联系部队请求支援，一边拼死反抗。结果……”Sami 说到这里时痛苦地闭上眼睛，这是人在碰到不愿意面对的事情时本能的隔离反应，“结果怎么都联系不到部队，在反抗中，我看到带头的人竟是我认识的人。他们根本就不是玛格党的……我眼看着周围的战友一个一个倒下了……我被射中右肩后设法逃离，遇到驱车经过的记者金文彬，是他救了我。”

“这是执政党的一个局呀。”露易丝听罢，皱眉道，“那些武器也是假的吧。”

“恐怕不只是执政党。”乔雯缓缓摇头，“事后A21号事件之所以成了玛格党赖不掉的铁板钉钉，就是因为尸体中真的找到了他们那边的人。这个局，应该是执政党和玛格党内部的一些人一起设的。”

Sami点头：“他们把整个村子的人都杀了，故意留下了一两个活口当成目击证人，有村民的证词，整件事才像那么一回事。而我们……”

“故意让你们这些有罪的幽灵士兵去那里，就是为了事情完成之后不必麻烦，因为你们根本就不存在啊。”露易丝说话太直，乔雯斜她一眼。

乔雯想起在Sami的屋子里找到的那张照片：“你认识的人，还有派你去莫林村的上司，都是你的故友，对不对？”

Sami垂眸。

“我看到你放在抽屉里的照片。”那照片泛黄的色泽，以及揉捏过的痕迹。只有被自己信任的人背叛过，才会有那种又恨又放不下的情感，乔雯感同身受。

政治永远都是丑陋的，勇士袭击政府大楼，自导自演的屠村，这样的手段并不新奇，但真切地从亲身经历者嘴里听到，还是会被身临其境的沉痛所震慑。

乔雯意识到，如果把这些公之于众，犹如把巨石扔进小溪。

露易丝倒吸了一口冷气，异常冷静地说：“可是你没有证据，只凭你的片面之词，也不能撬动这样大的庄家呀。”

“我有，”Sami目光灼灼，看向乔雯，“当晚屠村的视频。”

■□■ 2

露易丝和乔雯不约而同地伸直了脖子。突然车子剧烈地晃动了一下，随后急刹车。

露易丝惊恐地抱住乔雯的手臂，“又怎么了？是他们追来了吗？”

乔雯侧耳去听，感觉是司机下了车，好像在和人交谈。

砰——

突然一声枪响，将露易丝吓得猛地捂嘴往后退：“是枪声！是枪声！”

Sami 也紧张起来，他看向乔雯：“我不能死，我不能死……”

后车厢内食物都搬空了，虽然对方到底是几个人还不清楚，不过堆积的空箱子可以把人挡一挡。乔雯把箱子往里边推了推，示意他们先躲进去，她自己则隐蔽在外边的箱子后边。

乔雯回头对露易丝嘱咐：“如果我有什么事，你得答应我，带 Sami 去塞漠港。”

“不，我不行，我……”话未说完，只见门倏地被打开。

外面传来很多女人的啜泣声，乔雯透过箱子的缝隙看到很多围着头巾的女人被几个络腮胡的男人用枪驱赶着，而站在车门边的男人正扫视后车厢，不耐烦地呵斥女人们动作快一点。女人们的神情惊恐，不敢反抗。

最先上车的女人踢到箱子，看到猫着身子的乔雯，正要惊呼出声，乔雯急忙做了一个嘘的动作。女人迅速扫了一眼门口，径直在她身上坐下来。

很快，原先空空荡荡的空间被这十几个女人们黑压压地占据。

车门重新关上，车子重新上路。不过是眨眼的工夫，车就换了主人，换了功用。

乔雯和露易丝还有Sami相继出来，借着露易丝手里的亮光，看见乔雯正在对为她打掩护的女人道谢："你们是谁？从哪里来？要去哪儿？"

每个年轻女人脸上写着满满的绝望，听到乔雯的问话，她们抱紧自己的膝盖，保持缄默。

她们都来自不同的地方，彼此之间并不认识，颠簸这么一路，都是要被送去市中心的红灯区。那些凶神恶煞的络腮胡是人贩子。

露易丝傻眼，看向乔雯担忧起来："那我们不也要……"

到了目的地，他们一行人一定会暴露的，她和露易丝被发现倒不怕，落在人贩子眼里不过是多了两个值钱的货物，但Sami……

大约又是二十分钟的车程，车终于停了下来。车门再次被打开，女人们依序下车，乔雯和露易丝缩靠在箱子旁没有动。

人都下得差不多了，站在车门边的络腮胡自然注意到她们两个，皱眉大喝："你们在磨蹭什么！还不下来？！"

乔雯紧握住露易丝的手，余光注意角落："别怕，他们不会轻易对我们开枪的。"

露易丝的心快要跳到嗓子眼了，但事到如今也只能按照乔雯说的去做，硬撑着不下车。

络腮胡催促了两次，见两人还是没反应，骂咧咧地跳上车拿过枪杆子朝她们身上打。乔雯护在露易丝身上，咬着牙受着，与此同时抬眸看到，其他人贩子的目光也被她们吸引过来了，那些女人趁机逃跑，几个人贩子一惊，拿枪对空中“啪啪”就是两枪。

这么一来，躲在角落的Sami成功避开所有人的视线跑下车。

而带头逃跑的女人，也就是帮乔雯掩护的那个人，已经被人贩子按在地上狠狠地揍了一顿，此时她怨愤地瞪向被赶下车的乔雯。

没错，是乔雯鼓动她跑的。

乔雯当然知道她和那些女人都是跑不掉的，为了Sami的安全，不得已利用了她。

撩拨起她的一丝希望，却又让她更加绝望。

或许她现在满心后悔，当时帮了自己吧。乔雯心里涌过一丝酸楚，她浑身吃痛地靠着露易丝，被安排在队伍最前面的位置，以免再惹事端。

抬眼望去，她们一群人身处一个废弃的停车场，人贩子正驱赶着她们往里走，没多久就见那个打她的络腮胡把一块硕大的黑色遮雨布掀了起来，而后一个平地凸起的小门赫然出现在眼前。

门打开，里面黑漆漆的，能看到窄长的楼梯直通进去。络腮胡瞪着眼，把乔雯推了进去。

这四周都是他们的人，他们身上还有枪，乔雯不能硬来，只能按照他说的，进门下楼梯。

潮湿的空气伴随着难闻的气味不断从里面涌出，一步步踩下楼梯，远处隐约可见微弱的灯光。跟在乔雯身后的露易丝哑着嗓子问：“Sami会乖乖地在你说的地方等着吗？他万一跑了怎么办？”

万一跑了，那她们不是白遭这些罪了！

乔雯笃定地摇头，“不会，他现在不管跑去哪里都是不安全的。相比相信别人……他会选择相信我的。”她说这话虽是有七分自信，但任何人任何事都有意外的可能性，更何况是现在这么复杂的局势。

站在门口没有下来的人贩子指示她们一直往前走，说完就啪地把门关上，斩断的光亮像开启了地狱之门。

所有人都不寒而栗。

露易丝整个人几乎要挂在乔雯身上了，她艰难地跟着移动，有些绝望地哀叹：“我们会不会就被关在这里，再也出不去了？”

乔雯一步步往前，在狭长的石道中行进了大概一百米左右，一个较大的平台出现在众人眼前。此时，一个褐色长发约莫四十岁的女人正穿着暴露的黑色抹胸裙，踩着黑色的高跟鞋，双手抱胸站在台阶下。她眼神锐利，狐疑地看了一眼乔雯，随后招手，让她们面对面站成左右两排。

酒红色的木地板踩上去有日久失修的吱呀声，两旁灰色墙壁上挂满了衣着暴露、姿势妩媚的美女油画，仿古式壁灯散发出的暗黄色灯光映照着这神秘的地下室每一寸的诡谲。

女人扯着一把烟嗓，自我介绍着。她叫Rose，这里就是她们以后生活的地方，说完她又扫视了一眼众人，冷眼说：“你们来到这里的这一刻开始，过去和你们就没什么关系了，你们拥有的只是自己的身体，和新的名字。”

乔雯站在一旁低着头，尽量不想引起注意。尽管她如此低调了，但头上的头巾还是在刹那间被抽走了。她乌黑亮丽的长发散落于肩，清丽出众的面容跃然眼前。乔雯抬头，对上Rose犀利的眼睛。

“你听得懂我讲话吗？”Rose先是用阿拉伯语，随后又用英文问了一遍。

装聋作哑并不能规避麻烦，乔雯索性开口：“听得懂。”

Rose 似乎很满意她的不哭不闹，绕着乔雯走了两圈，目光里丝毫不掩饰对她的欣赏，站定时扳起她的下巴：“今晚，正好需要你这样的一张亚洲面孔。”

听到这话，露易丝把自己的头低得更低了。

乔雯蹙眉，反感她此时阴森的笑容，推开了她的手。Rose 伸手打响指，两个身形强壮的女人出现，径直朝乔雯走过来。

乔雯被带走。

3

半个小时后，穿着白色凤尾花旗袍的乔雯出现在后台，准备上台。

透过黑色幕布，乔雯看到酒吧的全貌：震耳欲聋的音浪包围着密集的客人，晶莹的玻璃杯握在每个人手中，里面盛满了各色各样的酒。三点钟方向的舞池上，还有白皙晃动的身躯和男人淫荡的笑容交错成一幅强烈撞击眼球的画。而她，就在下一秒，将被迫去到那里，被一群男人紧紧地围住。

“该你上场了。”身后的女人粗暴地推了一把乔雯。

这时台上的主持人开始介绍，音乐瞬间转换成悠扬的《茉莉花》，乔雯踩上舞台，走到台前，引得底下的男人们阵阵尖叫。

“她是来自亚洲的茉莉，今晚最最让大家期待的头牌——好，大家开始竞价——”主持人握着话筒，用各种渲染的词尽可能地调动气氛，并向乔雯使眼色。

乔雯垂眸走到一旁的表演区，靠着钢管开始跳舞。上台前她就被警告过，如果不按指示做，不听话，下台后有她苦头吃的。

说是跳舞，不过是各种搔首弄姿罢了。乔雯挥臂抬腿间，台下的男人淫笑着吹口哨，愉悦地拿着钞票朝她身上扔去，一边扔一边高喊报价。

在这里，女人就是男人的玩物。乔雯面无表情，内心压着怒火，思索着接下来该怎么悄无声息地把自己和露易丝带出这里。

“我出一万块。”一个不大的声音在杂乱的竞价中显得格外突兀，众人纷纷回头，因为这个男人在喊到一千萨币的时候，就直接喊了这个价格。

乔雯循声望去——

只见那灯光下，其他的一切都变得无关紧要，暗淡无光。仿佛只剩下她和他，台上和台下的四目相对。

十七小时又四十分钟，他们再次相遇。

她是今晚的头牌，傅靳然是成功拍下她一个晚上的客人。

当乔雯在包厢里和傅靳然单独相处时，她看着文质彬彬的他，爽快的报复感油然而生，那句“我们不要再见了”此时结结实实地成了笑话。

她突然很想当一个称职的陪酒女。

乔雯特意被涂上红色指甲油的纤纤手指从推车上拿过了一瓶红酒，为他倒酒的动作，落在傅靳然的余光里是那般风情万种。他狠狠地吸了一口烟，阴沉的脸色下心潮汹涌。

看到她出现在舞台上的那一刻，傅靳然根本不敢相信自己的眼睛，一度告诉自己看错了，只是和乔雯相像的女人而已。

可是，用木簪绾起的乌黑长发，那可英气可妩媚的眉眼，举手投足间的气息，是刻于骨的熟悉，是不同于其他女人的特别。

怒火、诧异、不解，就在那些男人肮脏的目光和侮辱的钞票中，烈焰燃烧。他无法容忍乔雯最后和别的男人走进包厢里去！

乔雯走过来靠坐在他身上，以撩拨的姿态俯身递酒："这位大方的客人，有没有人说过你长得很帅？"

傅靳然缓缓转头，眯着眼眸打量她，打定主意玩弄一下，拿过她的酒一饮而尽。将酒杯拍在茶几，一把搂过她的腰："有啊，我女朋友。"

乔雯手指轻划过他的脸庞，顺从地紧贴他的身体："是吗，你女朋友叫什么名字？"

"她叫江樱。"傅靳然轻轻吐出两个字，感觉着旗袍下她柔软温热的身体。不知是不是酒精的作用，他被空气里放纵的气息所牵引。

乔雯修长的睫毛微微颤动，抬眸间红唇上扬："有女朋友的人了还来这种地方，可见不是什么好男人。"

傅靳然被她轻佻的语气刺激到，将其下巴抬起，逼她对上自己的眼睛："我不是好男人，你也不是好女人。我们真是天生一对。"

他的声音很低很低，似攒了劲地放低，听得人心痒难耐。他的唇挨着她的脸，一双招魂眼痞痞地眯起，举手投足间犹如调情高手的样子。

天生一对？哼。

如果不是之前就认识他，乔雯真的会以为傅靳然是一个混迹夜店的情场高手。

可看着此刻的他，乔雯想起在巴黎时，最乖张的地铁酒吧，一群美女围绕着傅靳然想要认识他，傅靳然绷着脸恨不得下一秒掏枪进行自由扫射式的神情就这样晃过眼前。

时间真是可怕，能让一个人脱胎换骨。别人也好，自己也罢。

傅靳然的唇缓缓压过来，在亲上的那一刻，乔雯再也装不下去了，她皱眉想要推开他，却被他紧紧箍在怀里："怎么不继续了？"

乔雯恢复冷脸，双手撑在他胸口："再让你亲，再被你骗？"

傅靳然被她自嘲的反问弄得失笑扬唇，心里憋的火竟去了大半："我说过，各凭本事。"

乔雯盯着他突然恶作剧地笑了笑："你就不怕我刚才在酒里下药，像你对我一样？"

"你不会，你不会玩我玩剩下的。"傅靳然很有自信地挑眉。

都说这个世界上最了解你的人，无非是两种：一种是爱人，一种是敌人。

傅靳然，你到底是哪一种呢？

乔雯好整以暇地点头："那你凭着自己的本事找到Sami了吗？"

傅靳然听出了端倪："看来你已经找到他了。他在哪里？"

乔雯推开他，倒上两杯酒，顿了顿说："你想办法把我和露易丝从这里带走，我就告诉你Sami在哪里。"

"露易丝？"

"我的同事。"提及此，乔雯有些心焦，也不知道露易丝现在怎么样了，老鸨是否已急不可耐地要她接客，乔雯抬眸盯着他，"怎么样，这个交易对你来说，应该很划算。"

傅靳然往沙发上靠，接过她的酒没有喝，而是若有所思地盯着红色的液体说：“我只能救一个。”

一年前，在巴黎，你选择了公主，而不是我。

现在，我依然给你这个选择。

是要跟我走，还是……

■□■ 4

傅靳然黑眸闪动，压制着连他自己都不肯承认的期待。

而乔雯细眉微耸，几乎是毫不犹豫地说了露易丝的名字。她没留意他脸上一闪即逝的失落和愠怒，绾着长发的簪子倏地被抽走，下一秒被他按过头，瞳孔里映着这张朝思暮想、爱恨交织的脸倾轧下来。

炽烈的吻，铺天盖地。

傅靳然把她压在身下，掀起她的裙摆，动作急切而粗暴地要去解开她胸口侧挂式的盘扣，又是一阵强吻和揉捏。直到乔雯妆容凌乱，旗袍整个走形，脸颊满是红晕地阻挡他最后的进攻。傅靳然才喘着粗气，从她身上下来，然后挥手就将酒杯狠狠甩向墙角。

剧烈的响声，引得外面的服务生敲门进来，傅靳然指着缩到角落的乔雯大发雷霆。服务生很快找来负责人 Rose，傅靳然出手阔绰，可是大客户。

Rose 听他说对乔雯不满意，立刻表示可以找来新的姑娘来替补。傅靳然就在一众姑娘里，根据乔雯的眼神示意，选中了露易丝。

露易丝瞪大眼睛看着乔雯被 Rose 挥手带走，她有看到乔雯的眼色，可她还没领会其中深意，门就被关上了。她拼命地大叫乔雯，可无人回应。

乔雯被拎到小黑屋，她第一次接客就得罪了客人，下场自然好不到哪儿去。受了一顿猛踹又泼了冷水后，最后被扔在了一张一米宽的小床上。

几个也遭受虐待的姑娘，等凶巴巴的打手走了以后，才敢怯生生地凑过来给她递吃的以及安慰几句。

在美国训练的时候，每天泡在粪便池里和学员格斗七八个小时，坚强是流淌进血液里的精神，这样被打几下，乔雯根本没放在心上。单薄的白色睡裙时不时摩擦着乔雯身上的淤青，还有残留着被傅靳然拥抱过的体温、吻过的齿痕。

乔雯想不明白，他眼底熄灭又燃烧的痛恨到底是什么。

而自己，忘了问丽莎的下落，忘了问他为什么会来这里，只是贪恋着他那捉摸不透的温暖气息，甘愿丢盔卸甲。

乔雯闭上眼睛，思索该怎么让自己尽快离开这里。

地下室和对外营业的酒吧是相连的，但同时也是各自封闭的。白天姑娘们都被牢牢看管在没有窗的地下室，各自休息。到了晚上，才会一个个打扮漂亮送到酒吧里开工。也就是说相对自由的活动范围，只有在酒吧。

第二天上午，在大厅里集体用餐的姑娘们得知了一个消息：昨天来这里的红发混血儿，被人给救走了。

带来这个消息的是在这里待得最久的姑娘，她叫可可，因为最听话最得 Rose 的欢心，因此可以在酒吧和地下室来回走动。

因为这个消息，本来沉默吃饭的姑娘们都躁动了起来，乔雯默默地听着她说着露易丝如何受到公子哥青睐、如何被指明送到某酒店上门服务、Rose 如何以为是赚了一大笔后又是如何发现被骗、默默跟踪着的打手们又是如何被甩的过程，不自觉地上扬嘴角。

这时，一道阴冷的目光突然扫过来。乔雯侧目，是之前无奈被她利用的罗亚。罗亚对上她的视线后，缓缓收回目光，安静地吃饭。

乔雯心下一沉，她能感觉到暴风雨来临前故意伪装的平静。她知道，她必须得尽快离开这里。

随着露易丝被救走，Rose 加强了对所有姑娘的安保措施，连客人提出要带满意的姑娘出去的要求都被婉拒了。不过乔雯还是发现，从来时的路出去，是最容易的。

通往停车场的狭长石道虽有两个络腮胡二十四小时看守，但尽头的那扇铁门却是不上锁的，只要突围他们，就可以直接爬上楼梯，推开门出去。那些姑娘不可能干掉络腮胡，所以 rose 根本没想到这边需要加强什么人手。

半夜的时候，趁着两个人肉盾牌交班，乔雯偷偷地摸上台阶，推开过道门。此时那两个络腮胡已经困意来袭，乔雯清楚地看见靠墙站立的二人眼皮已经在打架了。

乔雯顺利偷袭，快速地跑过狭长的过道，脚步放轻踩上楼梯，生门就在眼前，可此时，Rose 的声音却幽幽地从身后响起：“你是跑不掉的。”

乔雯转头，便见罗亚站在 Rose 身后，一脸看好戏的神情。她早该知道白天的那个眼神是个警告，可还是不甘心地用力推了推铁门。

门锁了。

乔雯被 Rose 带来的人抓住，抬到酒吧门口绑跪在地上。没有跟之前一样被关在小黑屋的惩罚，也没有任何审讯或者逼问，乔雯明白，Rose 看出了带走露易丝的人的身份，她是要把她当诱饵，引傅靳然现身。

Rose 笃定傅靳然一定还会出现，故此拿她的命来逼迫他把露易丝乖乖送回来。

萨塔的日夜温差很大，晚上的凉意能一点一点钻进人的骨子里狰狞，而白日太阳是很猛的，柏油路面更像个蒸笼，在阳光下几乎可以把人烤干。乔雯的膝盖就这样被冷热连番折磨着，感觉下一秒就要碎了。

连续十个小时没有水、没有食物，还要被鞭子时不时地提醒要跪好，乔雯的体力在一点点地耗尽，她盯着自己的影子，觉得可笑极了，她在参与到这件事的时候，竟也没想过要以这样不体面的方式死去。

就在乔雯觉得自己要晕过去时，一颗子弹"嗖"地从她耳边划过，她猛地清醒，一回头，便看见身后盯着她的男人当场倒地。

枪虽然装了消音设备，但男人倒地的声响还是引来酒吧里面的人的察觉。此时，傅靳然从对面跑过来，刚用匕首割断绑着乔雯手脚的绳子，下一秒就和冲出来的打手打了起来。乔雯咬唇想要站起来，可努力了好几次，膝盖以下根本不听使唤。她低吟出声，这时一只有力的手握住她的胳膊。

与此同时，一辆车突然驶来，在乔雯面前急刹车。

开车的人是露易丝，她打开车门冲乔雯大喊："乔雯，快上车！"

乔雯感觉自己脚下一轻，整个人被一股力量推向车里。她倒在车座上，回头看到傅靳然已被那些打手包围住，无法脱身！这时露易丝却猛踩了油门。

"停车，停车！"乔雯瞪眼，张大嘴喊道。可发出的声音却只有自己能听到。

"不行啊，不能停车！"露易丝惊慌失措地看着前方，死死地握着方向盘，整个人都弓起来，像只随时准备作战的猫。

“傅靳然还没有上车！他！”乔雯虚弱的喊着，拼尽了全力扑过去，试图要把方向盘夺过来。

露易丝情急之下一把推开她，急道：“他有办法逃走的！哎，你……”

乔雯什么都听不进去，她的脑海里只有一个念头：不能丢下他不管。

车出现几秒的失控，差点撞到一旁的栏杆。乔雯眼看后视镜里的傅靳然离自己越来越远，她打开车门，一跃而出。

露易丝尖叫刹车，回头一看，发现乔雯正踉跄地从地上爬起来，一步步地往回走。她看着傅靳然终于从那些打手的包围里跑出来，赶来和乔雯汇合。而乔雯也看见他的脸越来越近，越来越清晰……直到来到面前。

乔雯发丝凌乱，嘴巴干裂，漂亮的眼睛此时布满血丝，她抬眸看着额头流血的傅靳然，喉咙撕裂地疼，只能扬唇微笑。

“乔雯，你是不是疯了！”傅靳然很生气。

重逢以来，他好像一直对她很生气。

但这好像是他第一次叫她现在的名字。

他好像还说了什么，可是乔雯已经听不见了，她瘫软在他的怀抱里，最后的意识停留在听到他一下一下的心跳声。

跑出来的一刻，她只有一个念头，就算是都逃不出来，两个人死在一起，也算是个完满结局了吧。

5

等到乔雯再次醒来的时候，便见露易丝正托着腮帮子坐在一旁的椅子上打瞌睡。只见她一个激灵，揉着眼看了过来："你醒了？"

乔雯下意识地去寻找傅靳然的身影，露易丝走过来扶她坐起，拿过床头柜上的水杯，把滴管放到一旁："再喝点水吧，虽然我用滴管给你喂了一些，但你肯定还是口渴的。"

乔雯喝水间听到露易丝说他们现在住在一家私人旅店里："你浑身都是伤，给你找来医生看过，上了药……你是不是疯了，从车上跳下来，你真的是不要命了！"

看到她先救自己出来，又受了伤，在卡车上还替自己挨了打，露易丝本来是不想讲的，可还是忍不住心里的恼火。

乔雯放下水杯，见露易丝一直没说到傅靳然，皱眉问出口："他呢。"

"他，谁？"露易丝斜眼，故意问道。

"……"

"傅靳然？"露易丝不管乔雯脸色如何千变，继续不怕死地说，"一个你想忘记的人？"

"……"

"哦——明明想要忘记，却不顾自己的安危，跳下车去找他，死也要死在一起的轰轰烈烈的爱情，我以为现在再也不会有过时的琼瑶戏码出现了呢。"

"……"

眼看某人要从床上跳起来打人了，露易丝见好就收地吸吸鼻子："他受伤了，在隔壁房间躺着呢。"

乔雯回想起自己晕过去前确实看到他的头流血了。

"怎么的，你想下床去看他啊？"露易丝按住乔雯的手，"拜托，你自己都站不稳了。”

“我得去看看他。”乔雯顿了顿又补充道，“毕竟，他是为了救我才受伤的。”

露易丝瞟了一眼门口，心里暗暗地叹了口气，清清嗓子，说道：“是啊，感情到了生死相托的境界，还有什么是过不去的呢？我忽然有点喜欢这里的战乱了……”

说话间，傅靳然已经现身于门口，露易丝识趣地离开。

乔雯见他头上缠着纱布，走到床尾这两步身形也没有踉跄，估摸着他的伤势应该不严重，提着的心顿时放下不少。傅靳然在医生检查后对她进行二次检查，也知道她是一些皮肉伤没有大碍。所以，彼此都没有开口问那一句“你怎么样了”。

少了露易丝这个口无遮拦的话痨，房间里一时安静得有些局促。

“……为什么要跳下车，你知不知道那样很危险。”傅靳然闷声绷脸。

“那你呢，为什么又要回来救我？你说过只救一个人的。”乔雯望着他。

“不救你，你怎么告诉我 Sami 的下落。”傅靳然看向她，“你明知道我会回来救你，你没有把地址告诉露易丝。”

乔雯认真地看着他，目光泛起一丝闪烁的涟漪：“如果你知道了 Sami 的下落，还会来救我吗？”

将露易丝救出去之后，傅靳然问了她很多问题，但都是关于乔雯的。她们是怎么认识的，为什么会出现在格旦的红灯区，又是怎么和 Sami 遇上的。

关于乔雯的一切，傅靳然都想知道。唯独没有问露易丝 Sami 的下落。

露易丝生怕他会因为Sami不救乔雯，不停发誓她真的不知道，乔雯没有把地址告诉她。可是，他从没想过真的不救她。

爱恨从来都不是最挠心的，放不下，才最折磨人。

“没有如果。”傅靳然回神，冷冷地把视线投向一旁。

两人都想从对方嘴里听到想要的答案，但都吝啬于心。

乔雯望着他苦笑，声音不自觉地低了下去：“傅靳然，承认你还在乎我，真的有那么难吗？”

房间里再次陷入死寂般的安静。

傅靳然被这句话深深地刺痛，他仿佛又看到战友为了保护他不被击中，将他推出窗口后牺牲的画面，那一幕是他挥之不去的噩梦，是他不能在乎她的理由。

他暗自握拳：“我们都回不去了。”

一块石头堵在心里，搬不走挪不动。她以为他们终于勉强地走近了一点，可这七个字又生生地将她推远了些。

乔雯深吸一口气，和他说回正事：“丽莎呢？”

“她死了。”

“你说什么？”乔雯瞪大眼睛，“……你杀死了丽莎？”

第四章

仿若明月，又仿若尖刀

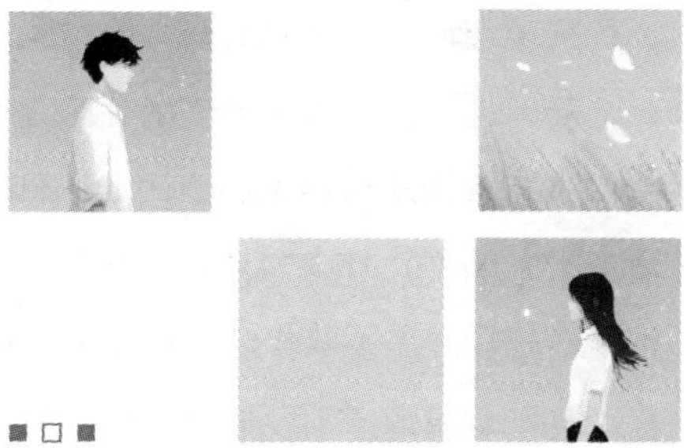

■□■ 1

“你说话呀！”傅靳然的沉默激怒了乔雯，她忍住身上各处的钝痛，掀开了被子，从床上下来，走到他面前抓着他的衣领，“你为什么要杀死丽莎？她不知道Sami的下落，所以你就杀了她？”

傅靳然盯着不断逼他回答的乔雯，目光冷冽。

她又用这种看待魔鬼的眼神来看他。

什么时候开始，在她的心里，他成了一个杀人不眨眼的魔头了？

“傅靳然，你大可以放了她的……你什么时候变得这么残忍无情了……”乔雯不敢相信地松开手，踉跄后退。

他的确是放了丽莎的。

那天，傅靳然带走丽莎为她拍了几张被绑的照片后，就将她放走了。可丽莎从车上下去后没走出多远，就被射杀。当他急忙下车追过去时，丽莎的尸体已经被一辆车迅速劫走。他追着那辆车到红灯区，跟丢了。所以他出现在红灯区，是一边想查出那些要了丽莎命的人到底是谁，一边等待手里散发出去的照片的效果。

既然乔雯已经先入为主，傅靳然也不屑解释。他侧过身，“我最终的任务，是保护人，而不是杀人。”

话音未落，傅靳然感觉到身后的身影飞快地越过他，朝门口跑去。他一把拉住她：“你去哪？”

“我去找Sami。”乔雯皱眉，“已经快三天了，我要是再不露面，他会慌的。”

傅靳然看向窗外：“等天黑吧，天黑了，再带你去。”

“我可没说要和你一起去。”乔雯冷哼甩手，他连无辜的女人都能下手，她无法相信找到 Sami 后，他会保护好。

傅靳然扳过她的肩，眼眸犀利：“你想反悔？”

“我就是反悔了，你能把我怎么样。”乔雯勇敢迎上他的黑眸，“杀了我？”

傅靳然怒极反笑，他将她拦腰抱起往床上扔去，用被子将她紧紧箍住。乔雯还要反抗，他索性骑上去，结实有力的臂弯锢住她的手，撑在床边：“我好不容易才把你救回来，怎么会杀了你？这样亏本的买卖，我可不做。”

乔雯被压制得无法动弹，羞愤地憋红脸，只能发狠地瞪他。

“好好休息，别想着跑。”傅靳然顿了顿，语气柔软了几分，“你跑不掉的。”

所谓跑不掉的内涵，也是极其简单粗暴的。

接下来的几个小时里，傅靳然守在乔雯身边，距离不足一米。吃饭、上药、甚至是上厕所，他都抓着她的手，不给乔雯任何逃跑的可能。

可哪里有压迫，哪里就会有反抗。

乔雯知道自己胜算微弱，也要明知不可为而为之。

“我想吃水果。”近黄昏时，乔雯看着窗外说道。

傅靳然合上杂志，盯着她，确认她是真的想吃而不是随便说说，然后转身走到门口，叫来了露易丝，想让她去楼下附近的水果店买一下。

“我要吃榴莲。”乔雯不动声色地又补充了一句。

满口答应的露易丝立刻就停住了，一脸困惑：“榴莲是什么鬼……我不会弄啊。”

格旦的水果店是有榴莲的，不过这里的人都特别懒，不会提供额外的服务。

傅靳然自然明白乔雯的意思，他看向她，又坐回椅子去：“既然露易丝不会弄，那就不吃了。”

乔雯没说话。

露易丝觉得有些尴尬，想了想后赶紧提出替换方案：“不如我去看一下有什么水果都买点来，总有乔雯你爱吃的，对吧？”

说完，露易丝转身飞跑离开，压根没听到乔雯皱眉说：“不用了，其他的我不要吃。”

乔雯瞅某人：“既然你不愿意下楼给我买榴莲，那去门口帮我拿一下饭盘总行吧？”

十分钟前，她打电话叫楼下送一份下午茶点心上来。

说话间，门外已经传来有人“吱呀”上楼的声音。傅靳然看了看乔雯，只好起身走向门口。

乔雯眼眸飞快地闪过一丝得逞的狡黠，傅靳然从餐馆伙计的手里接过饭盘，不过转身的工夫，便见她已经蹿到窗台上，只要再一步就能跳到一楼的雨篷布上，转至地面，逃之夭夭。

傅靳然皱眉，恍然大悟，一开始的“吃榴莲”根本就是幌子，她很清楚他不会答应，让他以为看穿了她的诡计，放松警惕，于是就顺理成章地掉进“退而求其次”的陷阱里。

乔雯扬扬得意地仰头望他：“怎么样？你输了。”

她这样问，傅靳然阴冷的脸色反而变得柔软，他把点心放到桌上，饶有兴致地对上她挑衅的眼神：“我没有。”

他还睁着眼睛说瞎话，乔雯不屑地哼哼。

“你没跑，不是吗？”傅靳然一把拉过她的手臂，顺带将她搂入怀里，一个转身，乔雯就又回到了床上。这回轮到他重新俯视她，“刚才你可以跑但却没跑，你说我是输了还是赢了？”

乔雯愣住，而后反应过来他这句话的意思，立刻就涨红了脸，“你少臭美了，我才不是因为你。我……”

他的脸嚣张地凑近了一些，温热的鼻息吐在她的脸上，逼得乔雯说不出话来。

她慌乱地转头，爬回被窝里，乖乖躺好。

傅靳然勾起嘴角，拿过饭盘，递给中午就没怎么吃饭的某人：“乔小姐，您的下午茶。”

“……”

本来是想给他一点颜色看看的，怎么最后反倒困住自己了呢……吃着分量十足的下午茶和露易丝买回来的水果，乔雯的内心是崩溃的。

傅靳然的一双深眸，早已看穿某人的心理活动，笑意在心底微微地荡漾开来。其实他担心什么呢？她根本就不想离开。

露易丝作为观众，在看到傅靳然一言不发，目光定定地落向乔雯一个小时没变过姿势后，忍不住问：“你……眼睛都不会累的吗？”

“不会。”能这样静静地看着她，挺好。

“唉，如果我以后的男朋友能这样深情地看着我，看多久都不嫌烦。那该有多好啊。”露易丝托着下巴对乔雯是满满的羡慕。

乔雯眼珠子挪动四十五度角，瞪某个多嘴的人：“他不是我男朋友！”

露易丝翻白眼，缩回脑袋。

乔雯继续愤愤不平地瞪向傅靳然。

就这样到了晚上。

三人吃过晚餐，乔雯被傅靳然押上车。

乔雯绷着脸就是不肯说地址，露易丝坐在车的后座看着前面僵持着的两人，不敢出声。

“现在你没有选择，要么尽快去找 Sami，要么就这样拖着。”傅靳然看向前方，很有耐心地替她分析局势。

乔雯咬唇，仍沉默。

傅靳然挑眉：“其实你可以换个方式想，你的目的是保护 Sami，我的任务也是保护 Sami。从这一点来说，我们并不冲突。”

“那好。你告诉我，你到底是谁？在替谁办事？保护 Sami 的具体内容是什么？”乔雯揣在口袋里的手紧紧地握住那枚别扣，扭头看向他。

“无可奉告。”傅靳然简明利落地回答道。

她就知道。

乔雯满腔郁气地别过头，无意识地一瞥，发现后视镜里有一辆车正鬼祟地藏匿在后方三百米远的地方，只露出一点点的车头，不仔细看，根本注意不到。

这辆车，不对劲。

乔雯偷偷地重新看向傅靳然，发现他也注意到了，并且眉头皱起。

“弗思德鲁 172 号。”

傅靳然只微微一怔，迅速放下手刹，开车。而那辆诡异的车，果真也跟了过来。

不用乔雯开口，傅靳然开着车上了大路，还故意绕了几圈，然后更加确定了这辆车的目的。

傅靳然嘱咐道：“坐稳了。”

露易丝没反应过来，乔雯伸手握紧安全带，傅靳然猝然加快车速，跻身前方的货车前。

露易丝握紧扶手，后知后觉地大喊：“不是吧，有人追我们吗？！”

发现自己暴露了，那辆车开始直接追击，直接撞向他们车尾想要逼停，露易丝更是惊恐地连连尖叫。

傅靳然掌控方向，乔雯分析前方路况。当傅靳然躲过好几次对方的撞击后，乔雯说：“这里，左转。”

傅靳然抢在最后一秒的绿灯往左边急转，切换到逆向车道，成功甩掉了尾巴。

当他们和那辆车擦身而过时，特意放慢速度，没有完全关死的黑色玻璃里，乔雯对视上一双杀气腾腾且完全陌生的眼睛。

看他们的样子，是想通过自己找到Sami。

难道他们就是放火烧餐厅的人？那丽莎的死……不，她为什么总是想替他找借口、找理由呢？

乔雯出神间，听到傅靳然淡淡说道：“很显然，除了我们，还有人在找Sami。他们可不像是善类。”

乔雯明白他的言外之意，这个神秘的第三方，是他们共同的敌人。他说得对，在希望Sami不出事这一点来说，他们是可以达成共识的。

这时坐在后座还晕头转向的露易丝凑了过来，看了看乔雯又看了看傅靳然："你们刚才真是合作无间，默契十足。我说一句公道话，和Sami碰头后，大家一起干吧？都别僵着了，这样胜算会大很多。"

乔雯头也不回地拿手去推开她的脸。

"我说的是真的，外面那么乱，要杀我们的人那么多，乔雯你……"

乔雯直视前方，强行忽视露易丝絮絮叨叨的话。

浓烈夜色里，她清楚地看到了傅靳然似笑非笑的表情。

仿若明月，又仿若尖刀。

2

很快，弗思德鲁172号，到了。

这是一个极具巴黎风情的咖啡馆，分上下两层，门口不大，推开玻璃木门时可以听到清脆的风铃声。

这个时间店里没有客人，一个亚裔男服务生正在拖地，见有人进来，用英文说："不好意思，我们打烊了。"

"陆遥呢？"乔雯推开露易丝问他。

服务生微微一怔，说回中文的表情热情很多："我们老板出去了，还没有回来。您，是老板的朋友？"

"我叫乔雯。"乔雯瞥了眼服务生的工作牌，名字叫Jack。估计是陆遥给取的，她取名字一贯如此，和她的花瓶外貌一样，不过脑。

"原来您就是乔小姐。"Jack赶忙将手里的拖把放到一旁，一副终于见到传说人物的惊喜，"老板经常提到您。"

乔雯一边点头一边往里走："你这里是不是有一位老板安排的客人？他在哪儿，能带我去见他吗？"

"您是说弥撒先生吗？"提到他，Jack 皱起眉头，"他本来都在这里待着不出门的，可是今天早上看到报纸就跑出去了，到现在也没回来。"

"你说什么？"乔雯只觉得眼前一阵发黑。

"乔雯你看你看！"靠着吧台的露易丝嚷嚷着让乔雯过来，"你看这，这是什么？"

乔雯拿着报纸冲出门，把傅靳然从车上拽下来，怒气冲冲地将手上的报纸甩到了他的脸上："怪不得你坚持要和我一起过来，你根本就知道 Sami 不在这里了对不对？！傅靳然！"

报纸上丽莎的照片出现在右下角的寻人启事中，她嘴上贴着胶带，被人抓着头发拍了正面照。照片下面只写了一个名字和电话号码。

Sami 就是看到这张照片才会情绪失控跑出去的。

傅靳然拿起从面前掉落的报纸，在短促而清晰的刺痛后，他摸了摸嘴角，发现嘴边被划出了一道浅浅的口子，流血了。

没错，他拍这样的照片，登这样的寻人启事，就是为了让 Sami 主动来找自己。可傅靳然一直没等到 Sami 的电话，所以跟乔雯过来看看是不是 Sami 没有看到报纸，或者是不敢把自己的命搭上所以没有主动联系。

傅靳然垂眸，看来他和乔雯再一次失去了 Sami 的下落。

"不是你想的那样。"他试图解释，张口却发现不知该从何说起。

"不是我想的怎样？你不是说丽莎死了吗？"乔雯努力克制恼火，声音却还是骗不了人地颤抖，"还是你拍了这照片后把她杀死了？

傅靳然，你到底哪句话是真，哪句话是假？”

傅靳然定定地看着她：“丽莎确实死了，她是在我面前被人射杀的。既然 Sami 不在你这里，那他现在的处境很危险。”

乔雯脸部肌肉因为太过用力而一时收不回来，她瞪着他，思考这句话的真实性。

傅靳然无语地转身上车：“你留在这里，我去找他。”

乔雯片刻迟疑的工夫，傅靳然的车子已经驶出去好远。露易丝从咖啡馆里追出来：“他去哪儿啊？”

乔雯盯着迅速在夜色里消失的皮卡，情绪缓缓平静下来。

丽莎不是他杀的。

她该相信他吗？

寻找 Sami 的线索到丽莎这里就断了，对傅靳然来说丽莎唯一的价值就是当诱饵，所以他带走丽莎，这样的行为动机是合理的。

若丽莎真的死于他之手，傅靳然没有否认的必要。

乔雯懊恼极了，为什么他只是寥寥几句话，天平就轻易地倾向于他了？

露易丝和乔雯回到咖啡馆内，Jack 给她们上了丰富的饭菜，露易丝狼吞虎咽地一边吃一边瞅眉头深锁的乔雯：“不是说 Sami 一个人跑出去了吗？这格旦那么大，傅靳然要去哪儿找啊？”见乔雯不说话，露易丝把嘴里的沙拉给咽下去，又说，“还是说傅靳然……”

乔雯注意到她的欲言又止，不禁抬眸。

“他其实是黑帮？黑手党？在格旦有各种眼线？”露易丝眼睛闪亮亮，话中却有话。

乔雯本来不想搭理她，但又不甘心地看向她，这时，露易丝继续道："还是说他其实在骗我们，扔下我们自己去找Sami了。你……是不是这样觉得？"

乔雯还是沉默，露易丝放下手里的鸡腿，一脸哀怨地看向她："之前看你那么豁达，一副聪明到不行的样子，怎么碰到傅靳然就突然间眼盲心也盲了呢？"

乔雯皱眉，她可不习惯从露易丝嘴里听到这样的话。

"他到底有没有骗你，究竟对你如何，你真的感觉不到吗？"露易丝耸肩，"你感觉不到，我可是看得真真切切。"

乔雯苦笑，只当露易丝这个家伙是拿话安慰她罢了。

"在酒店的时候，我问他，你们当初为什么会分开。他只说了四个字'世事难料'。我看得出来，他心里是有你的。他问了我很多关于你的事，我以为他会逼问我Sami的下落，可他没有。连我想着怎么求他去救你都省了。"露易丝双手撑于椅子两边，歪头眨眼，"你呢？不顾自己死活跳下车，死也要和他死在一起。现在可好，连性命都可以交托，却交托不了信任？"

她的最后一句话戳中乔雯心底最混沌最柔软的地方。

是啊，他可以以命相搏来救她，看到他有危险她也能奋不顾身。

可是他骗过她，她也怀疑过他。为了各自的目的，对彼此可以利用，可以算计。

大概这世上没有谁和谁的关系，能如此复杂吧？

乔雯垂眸苦笑，突然想到一个词：相爱相杀。

见乔雯一直不搭理自己，露易丝吃饱喝足，叹了口气，只好别过头看窗外的夜色："军营回不去了，Sami又丢了，唉，你说我们现在怎么办啊？"

现在还能怎么办，还没见到陆遥，傅靳然随时也会回来，只能先在这里等着。

乔雯皱眉，看手表，时间已经是晚上八点四十五分，陆遥还没影，她有些担心。

这时Jack走过来见乔雯没怎么动筷子，羞愧地搓手，问是不是他的厨艺不佳，做得不好吃。

乔雯摇头："不是，是我自己胃口不好。Jack，你给陆遥打个电话吧，问她到哪里了。"

"好的，乔小姐。"Jack转身。

"是谁要打我电话啊？"未见其人，先闻其声。随着风铃响动，一个清脆的女声从门口传来。

乔雯转身，好久不见的那张熟悉的脸终于出现。

3

只见她把头上的帽子摘下来，一头及肩褐发，脸蛋亮如明月，最先吸引人的是那一双可爱萌动的大眼睛，及眉刘海衬得圆脸多了几分俏皮。和乔雯的出众漂亮、露易丝的异域风情不同，陆遥是一种亲和的美。

"乔雯——"陆遥跑过来一把抱住乔雯，娇嗔撒娇，"你终于出现了！"

乔雯拍了拍陆遥的肩，她们不见已有四年，但没有一点生疏。

有些人就是这样，不管分开多少年，只要当初的情谊足够坚固，再见便都是亲密的。

四年前乔雯在纽约救过陆遥，于陆遥而言，她是恩人、是姐姐、更是朋友。

第一次见面，露易丝便指着陆遥，捂嘴惊呼："咦，你受伤了……"

乔雯听到这话，推开陆遥，这才发现她身上都是脏的，手臂上的衣服都破了好几道，隐约能看到鲜红的伤口，像是被刀砍的。

陆遥满不在乎地摆摆手，拉过椅子坐下，拿起果汁喝上一大口，随后才说："回来的路上遇到几个坏人想要调戏我，我反抗来着。幸好有一个好心人出现，救了我，我才受了点轻伤。乔雯，你说我是不是命很好，以前有你，现在又能碰到英雄？哈哈。"

坐在一旁的露易丝张大嘴巴，这姑娘像是说别人的事一样，还能笑得出来。

乔雯皱眉瞪眼，一声不吭。

陆遥以为她是在怪自己，便主动承认错误："……你让我看着 Sami 的，我没看住，所以我跑出去找他了。对不起，乔雯，你交代我办的事我没办好。"

乔雯本来是想责怪她的，可见她受伤，也只好作罢："算了，也不是你的错。"

"对了，他跑走后，我去他的房间看过，他有留下一张便条。"陆遥打了一个响指，扭头喊 Jack 去她房间拿一下。

乔雯探头看了看，起身抽过便条，上面是一个地址。她立刻用手机搜索，地图显示那是格旦最大的体育馆。

跟 Sami 接触的画面忽然闯进了脑海——

"可是你没有证据，只凭你的片面之词，也不能撬动这样大的庄家呀。"

“我有，当晚屠村的视频。”

难道说Sami把视频留在了体育馆？

乔雯看向陆遥：“你就是去这儿找的Sami吗？”

陆遥点头：“对啊，我看他留下地址，想着是不是他给我留下的信号，所以我跑过去找了。结果他根本就没在那儿。”

露易丝和乔雯四目相对。

“我知道了。”乔雯扶过陆遥往楼上走，“我先给你处理一下伤口吧，露易丝，你在这儿等一下。”

露易丝坐回位置上，视线移向落地窗外的黑夜，陷入深思。

待乔雯回到楼下，傅靳然还没有出现，露易丝坐在椅子上低着头，显得很落寞。她走过去说：“我让陆遥准备了房间，上楼睡吧，刚刚她和我说这片区域九点后就会封锁。傅靳然……估计回来也要等到明天了。”

“乔雯，明天一早我想离开。”露易丝抬头，神情肃然。

乔雯没反应过来她这句话的意思。

“我是说我一个人离开。”露易丝顿了顿，继续道，“Sami有屠村的视频这件事我一直都半信半疑。乔雯，我们分开行动吧。我去找视频，你去找Sami。这样应该是最好的选择。如果我找到了视频，我答应你，不管用什么方式都会想办法将它公开。”

她的话很有道理，但乔雯能感觉到她的目光闪烁和她极为不安的身体反应：“露易丝，你没事吧？”

“我没事啊。”露易丝拙劣的隐藏最终还是在乔雯的目光里败下阵来，“好吧，我……知道自己胆小，连你那个长得很可爱的朋友都比我勇敢不知道多少倍。我……我在你们身边也帮不了什么忙，反倒会拖累你们。”

陆遥出现后，乔雯就感觉到她异常沉默。

天知道，陆遥是天生的冒险家，她的骨子里根本就没有害怕这回事。用她的话来说，之前是无知者无畏，死过一次后便天下无敌了。

越危险，她越兴奋……陆遥根本就不是一个正常的姑娘。

这样的对比，露易丝不知内情，自然是很难过心里这道坎。乔雯想了想：“你一个人，我不放心。”

“我不是一个人。我在格旦有认识的学姐，她还有一些黑道势力，能照顾我周全的。”露易丝让乔雯不必担心她，僵硬地挤出了一丝笑容，起身上楼。

Sami 的情况复杂，让她去更安全的地方也好。乔雯从口袋里掏出傅靳然的别扣，忍不住低声呢喃：“你现在在哪里？是否安全？”

五个小时后，乔雯突然听到有人敲玻璃的声音。

她抬头，竟是傅靳然。

乔雯赶紧起身把门打开，傅靳然带着一阵冷风飞快地侧身进来。

“你，怎么进来的？”她没有上楼，而是独自守在这里，只是以防万一。看到他就这样出现在自己面前，乔雯又惊又喜。

“怕你等久了，又要胡思乱想。”傅靳然寥寥几字，云淡风轻。

他被困在封锁区外足足五个小时，放哨的士兵严格地拒绝所有人员和车辆的进出。为了能最快地进来，他便一直等，等到他们交班松懈的时间，找机会溜了进来。

傅靳然的眼眸像耀眼的明珠，无论何时都闪烁着夺目的光芒。她能感觉到他极力压制的急促呼吸。

他像个晚归的浪人，听到她的等待，拼命赶回。

乔雯心头猛地一跳，低头转身："我去给你弄点吃的。"

傅靳然握住她的手说："不必了。"

乔雯视线落在他的手上，重逢以来，这是第一次，他牵她的手，温柔地、不带一点报复性。

而以前，他只是牵她的手，笨笨地、紧紧相握着，掌控不好力道。

傅靳然吃了一点桌上剩下的饭菜，说他出去后，找人重新弄了一张同号码的SIM卡，找到Sami的号码锁定位置，赶过去时，手机已经置身在垃圾箱中。手机上还有血。

"你的意思是，Sami已经遭遇了不测？"乔雯皱眉。

"不。"傅靳然摇头，"按时间来说应该是不会。如果那些人找到了他，就不会跟踪我们。不过我想，Sami应该是受伤了。"

乔雯想到什么，倒回去问："你怎么确定那只手机就是Sami的？"

傅靳然："除了他，还会有谁特意买新的匿名SIM卡，而且通话记录里只打我这一个电话号码的。"

乔雯闭上嘴，如果不是为了救她，他的包就不会遗落在现场，也就不会因为遗落了手机而错过了Sami的电话。

这种自责无力的感觉，就像那次她晕倒错过了丽莎的电话一样糟糕。

不，是更糟糕。

"这么快就认输，可不像我认识的你。"似乎看穿了她的心思，傅靳然淡淡说道。

乔雯闷声道："我才没有。"

"放心吧，如果Sami真的受伤了，他走不远。不过为了自身安全，他应该已经藏起来了。我已经让人在半径五千米范围内留意，如果有他的行踪会立刻告诉我。现在，我们只能耐心地等待消息。”

乔雯定定地看向傅靳然，他这是在向她报备吗？对于他的开诚布公，她心里涌起一阵感动。想了想，便把视频和地址的事情告诉了他：“露易丝说她明天和我们分开行动。”

傅靳然点点头，冷不丁地来了一句，“终于没有电灯泡了。”

乔雯怔了怔，打量他依旧清冷的脸，脸莫名地滚烫起来，她局促起身，指了指手表：“时间不早了，赶紧上楼睡吧。”

话落的下一秒，她便被傅靳然从背后抱住了，而后耳边传来他沉沉的声音：“没几个小时就天亮了，陪我在楼下凑合眯一会儿。”

不是询问，不是试探。

是不容拒绝的霸道要求。

不等乔雯答话，她就被他拖到里间的沙发上躺下。

只能躺下一个人的宽度里，二人侧身相拥，乔雯侧脸贴着他的胸膛，陷在他结实温暖的臂弯里……毫无睡意。

很快，她听到他睡着的声音。

乔雯抬起头，看向他熟睡的脸，眼底淌着不知名的温柔。

她可以把过去的一切都放下，可时光还允许他们回去吗？

此时，楼梯间有一个阴影正静静地退去。

4

翌日一早，露易丝和乔雯告辞。

陆遥戴着口罩一边咳嗽一边下楼。口罩大得夸张，陆遥只露出一双眼睛在外头。

早上用餐的时候，她一反常态地安静。多半是乔雯在说，她用点头或摇头来回答，甚至也没怎么搭理过坐在对面的傅靳然。

乔雯奇怪她这是怎么了，看陆遥只是淡淡地说了一句:“没什么，没睡好。”

乔雯耷拉着厚重的眼皮，下意识地看向傅靳然。

在座睡得最好的估计就是他了吧……

早餐过后，乔雯送露易丝出门，傅靳然识趣地没有跟出去。

趁着等车的时间，乔雯握住露易丝的双手，轻声说：“你说你的学姐有黑道背景，不知道能不能帮我查一下这个别扣是属于哪个组织的。”

露易丝垂眸，感受到了握在二人手心的别扣，她不动声色地接过，发现那别扣的表面是温热的，而且还带着手汗，说明她一直握在手里。再看她此时的忐忑神情，露易丝了然：“是傅靳然的？”

乔雯抿唇。

“我试试吧，有消息就通知你。”露易丝将别扣收于口袋中。

乔雯点头：“你自己小心。”

露易丝突然伸手抱住了乔雯：“你也是。”

接露易丝的车来了，她勾过乔雯的脖子，压低声音道：“好好和傅靳然处一处吧，他那么优秀的男人，你就不怕别人把他给抢走了呀？”

乔雯抬眸，露易丝眨了个漂亮的眼色，随后上了车。

乔雯在门口站了一会儿，心里有些空落落的，不知道是因为把别扣和托付送出去的关系，还是因为露易丝刚才看似玩笑话的警告。

与此同时，咖啡馆内。

木桌上，只有傅靳然和陆遥相对而坐，可是陆遥却如坐针毡。

她几乎要把脸埋进碗里，用喝咖啡的小勺子一勺一勺地将食物从口罩下面塞进嘴里。

“以后别再那么晚出门，不是每一次都能那么幸运的。”

陆遥蓦地一怔，像被雷劈一样整个人都僵住了。

她久久才回过神来，刚才那句话不是幻觉，是来自对面。

是傅靳然对她说的。

原来，他早就认出了她——

尽管她戴了口罩，没有说话，没有提昨晚回来时被搭救的只言片语。

所以他在配合她的故意回避？

可他一定不知道自己为何故意回避吧？

陆遥心里一涩，放下勺子。

谁也不知道，不过是一夜之间，她已经经历了从一眼万年到一朝失恋的难过。

有些事，你以为在你这里是开始，其实压根就没有你上场的机会。这才是最让人崩溃的地方。

拿掉口罩的陆遥满脸通红，她的掩耳盗铃闹了个大笑话，于是也不再扭捏。她有些尴尬地玩笑道：“没想到……昨晚救我的英雄，也认识我家乔雯。”

傅靳然右手握拳放在桌上，整个人挺直腰板没有靠着椅背，坐如松是他当兵留下来的习惯。他的眉眼本就英气，交织着窗外散落进来的柔煦阳光，特别容易让女人心动。

“这个世界真小……”陆遥局促一笑。

她在说着话，可傅靳然的目光却始终都落在门外乔雯的身上。陆遥顺着视线望去，张了张嘴，再没勇气说第三句话。

虽然坐在他对面，咫尺之间，可看着他冰冷俊朗的侧脸，似乎又隔着千山万水，融入不了他世界的感觉那样强烈，仿佛昨晚的初遇，是她不小心闯入了任意门，这才有那么十几分钟的幸运。

这时乔雯推门进来，傅靳然站起身迎上前：“送走了？”

乔雯点点头。

他抬手，手指倏地划过她的眼窝，挑眉打趣：“看你的黑眼圈，睡我身上不舒服？”

乔雯一惊，猛拍了一下他的肩。

傅靳然戏谑一笑，好似这屋子只有他们二人。他牵过她的手转身：“去，到楼上补会儿觉。”

乔雯看向陆遥还没来得及解释，就被不由分说地拉上了楼。

陆遥强挤出来的笑容，在他们上楼后，一点点地消失殆尽。

昨晚匆忙准备的房间，其实并没有傅靳然的。这也让傅靳然以此为理由强行进入乔雯的房间。

“喂，你进来干吗？”

“陪睡。”再也没见过比傅靳然更厚脸皮的男人了，乔雯在心中不动声色地翻了个白眼。

一米二的床，虽然能躺下两个人，但还是稍显拥挤。傅靳然摊开长臂给她当靠枕，云淡风轻地继续调侃：“条件简陋，乔小姐暂且包涵。”

乔雯是个遇强则强、遇弱则弱的人，见他如此，于是索性放下扭捏，手托腮帮子，坦然地回应他的调侃：“好啊，那我就勉强接……”

话未讲完，她的身体便瞬间失重，跌进了他的臂弯。

他的眉眼炽热，犹如落进三千繁华，慢慢柔软她对抗的目光……

傅靳然忽然变得这么孩子气和黏人，让乔雯有些不习惯，也感到不真实：“傅靳然……”

“睡吧。”似乎是怕她问些什么，他把头埋进她的长发，催促道。

一夜未眠，乔雯真的很累。没过一会儿，她缓缓合上眼睛，进入梦乡。而一旁的傅靳然则慢慢地睁开眼睛，专注地望着某人的睡脸，他伸手轻抚她嘴角的发丝，把头缓缓地靠了过去。

门被人打开一丝缝隙——

陆遥贴在门边，看到傅靳然小心翼翼地吻着乔雯，视若珍宝的样子。

心像被人架在烈火上烘烤，难受非常。这种难受里，还有自己只能躲在暗处窥视的恼恨。

既然他的世界只为乔雯开放，又为何让她窥探了其中的美妙？既然窥探了，又怎能做到浅尝辄止？

她收起眼底的落寞，悄然转身。

■□■ 5

“江樱，明天我就要离开了。”埃菲尔铁塔下永远有那么多观光客在穿梭，傅靳然走在她身边显得有些心不在焉。

他从一开始就对她说过，在巴黎只会待半个月。所以她早就知道离别的日子近在眼前，于是并不惊讶，只是不舍：“嗯，我知道。”

“等我完成工作，就来找你。”傅靳然拉过她的手，像是对她承诺又像是对自己叮嘱，“不会太久。”

“不会太久是多久？”她突然想像别的女孩子一样要要任性，刨根问底。

傅靳然认真地沉思片刻，给出了期限：“十天。”

“好，十天。”她点头，“我就等你十天。”

傅靳然淡淡一笑，就地用脚画了个圈，“十天后我们就在这里等。”

“如果十天后你还不来，我就……”

“你就如何？”傅靳然兴致勃勃地问。

“我就不等了呗，去找比你更帅气的男人。”她傲娇地别过脸去。

傅靳然把脸凑过去，挡住视线里的蓝天白云：“这世上会有比我更帅气的男人吗？”

她扑哧一笑，想要骂他自恋。

这时，周围所有的人忽然全都不见了，偌大的广场只剩下她一个人。

她惊恐地环顾四周，拼命地喊傅靳然的名字，这时只听一声响亮的枪声从远方传来。

下一秒，她缓缓低头，清晰地看见自己的左心房被子弹打穿。

血液迅速地晕染成了一朵绮丽刺眼的花。

傅靳然的脸就这样在眼前放大又变小，忽近又忽远。

……

乔雯惊醒坐起，那声枪响似乎还在耳边回荡，视线一点点重新聚焦回房间里的家具后，她好像还是能听到一阵一阵的巨响。

傅靳然拉过袖子给她擦汗，皱眉问道："做噩梦了？"

乔雯条件反射般打掉傅靳然的手，迎上他温和的目光后，垂眸从喉咙里发出低低的声音："嗯……"

被追杀的时候，她经常会做这样的噩梦。

可是现在在傅靳然的身边，在他的怀里安然入睡，为什么还是会做这样的梦？乔雯咬紧牙关，听到自己急促的心跳声，忍不住问自己：难道在内心深处她还是怪他的？

"什么噩梦把你吓成这样？我……"她是叫着他的名字醒过来的，她的噩梦和他有关。傅靳然假装没听到，而是说，"我记得你最怕蛇了，是蛇吗？"

刚刚的猜测几乎脱口而出，到嘴边才发觉是不妥的——我记得你连死都不怕，为何会怕我呢？

乔雯定定地看向傅靳然，心头一紧，扑过去紧紧抱住他。

"傅靳然，我们一起忘掉过去好不好？我们以后都好好的好不好？"

傅靳然的心蓦地一沉，出神地望向前方，感受着她急迫而又恳切的询问，回想起战友为自己而死的画面。

最后，他缓缓扬唇："好。"

既然我们回不到过去了，那就一起去创造未来。

那一天，你不顾一切地跳下车，我就没办法再假装干脆地和你分清楚河汉界。

"乔雯，乔雯！"

屋外那惊雷般的响声还在持续，陆遥的声音由远及近，随着她推开门而清晰到最大化。

乔雯和傅靳然分开，傅靳然回头看向陆遥："外面的鞭炮是你放的？"

陆遥回神，连忙说道："是，啊，不是。我是说我们要进密室躲一躲了。是他们来了！"

"他们是谁？"

乔雯和傅靳然一头雾水，完全听不懂陆遥在说什么。

陆遥一边上前拉乔雯，一边推开傅靳然，直言没时间解释。而后她带着他们跑出房间，往最里面的房间跑去。

当陆遥按动床边的开关，随着一声闷响，床板瞬间侧翻，出现一个密室入口。

陆遥领着乔雯和傅靳然跳进去。

和上面一样大小的秘密房间，除了海拔稍微低一点，其他的倒是应有尽有——食物、躺椅、洗手间。

陆遥说这是她当时装修咖啡馆时特意做的密室："现在都不太平，特别是格旦。"

"你刚刚说的他们是谁？"乔雯问。

陆遥回道："是一群来抢食物的乌合之众，两党开战后，格旦局势动荡，经常有人来抢食物回去囤积，高价卖出。警察根本管不了，刚才的鞭炮声是我们这些商家说好的警告信号，为了把损失降到最低。"

乔雯忽然想到："Jack 怎么办？"

"他出去了，放心吧，回来的时候看到情况会自己躲起来的。"

说话间，外面已经传来砸窗破门的动静。

这房间有一扇小窗，抬起一点可以看到一楼的情况。陆遥掀起一丝缝隙，只见一群手持武器的男人已经大摇大摆地闯进店里肆意打砸，看到展览橱窗里不能包装带走的蛋糕，也索性拿在手里直接吃掉了。

乔雯注意到他们把收银台的柜子打开，里面是空的，再看向陆遥腰间鼓鼓的腰包，欣慰了然。

陆遥抬眸对上她的目光，得意地笑。

三人席地而坐，陆遥兴致勃勃地拿过一盘瓜子夹在两人中间，看向乔雯直言："乔雯你真不够意思。"

乔雯睁眼。

"什么时候交的男朋友我都不知道。"陆遥故作满不在乎地责怪。

乔雯语塞，看了看傅靳然，没办法否认，好像也没办法……利索地承认。

"你们……是怎么认识的？"这次陆遥看向傅靳然，目光里隐隐含着好奇。

傅靳然和乔雯四目相对，他忽然邪魅扬唇。二人同时说道：

"他，从天而降。"

"她，不打不相识。"

在这种特殊情况下，三人被困在秘密房间里，竟然还能忘掉惊险，打开了话匣子。

陆遥托着下巴，装作很有兴趣听的样子，可目光却一直落在傅靳然身上："不打不相识？你和乔雯吗？谁打赢了？"

"我输了。"傅靳然微微一笑的神情分明是他赢了世界的模样，"别人说是一见钟情，我第一眼见到的是她的高跟鞋鞋底。过了好几招之后，我才看到她的脸。看到她的那一刻，我就不想和她继续打下去了。”

傅靳然看向乔雯的眼神让陆遥嫉妒得要命，可内心越是难受，表面就越要全无痕迹，“因为……乔雯漂亮吗？”

“她哪有我漂亮。”傅靳然好整以暇地挑眉。

乔雯无语，只轻轻“呸”了一声。

傅靳然毫不介意地笑了笑，他这话虽是调侃，但认真的程度居多。对自己的美貌，他可是很自信的。在军队时，寂寞的兄弟们动用关系，和空姐、医生联谊，他一直都深受女性青睐，是联谊会上的王牌。

可他都没兴趣。大家都说他是眼光太高了，可只有他自己知道，他没有心动的感觉。

直到遇到乔雯。

“她是我喜欢的那种漂亮。”傅靳然歪头，“但那一刻，我是被她坚定明亮的眼睛所吸引。就像……一道光，照亮了我的世界。”

乔雯被他最后一句话的比喻酸到了，有些不好意思地别过头：“你讲话这样文绉绉，没有比你说话还像诗人的军人了。”

“你是军人？”陆遥怔了怔，觉得意外又觉得正常。从他身上感觉到的英气和挺拔，确实不是一般人可以练就的气质。

“退伍好久了。”傅靳然没有一丝停顿地把话题丢给乔雯，“我说太多了，轮到你说了。”

陆遥意识到傅靳然很避讳“退伍”这个话题。

“我第一眼看到你的时候，是你在光里的影子。”乔雯顿了顿，回想初见的那一幕，“你从天而降，在十五层的窗外，逆着光，我一时看不清你的脸。下一秒，你踹窗进来……像突击队伍，当时我就在想你一定是恐怖分子……”

大多数时候是乔雯在说，傅靳然偶尔插上几句，他们默契得就像是在共同说一出浪漫的话剧，不用眼神交流，各自沉浸在回忆中，而这份回忆本身就是互通的。

陆遥听着听着，失神打翻了一盘瓜子。

“那你们后来为什么又分手了呢？”

甜蜜翻过篇章，终究是要面对故事里必然会有的灰暗。陆遥的这句问话像刮过山谷的风，将灰暗吹得隆隆作响。

“不是分手，是分开。”两人竟不约而同地纠正。

傅靳然望向乔雯，继续说道：“分开后的每一天，我都想过不要再见你，但又忍不住想，是否还能再见到你。”

乔雯不自觉加快了心跳，他的灼热目光似在预告接下来要说很动听的话。

“乔雯，我认输了。我从未有一天不在乎你。”乔雯微微一怔，才反应过来他是在回答她之前的问话。

……

“傅靳然，承认你还在乎我，真的有那么难吗？”

……

他向她认输了。

一个女人最大的虚荣心，大抵就是男人向自己认输吧。

傅靳然有些无奈又分明甘愿的模样，让乔雯心头一热。

陆遥摇头抱肩直呼受不了，她站起身背对他们，作势要去找点喝的，来压一压身上泛起的鸡皮疙瘩：“你们喝不喝啊？”

乔雯和傅靳然相视一笑，低下头去。

这时头顶上方传来 Jack 的声音：“老板，他们走了，你们可以出来了。”

傅靳然起身，过去把床板推开，Jack 就趴在一旁。

陆遥故意留在最后出去，她望着两人的背影脸色一沉，踩在刚才被自己拨乱的饮料瓶上，“哎哟”一声坐到地上。

正要跟着乔雯上去的傅靳然回头，陆遥吃疼地捂着脚踝，疼痛出声：“啊……好疼，好疼……”

乔雯见状问：“陆遥你怎么了？”

“扭到脚了……”

不知内情的 Jack 赶紧说要下来背她，乔雯对傅靳然说：“你背陆遥上来吧。”

傅靳然目光落在似乎真的很疼的陆遥身上，没有说话，径直朝她走过去，在她面前蹲下。

陆遥咬唇，轻声说道：“那，麻烦你了。”

她伸手轻轻地环过他的脖子，往他背上趴去。

傅靳然毫不费力地站起来，走过去，双手撑住出口的两边，直接将陆遥和自己送到了上面。

Jack 扶着陆遥不停地问：“老板，你没事吧？来，我帮你看看脚。”

“不用了，我没事。”陆遥推开他，看向傅靳然，“谢谢你，傅靳然。”

“没事。”

当他替她打跑那些坏人，拿过车子上的毛巾随意地把受伤的手臂给包住时，她说过这六个字，当时他只是看了她一眼什么话都没说就走了。

现在，他有回应，虽然只是两个字，但这就是进步！

陆遥受到了莫大的鼓舞。她强压心中的雀跃，为刚才假装崴脚而沾沾自喜——不仅感受到他结实的臂弯，还走近了万里之路的小小一步。

暗暗激动过后，陆遥眼眸一沉，刚才傅靳然虽然煽情结尾，但他和乔雯之间绝对没有他说得那样简单。

依稀还能想起一年前，她还在巴黎开咖啡馆的时候，有一天晚上，乔雯醉倒在咖啡馆门口号啕大哭的样子。

那会儿的乔雯仿佛天都塌了，却无论如何都不肯说是为何而哭。

像发现深邃洞口的一点光，陆遥犹豫要不要前往。因为她很清楚，自己一旦看到华丽风景就再也不想回头。

可问题是，她已经闻到了芬芳。

第五章
遥遥相望

露易丝还没有传来消息，傅靳然那里也还没有动静。乔雯意识到目前能做的唯有静下心来等。

但也不能两手一摊光等着。

陆遥不和他们客气，提议他们穿上工作服，一起和 Jack 当咖啡馆的服务生。

乔雯正有此意，陆遥既然这么说了，索性就答应下来。

白色衬衫、蓝色牛仔裤，加咖啡色围裙，乔雯从房间里出来时一脸清爽。靠在门边的傅靳然见她这样的装扮，好整以暇地打量："确实挺像这么回事的。"

乔雯斜睨："什么叫像这么回事？"

"我是说，你的可塑性很强。OL 索菲亚、保镖江樱、头牌茉莉……服务生乔雯。"傅靳然淡淡一笑，细数她试过的多种风格。

乔雯瞪眼，颇为傲娇地甩马尾："我才不像你，穿什么都不像个普通人。"

"你这是变相夸我吗？"傅靳然一把搂过她的腰，不由分说地要将她系起的蝴蝶结放下来，"夸我遮盖不住光芒。"

"你少臭美了，我指的是你的肱二头肌！"乔雯边吐槽边推开他霸道强硬的手，只是很普通的造型，不是弯腰根本露不出一点腰来，这都要被他打压，她不服气极了，"你怎么比萨塔男人还保守……"

傅靳然顺势将乔雯搂得更紧，就在她抬头间，唇就被其含住。

他的眼眸略带得意，唇齿间又极尽温柔。乔雯按在他胸口的双手不自觉缓缓下滑，抱住了他的腰。

这时傅靳然忽然放开她，板着脸问："你怎么知道萨塔男人有多保守？交往过？"

话还没说完，他们身后的门倏地被打开。同样穿好工作服的陆遥脸上的笑容僵了僵，而后细眉一横，摆出老板的架势来："喂，你们干吗呢！还不快忙去！"

乔雯耸肩，推开傅靳然，转身下楼。

傅靳然站直身，陆遥身子一闪，挡在他面前："傅靳然，我有话和你说。"

"什么事？"

陆遥张了张嘴，又很警惕地看向楼梯，示意傅靳然跟她进房间说。

关上门后，傅靳然看她一脸事关重大的模样，不由地皱眉。

"是这样的……"陆遥顿了顿，"明天就是乔雯的生日。我想给她一个惊喜，给她办一个生日派对。"

"明天？"傅靳然记忆迅速流转，摇头道，"明天不是她的生日。"

陆遥一愣，局促地笑说："哦，你可能不知道。明天是乔雯的农历生日，也是我和她认识五年的纪念日。为了这两个重要的日子，我都是给她过农历的生日。这应该……是我一个人的特权吧。"

傅靳然看向她一张稚气的娃娃脸，有些娇小的身材，说话时还有偶尔踮脚的习惯，说道："想不到乔雯会有你这么一个朋友。"

陆遥为他眼眸里的亮光微微一怔，兴奋地拉过他往里走，指着照片墙上的照片，还有桌上的照片说道："五年前在纽约，乔雯帮我从黑人手里抢回包包，黑人带帮手回来报复，他们都拿着长刀长棍！乔雯带着我坐她摩托车后边各种飙车。那一天是我这辈子最刺激的一天了！”陆遥眉飞色舞地说着，对自己不安分的手没有丝毫察觉，“乔雯不仅救了我的命，还帮我保住了开店基金。她因为工作的关系全世界到处跑，我也是喜欢到处跑的人。纽约、巴黎、香港到处都有我的咖啡馆。这些都是我和乔雯一起玩的时候拍的，这张是我和她在日本参加击剑比赛的时候，这张……”

正说着，陆遥回头，见傅靳然低头盯着她拉着他的手。她像是突然反应过来，赶紧松开：“对，对不起……”

傅靳然走上前扫视了一圈照片，笑容宠溺：“和她在一起，就要习惯惊天动地。”

陆遥双手背过身后，贪恋地望着他此时明朗的笑容，像欣赏一幅绝世画作。

岁月静好，就想这样并肩到老。

陆遥这个念头冒了出来，在天空无声无息地炸开，一地狼藉，再也收拾不干净了。

“那你想怎么做。”傅靳然转头，对上陆遥没能及时收回的灼热目光。

楼下。

乔雯拿着扫把扫了一圈之后，发现傅靳然还没下来，不由得有些犯嘀咕。

乔雯走了两圈，望向心不在焉地拿着毛巾在收银台擦拭的Jack，“你喜欢陆遥对不对？”

Jack 吓了好大一跳：“啊……什么？乔小姐，在和我说话？”

乔雯环顾四周：“现在只有我们两个人。”

Jack 挠了挠后脑勺，不好意思地低下头。

“可是老板不会喜欢我的，我知道。”Jack 低下头，毛巾使劲往桌角擦了擦。

话说着，楼梯上出现了两个身影，他们的模样似乎还在回味着刚刚的有说有笑，陆遥望着傅靳然笑得格外灿烂。

乔雯耳边忽然炸出了露易丝说的话——

“好好和傅靳然处一处吧，他那么优秀的男人，你就不怕别人把他给抢走了呀？”

乔雯心情莫名被吊打了一番，她看着傅靳然走到自己跟前，有些不愉快地问：“你怎么在楼上待那么久？”

“没什么。”傅靳然淡淡道。

“……你和陆遥说什么呢？”

“没说什么。”傅靳然似乎是故意一样，淡然转身。

乔雯被傅靳然的态度扰得更是闷上几分，她看向正在和 Jack 吩咐今天菜单的陆遥，觉得自己是不是多心了。

营业时间开始，咖啡馆里的人渐渐多了起来。

一些老顾客进来后看到乔雯和傅靳然这样的新面孔，都会跟陆遥打听上几句。陆遥这个老板除了热情外记忆力也非常好，这些老顾客的点单习惯记得丝毫不差，和她看似稚气不管事的外表大相径庭。

“他们几个刚刚从 C 区那边过来，说玛格党把一所中学给炸了，死伤大半，那边的学生估计都上不了学了，政府安排他们来这边的中学暂时就读。”陆遥接过乔雯收来的钱，指着最右面靠窗的一桌客人说道。

Jack 皱了一下眉头，随即说道：“我明白了，我现在就去进货。”

乔雯见陆遥点头之后没再说别的，疑惑地问道："进货？"

"是啊，到时候放学后来这里的学生数量就会成倍增长，现在咖啡馆里的存货根本不够卖。"陆遥解释道。

"你不该想一下，他们说的死伤过半这件事吗？"乔雯放下手里的盘子，有些不悦，她以为陆遥最先想到的是尽自己的能力去救助一下 C 区受难的学生。

傅靳然听到动静，回头。

陆遥微微一怔，握过她的手，压低声音道："乔雯，战争里我们救不过来那么多人。"

傅靳然走过来，见两人气氛不对，刚要开口，乔雯把手抽回来，看了她一眼，冷冷说道："当时我不也救你回来了吗？"语毕，乔雯便转身上楼。

手心的空洞随即化成刺痛，陆遥略带歉意看向傅靳然："我好像惹乔雯不高兴了。"

"没事。"他迅速放下盘子，快步上楼。

"老板……"情况太过突然，Jack 不知道该如何化解，他试图拍陆遥的肩，最终还是把手缩了回去。

陆遥慢慢握紧拳头，暗咬嘴唇。

傅靳然推开乔雯的房门的时候，她正在收拾相机和包。

"你这是做什么。"

"我要去 C 区看看，报道情况后，再加入医疗队尽可能地提供帮助。"乔雯一边换衣服，一边说。

"你就不怕我万一有了 Sami 的消息，不和你说就跑了？"傅靳然拦住她。

乔雯抬了抬眼皮，没说话。

傅靳然抿唇："陆遥说得对，这是战争，我们救不过来那么多人。"

乔雯刚被压下去的怒火霎时又被点燃了，她一把将他推开，语气愠怒，"我知道，我又不是菩萨可以普度众生！"门没关，不大的房间瞬时安静下来，空气里只剩下一触即发的躁动，"可是我当了战地记者后才知道，那些都是借口！不管能不能救、能救多少，面对战争和伤亡，尽力去援助本就是应该做的事。"乔雯脸上是动容的恳切，她本不想发脾气，也不是责怪谁，只是脱胎换骨后对生命意义的解读，太过强烈。

乔雯不奢望他们能够认同，但希望至少能得到理解，而不是阻拦，尤其是傅靳然。

"不知道也就算了，知道了我就得去一趟，做身为一名战地记者该做的事。"

傅靳然静静地看着她，却又不像是在看眼前的她。半晌，他问："你这算是在还债吗？"

乔雯怔住。

门外贴墙而立的陆遥更是竖起双耳。

乔雯看着傅靳然的双眼，有一刹那的失神，瞬间后，又带着不解。

"没什么，我陪你一起去。"傅靳然拥过乔雯，好似安慰道。

黑暗中，陆遥盯着屋内倾泻而出的昏暗光线，硕大的眼眸渐渐起雾。

傅靳然牵着乔雯的手从房间里走出来，看到陆遥一个人蹲坐在楼梯上。

乔雯启唇："陆遥……"

听到声响，陆遥回头，哭丧着脸，眼眶泛红，"乔雯……对不起。"

陆遥起身，低着头，像一个做错事的孩子。

“好了，刚刚是我语气太重了。”看她这样，乔雯有些过意不去，她上前轻拍了拍她的肩，说道。

陆遥踮脚一把抱住她，“哇”地哭出声。

乔雯越发自责。

陆遥在泪眼蒙眬中留意傅靳然的神情变化，哭得更大声了些。

那是一种带着悲壮和无奈的难过，痛不言，却有声。

2

女生的和解，好像永远都能简单地结束。抱一抱、哭一哭、笑一笑，一切就都能过去。

陆遥叫 Jack 装上仓库里所有的食物，“改过自新”般要跟着乔雯去 C 区尽自己的绵薄之力。

Jack 动作虽麻利，但毕竟一个人，速度有限。陆遥也在尽力搬，但基于身形瘦小的缘故，显得很是吃力。乔雯想下来帮忙，不想傅靳然先一步打开车门：“我去吧。”

陆遥的笑容立刻像注入了能量，灿烂到不行。仿佛世界里只看到了向她走来的傅靳然。傅靳然从她手里接过箱子，陆遥和他说了什么，而后便见她不同往常的灿烂笑脸。

乔雯盯着后视镜，不自觉地攥紧胸前的安全带。

虽然陆遥本就是很爱笑的人，她的热情是由内而外的，但此刻的笑容，让乔雯心中五味杂陈。想起她还说过以后要对自己的男友很好很好，这样才能让他对自己更好这样很动情的话……

突然车上的一个箱子好像没放好倾斜下来，傅靳然正弯腰在抬最后一个箱子，站在旁边的陆遥眼疾手快，奋不顾身地扑到他的背上，结结实实地护住他，箱子砸在了她的背上。

陆遥吃疼地叫出声，傅靳然扶起她问有没有事，一脸紧张。

Jack 着急地要送陆遥去医院。陆遥煞白着脸，还冲傅靳然逞强地笑，摆手说没事。可明明她腰都直不起来了。

至此，乔雯拉到底的安全带倏地从指间滑走，狠狠地缩了回去。

不知不觉已经到了正午，阳光折射在挡风玻璃上非常刺眼，乔雯觉得眼睛酸酸的。

傅靳然回到车上，乔雯看向窗外："该出发了。"她说这话的寻常语气，就像没有看到陆遥受伤了。

两辆车先后来到 C 区。

原本该是宁静而美好的学校，此时红砖青瓦已经塌了一半，毁在狼藉的灰烬中。两辆救护车停在学校门口，医疗队的人进进出出，政府派来的搜救队在作业，不时有受伤的学生被放在担架上从里面抬出来。

乔雯下车，快步上前。有保安见状将她拦住，不等她掏出证件，只听有人唤她："乔——"

乔雯循声望去，是之前一起并肩合作过的医疗队队友封楠。

他在国内顶尖的医科大学毕业，是拿全额奖学金去美国深造过的医学天才。放弃了国内优渥的工作，随着国际医疗队来到萨塔救死扶伤。

她第一次见他时还以为他是个实习生，自作主张地从他手里夺过纱布，用比他更快的速度给伤患包扎。

"你私下多做几次练习再过来实战吧。按照你这种包法，伤者会多流点血。”这是她对他说的第一句话，他一脸愕然地望着她，哭笑不得。

后来乔雯才知道他是医疗队里最好的大夫，因为连续几天没日没夜的工作，而且手受了伤，所以才会被她看到他比实习生还不如的速度。

也正因为这样的小乌龙，封楠肯定了她的医疗实践水平，并带她在身边传授了很多临床经验。

“封楠。”乔雯招手，保安退到一旁。

“你怎么来了，乔？”封楠满身尘土，但丝毫不影响他出众儒雅的外貌。

“我知道这边的情况后，就和我的朋友赶过来看能不能帮上点忙。”乔雯侧身间，傅靳然已经站到她身旁了。

封楠顺着乔雯手指的方向，看到卡车上往外搬的食物纸箱，便立马示意一旁的保安领人去帮忙。

他将视线收回眼前：“什么叫帮上点忙，之前每次紧急情况，你总是最拼命的一个，比我们这些专业医生还要尽职尽责。有你在，我安心不少。这位是……”

“傅靳然。”不等乔雯说话，傅靳然伸出手，“乔雯的男朋友。”

封楠迟疑了一下，看了看乔雯，伸手握住，“很高兴认识你，我叫封楠。”

乔雯低下头，转身：“封楠，我们先做事吧。”

傅靳然注意到她的匆匆越过，带着那么一点不对劲。

乔雯和傅靳然跟着封楠进去后，看到医疗队迅速搭建起来的绿色帐篷里躺满了受伤的学生和老师。乔雯自然而熟悉地抓起桌上多余的白大褂披上，对傅靳然说：“看到那些伤者手腕上的丝巾了吗？

红色表示受伤程度严重，绿色表示受伤程度较轻。等一下救护队抬担架进来时，引导他们优先抬绑着红色丝巾的伤者去医院。”

傅靳然拉住她，皱眉问：“你怎么了？”

刚才在车上他就觉得气氛怪怪的，她一言不发，低气压十足。

“现在不是谈私事的时候。”乔雯不着痕迹地躲开他的手。

“那就真的是有事了？”傅靳然不依不饶。

周围的人都在跟时间赛跑，乔雯定定地看向傅靳然，这时，陆遥跑了过来，喊道：“我来了！我来了……”

乔雯眉峰高耸，冷声道：“让开？”

“不让。”傅靳然伸手，捏住乔雯的肩膀，“你先说什么事，不然我不会让。”

乔雯抓过他的手张口狠狠地咬下去，傅靳然眉头都不带皱一下。

跑过来的陆遥不知道发生了什么事，惊呼着推开乔雯：“乔雯你干什么？！你疯啦！”

乔雯被陆遥推开，傅靳然手腕上被咬出深深的血印，而她的嘴角也沾着血。

这一口，一点也不像是开玩笑。

陆遥瞪大眼睛，扶着傅靳然，看向乔雯。

乔雯眼眸一沉，似乎也被自己这样的行为给吓到了。分明……是把所有的怒气都撒出来了，可舔舐着嘴角的血腥，忽然觉得自己有点可笑。

“傅靳然你怎么样？疼不疼？”陆遥咧着嘴，啧啧出声，“我去给你找消毒水，你等等我。”

自己是在吃醋吗？吃陆遥和他的醋？乔雯看了一眼傅靳然，闹心地转身走掉。

从废墟里救出了很多奄奄一息的孩子，乔雯一个个察看，并给他们分别系上与伤势相符的丝带，全身心投入到救援中。说是全身心投入，她的余光却始终留意着那两个人。

陆遥着急忙慌地给傅靳然消毒，包扎伤口。傅靳然推开她的手，把纱布随意绕上几圈后就提着药箱开始工作。

傅靳然虽然也有救治常识，但到底生疏，他照着她的样子给患者减轻痛楚，依样画葫芦的样子极其认真。陆遥总是出现在他的周围，偶尔离开几分钟，又会像蜜蜂采蜜一样绕回来。陆遥给他递水、陆遥给他搭把手、傅靳然扶住险些被撞到的陆遥。

“啊——”乔雯被厉声尖叫拉回了分散的注意力，她的抗生素针打在患者的其他地方了。

“对不起……”乔雯一惊，赶紧把针抽出。

这时一只漂亮的大手接过：“我来吧。”

乔雯抬头，是封楠。

“怎么了，心不在焉。”封楠边推针边笑问，“和男朋友吵架了？”

“没有。”乔雯飞快否认。

“没吵架？那就是闹脾气了？”伤者被抬走，封楠看向低头不语的乔雯，眼睛扫向一旁，“还是……看到男友和别的女孩亲密互动吃醋了。”

乔雯愠怒地挑高眼角。

封楠大笑，笑罢：“唉，恋爱真好啊。”

乔雯可接受不了他这样好整以暇的调侃，索性使坏到底，伸脚踹他膝盖。

“啊……乔雯你给我站住！站住听到没有！”傅靳然正在给一个孩子绑绿丝带，听到声音抬眼望去——封楠追着乔雯跑向门口。

“哥哥，你轻点！”孩子约莫十二岁的模样，说着流利的英文，指着被他瞬间勒出肉的手腕，抱怨道，“我没受伤都要被你弄受伤了。”

傅靳然看向蹲在自己身边像黏皮糖的陆遥：“这里你帮我处理一下吧。我出去抽根烟。”

“哎……”陆遥最终还是闭上了嘴，看着他的背影走出自己的视线。

封楠一拐一拐地和乔雯来到门口，无奈耸肩：“你这个脾气和我弟弟是一模一样，说翻脸就翻脸。”

乔雯斜睨：“你还有弟弟？”她从没听他说起过。

回想起来，大家都忙着救死扶伤，兵荒马乱的，连说句话的时间都没有。

“是啊，他叫封易，今年高中毕业。听说考得很不错。”说起弟弟，封楠的脸上洋溢着暖暖的宠溺，“任性、不羁，发起脾气来啊，和你一模一样，跟头小猎豹似的。改明儿一定得介绍你们认识认识。”

乔雯嗤鼻一笑：“你才和小猎豹一样呢。”

“瞧，笑了多好。一直绷着个脸真恐怖。”封楠靠着石柱，笑容明媚。

原来绕了这么一个弯子是想逗她笑，乔雯虽然感激他的用心，但到底还是沉下了脸：“我本来就不怎么爱笑，也不可爱。你们男生，应该都会被那种软萌的女孩子给吸引吧。”

“不会啊，比如他，就会被你吸引过来。”封楠的余光瞟到右手边正在走来的傅靳然，“别回头。”他说着，温热修长的大手适时捧住她的脸庞。

乔雯愣住。

“想不想也让他为你吃醋？”封楠笑眯眯地压低声音，腹黑问道。

不等乔雯答话，一只手迅速出现，粗暴地扯开封楠的手，将她拉到一旁。她讶异抬眸，是傅靳然。

“你这是在做什么？”傅靳然眸光冷冽，能看得出在尽力地压制怒火。

“我在和乔聊天啊。”封楠并不介意他的敌意，只是定定地看向乔雯，笑容没有丝毫改变，此时更是夹带了一丝挑衅的味道。

“我和封楠忙到够呛，出来透口气。”乔雯心领神会地帮腔附和，“不用你管。”

傅靳然被她最后一句话激怒了，他怒极反笑，双手插裤袋，稍稍弯腰像打量小猫小狗一样：“你是我的，你说我能不能管？”

他好像真的找到怎么治她的方法了……乔雯受不了这样的温柔攻击，她感觉自己要抑制不住地脸红起来，于是急急地往外蹦：“谁是你的了！傅靳……”

傅靳然大手一挥，捂住乔雯的嘴，任凭某人挣扎反抗，他仗着自己绝对的身高和力量优势，淡淡开口：“以后聊天就正经聊天，务必保持距离，不要动手动脚。”

说完，他警告似的看向封楠：“现在你可以走了。”

乔雯的眼珠子都快要瞪出来了也于事无补，她的招数封楠都清楚，可不像普通女生那么容易。眼看他们要把这里变成新的战场，封楠识趣耸肩，转身离开。

待封楠离开，傅靳然没有给气急的乔雯一点喘息的余地，直接捧着脸，吻上去。

一个吻能解决的事情就不要诸多废话。

傅靳然似乎深谙此道。

这一次，他的吻，像大雨滂沱般的密集，她快要窒息过去时他又体贴地放缓，最后又猛地咬了她。

短促而明显的疼痛袭来后，他停止动作，松开了她。

乔雯手指划过被咬破的嘴唇，有些懵。

“你咬了我，我得咬回来。”傅靳然顿了顿，“不过我做不到你咬得那么狠。”

乔雯看到他手臂上的纱布隐约沁出血来，心里很不是滋味：“那……我们两清了。”

傅靳然不屑地挑眉：“谁和你两清了？你咬我咬得那么重，我咬你那么轻，怎么两清？”

“那你想怎样？”

“不想怎样，醋吃多了，等一下中午请我吃点饭吧。”傅靳然歪头，掏出烟来点上，卷起袖口的臂膀环抱着，有些脏的白色衬衣扣子松了两颗，慵懒中透着一股致命的诱惑。

躲得了初一躲不了十五，乔雯努力装作云淡风轻的脸还是红了起来。

原来一个人对另一个人的在意，是无言的露骨。

她什么都没说，可是谁都发现了她在吃醋。

如此说来，傅靳然，你是不是也发现了陆遥其实是喜欢你的？还是说，你是发现了，假装不知道？

乔雯回神，就算是和傅靳然分开的一年多时间里，她都没有如此患得患失过。

“好啊，把大家都叫上。我请客。”乔雯大方地点头说道。

两人往回走，帐篷里陆遥正在来回踱步，她见状上前，看了看傅靳然又看了看乔雯，踌躇问道：“你们……没事吧？”

乔雯迎着她亮晶晶不带一丝秘密的眼睛：“中午我们大家一起吃个饭，我请。”

陆遥看向傅靳然，傅靳然点头。

“那好呀。”陆遥拍了一下乔雯的肩，习惯性地表达亲昵。

乔雯只是越过她，从包里拿出相机和录音笔，开始整理这里的受灾情况，以便回去后能够报道出来。

3

中午。

乔雯开车，载着傅靳然、陆遥和 Jack，前往格旦最大的露天小吃市场。

这是陆遥指明要来的地方，她说有一家饭店的老板也很想念乔雯。乔雯当时朝她笑了笑，她自然知道陆遥说的是哪家。

半透明的拱形帐篷高高架起，从入口一直到出口，用铁皮隔起来的一间间商铺被挤满，商贩们忙碌而嘈杂地，为一天的生计而卖力吆喝。

乔雯轻车熟路地一直往里走，随后进入一家看似大排档的店铺。店内地方小，摆了几张红色塑料桌后，即便没坐人也略显拥挤。只是那墙上挂着的中国结，在这拥挤里，平添了几分故里的温馨气氛。

老板是回族的小伙子，在萨塔娶了老婆后索性在这里定居。两个月前他们一家的房子被军方征用不给征用款，乔雯帮忙报道，为其讨回公道，于是便这样认识了。

他笑眯眯地上前打招呼："嘿，乔雯，你好久没来了。"

"是啊，很久没来了。这次带朋友们一起过来。"乔雯拿过菜单，随即转给其他人，"你们看看，喜欢吃什么。"

陆遥接过菜单的时候，趁乔雯不注意的时候对老板点了点头。

"你不问问 Jack 吃点什么吗？" 见陆遥直接越过 Jack 把菜单递给傅靳然，乔雯眉头不自觉地轻皱，不悦问道。

"我点的就是他喜欢吃的呀。是吧，Jack ？"陆遥飞快地笑。

"是啊是啊，老板点的，我都喜欢吃。"Jack 说这话显得那样卑微和讨好，乔雯蹙眉，拿起手里的水杯一饮而尽。

"我和乔雯来一样的。"傅靳然没有看菜单，递还给老板。

老板问乔雯："还是老样子吗？凉拌茄子、酱鸭爪、姜葱蒸鱼头配一碗米饭。"

"再来两瓶酒吧。"乔雯补充道。

老板点头而去。

所有人都看向乔雯，乔雯不以为然地耸肩："怎么了吗？这里是萨塔，没有人查酒驾的。"

气氛莫名有些尴尬，Jack 搓双手打哈哈："……没事，你们喝。待会儿我开车载大家回去。"

老板先把酒送了上来，乔雯挪过来用勺子打开瓶盖，给每个人都倒上："Jack 你也要喝。"

"我……"

乔雯明显有点不对劲，陆遥预感这顿饭不会平静。她盯着手里的杯子被乔雯倒上麦黄色的米酒，招牌式笑容闪过一丝不安。

每个人手里都有酒了，乔雯先拿起来："来，我们先干一杯。"

傅靳然蹙眉，但没有阻止，应声拿起。

清脆的碰撞声，和一饮而尽的干脆。

Jack 吧唧了一下嘴，由衷称赞："这米酒，有一点芦荟的味道，好好喝。"

"你真厉害，能品尝出芦荟的味道来。我第一次尝的时候根本尝不出，只觉得味道甘洌甜美。还是问了才知道的。"乔雯有些意外地看向他。

Jack 腼腆地摸后脑勺："我家里是酿酒的，所以舌头比较敏感。"

这时陆遥接过话茬："Jack 谦虚了，他家里的酒庄有两个足球场那么大，巴黎收购的酒厂每年的净利润能达几千万美金。我开几个咖啡馆的生意根本没法比。"

"听你这么说，Jack 是个不折不扣的富二代。"乔雯手指来回在杯口，"陆遥，那你有没有想过，他为什么甘心留在你身边当一个小小服务生呢？"

热络没两分钟的气氛又僵住了。

Jack 的脸"唰"地红了，他瞪大眼睛，意识到乔雯要点破什么，张了张嘴，却不知道要如何阻止。

陆遥的笑容停滞在脸上，她迎上乔雯呼之欲出的目光，握紧拳头。

傅靳然静坐垂眸，神情不明。

外边的嘈杂声、贩卖声、老板后厨做菜的掂锅声，交织在一起都敌不过方寸之间静默的空气。

迫人的沉默中，Jack 一咬牙，对着陆遥说道："老板……不，陆遥，我喜欢你。我喜欢你很久很久了，你那么聪明，其实我不说，你也是知道的吧。”

陆遥上扬的嘴角再也撑不住了。这样尴尬的场面，让她一时没了主意。她抬头看向“罪魁祸首”乔雯，眼神尽是气愤。Jack期待的目光像过山车一样到最高处，再随着陆遥的沉默和不悦的脸色，又急速地往低处滑下。

“说出来真是痛快了，哈哈……”Jack急忙给自己倒了一杯酒，兀自自嘲来打发这让人不知所措的局面。

“Jack是个男子汉，喜欢就要说出来。”乔雯目光烈烈，“陆遥，那你呢。”

陆遥：“……”

“那你喜欢谁，敢不敢说出来？”乔雯收起笑容，试图撕开彼此之间所有的伪装。

喜欢一个人从来都是不论对错的，或许她真正生气、真正在意的是陆遥看似隐瞒却外露的心意吧。

Jack瞪大眼睛，傅靳然微微蹙眉。他们虽然坐在一旁，可一下子就被隔离在了战场之外，谁都无法插手。

陆遥被逼到墙角退无可退，酒精一点点作祟吸走了她所有的清醒，她无所顾忌地看向傅靳然：“我……”

傅靳然低头，拿过桌子中间的酒，光线折射在玻璃瓶上一闪而过。

“生日快乐！”

就在这尴尬之际，老板突然端着一个蛋糕出现。他还没有发现气氛有些诡异，看大家怔住的表情还以为是来自他这份惊喜。

“乔雯，生日快乐！”老板缓缓地走到乔雯面前，举着蛋糕的同时对一旁怔住的陆遥挤了挤眼。

昨晚陆遥亲自把这个蛋糕拿来交代他给乔雯一个惊喜的时候，他满怀信心地拍着胸脯说包在他身上。但他肯定想不到，乔雯会是现在这样的表情吧？

乔雯看着老板举着的蛋糕愣了一下，然后她的目光扫向陆遥。

她猜得没错，这的确就是陆遥之前要给她的惊喜。昨晚陆遥拦下傅靳然就已经打定了这个主意。

那是在很早以前，有一次她和乔雯一起喝醉了，询问彼此的理想。陆遥说她这辈子最大的梦想就是嫁给自己喜欢的人，为他烧菜做羹，相夫教子。

当时乔雯看着一副醉眼蒙眬的陆遥心生羡慕。

她羡慕路遥的普通人生，她这辈子最大的心愿，就是做个普通姑娘。生在普通家庭、做普通的工作、过普通的生活，最后和心爱的人结婚生子。

可惜，她从来没有办法拥有这样的人生。

她注定只能在刀尖上舔着血过日子。

“如果你没办法实现，我帮你实现吧。”听了乔雯的话，陆遥紧紧地握着她的手，心疼地说。

她们都醉眼蒙眬，心却澄明，好像在这纷扰的世界里可以给彼此最后的温暖。

就像此刻摆在乔雯面前的蛋糕形状一样。当时那两个可爱的小姑娘手拉着手，笑得比春天还要好看。

这个蛋糕是陆遥拉着傅靳然一起为乔雯做的。

看到这个蛋糕，乔雯一下子有点慌乱。

他们都没有想到，这个生日会以这样的氛围庆祝。

老板也发现了他们之间的氛围有些不对，正想说些什么话打破这个尴尬的局面时，只听见“砰——”的一声，一颗子弹射中桌角溅起硝烟。

傅靳然眼疾手快地将乔雯拉到身后，飞快看过去，外边正因瞬间爆发的枪声而乱成一团——

枪手就在对面二楼，见没有一击即中，又迅速射了一枪！

老板尖叫着从门口跑进来，示意他们快跑，手里的蛋糕滑落在地上，那两个紧紧拉着手的可爱的“小姑娘”，粉身碎骨。

乔雯最后的视线落到那成为一摊烂泥一样的蛋糕上，心里忽然很难过。

什么都变了，唯独她永远不能拥有普通姑娘的生活这一命运，没有改变半分。

■□■ 4

很快突突的子弹成群结队地集中袭击过来，目标明确，就是冲他们来的。傅靳然赶紧让大家找位置躲避子弹，他大手一挥将桌子放倒，拉着乔雯退到放海鲜生肉的冰柜后面。

Jack 和陆遥则躲到柱子后面，和他们遥遥相望。

Jack 紧紧地抱着陆遥，将她护在怀里。陆遥掩着耳朵喊，“他们是什么人啊——”

话刚落音，便见一群穿着黑色衣服的蒙面男人，压着帽檐走了过来，他们端着枪杆的手，对着几人的遮挡物一阵猛击。从他们的动作来看，像是军人——是阿罕麦德的手下。

眼看他们就要进到店里来了，乔雯心下一惊，问傅靳然："现在该怎么办？我们没有武器，不能硬拼。"

傅靳然一双如恶狼般的眼睛，死死地盯着慢慢走来的蒙面男人，他快速地从腰间拿出枪上膛，问乔雯："这店有后门吗？"

乔雯点头，指向 Jack 和陆遥的身后。

"我掩护你，来。"说着傅靳然往门口开了一枪，"快走！"

这一枪有效阻止了黑衣人的进攻。

乔雯往地上滚去，迅速到了陆遥和 Jack 的身边。可也就是因为这样，对方反应过来里边只有一支枪的回击，又立刻大步迈进。

正对大门的墙面不过几分钟就变成蜂窝球似的，而放碗碟的柜子已经被射得支离破碎，一地狼藉！

傅靳然纵使枪法精准，将冲在前面的人一一射杀，自己却也无法脱身。他看到乔雯还不走，厉声大喝："还不快带他们走？！"

"不，不能丢下你一个人。"乔雯和被 Jack 拉着却不肯走的陆遥，不约而同地喊出这句话。

两人四目相对。

分秒必争，情况紧急，傅靳然的子弹已经寥寥无几。

就在她们都想要朝傅靳然冲过去时，余光瞥见一个身影飞快晃过。

"快走！！"

他不顾危险，张开双臂往别的方向跑去，容不得傅靳然拒绝和迟疑，他将自己的血肉之躯变成一个突兀的诱饵，引去所有的危险，帮助傅靳然迅速离开冰柜，与乔雯二人汇合。

无数子弹打中他，最后，他侧目于陆遥，露出一个无怨无悔的笑容，像一片羽毛轻飘飘地往后倒去了。

“萧梓孟——”陆遥不敢相信眼前看到的，她捂嘴惊恐大叫，却再来不及多看他一眼。

傅靳然拉着两个女孩往后门跑去，而后迅速关上铁门，几人穿过阴暗的储藏室，推开另一道铁门之后，市场的后街终于出现在了眼前。

市场里发生枪战，每个人都像惊弓之鸟，慌不择路。

他们穿过呼啸风声，死亡就在身后追击着，轰轰作响。

上车，发动引擎，逃离。

谁都没有说话，起初是急促的喘息声，后来是陷入死寂般的沉默。

仿佛一开口，绷紧的情绪就如溃堤冲坝。

一切发生得太快，谁也没有预料到来这里吃饭会遇到这样的情况，悲喜急转直下。

来的时候是四个人，回去只剩下了三个。

Jack 的死，像一把匕首扎在心里拔不出来。他被打成筛子的那一幕如鬼魅挥之不去……

傅靳然很清楚，Jack 救他的真正原因。

乔雯也很清楚，Jack 是为谁而救的傅靳然。

而陆遥到现在也终于清楚，Jack 对自己的感情竟深到可以以死维护。

不，他其实叫萧梓孟。

她从来没有好好地叫过他这个名字，就像从没有好好地认真地了解过他一样。

一直以来，他是她最满意的帮手，是咖啡馆生意清冷时东拉西扯打发无聊的说话对象，是从来不喊苦喊累的员工，再多就是一个比较好的朋友罢了。

如果不是今天，如果不是乔雯，她和萧梓孟的最后画面不会那样尴尬，无法更改！

她忘不了萧梓孟临死前那无怨无悔的笑容，他仿佛在说:“陆遥，我只要你开心就好。”

她感激他这样做救了傅靳然，可同时也让她失去了向傅靳然告白的权利。

懊悔、痛苦、难过、震惊，各种复杂的情绪交织在一起，陆遥无力纾解。她低着头，几乎把脸埋进膝盖里。

车子剧烈颠簸，陆遥的额头撞到膝盖，眼泪倏地汹涌而出。

回到咖啡馆，车还没停稳，陆遥就打开车门，跳下车去。她走在最前面，傅靳然和乔雯走在后面。

走到里间，陆遥蓦地站住，她转身三步并做两步冲过来给了乔雯一个巴掌。

啪的一声，打破寂静。

傅靳然皱眉抬手阻止她再一次的挥起，话到嘴边到底还是咽了下去。

乔雯的脸一阵一阵的火辣，看着陆遥满面泪水，说不出抱歉也说不出安慰，这个时候坦坦荡荡地接受她的巴掌，似乎成了当下自己唯一能做的事。

三个人的沉默，是被死亡摧残的痛苦和无力。

“你救过我的命，今天我还了。”不知道过了多久，陆遥定定地看着乔雯，“乔雯，从此我们两不相欠。”

说罢，她深深地看了一眼傅靳然，转身快步跑上楼。

傅靳然回头，看到乔雯红肿的左脸，眉头心疼地跳动，他垂眸，伸手将她揽入怀中。

乔雯瞪大眼睛，心被紧紧揪起。陆遥的眼神让她害怕，那种如刀的目光，决绝地要将过往都切割干净，她的一句“两不相欠”带着深深的恨意，颠覆的索取。

■□■ 5

当晚，咖啡馆里显得格外冷清。

乔雯坐在房间里，盯着笔记本码字、排版，手指却总在删除键和回车键来回跳跃，效率极低。

没错，她根本静不下心。

原本半个小时就能写好的报道，乔雯足足用了三个小时。终于弄好上传，时间指向九点十分，外面的天黑得吓人。

事实上，现在还在咖啡馆里的人，是没有谁能静下心来的。

傅靳然做了晚餐去找陆遥，试图劝她吃点。而乔雯把自己关在房间里，笔记本电脑屏幕里的光淡淡地洒在她脸上，好像在说着此刻的哀愁。

从小进行封闭性的非人训练，十八岁那年毕业后就迅速接手了第一份保卫工作，没有群居生活的历练，乔雯对待感情的处理能力是很弱的。而女生之间的友情，恰恰却是最复杂的。

和陆遥之间的友谊，她一直觉得有别于书上描述的那样：世界上女生的感情无一不是微妙和脆弱的。

如果没有 Jack 的死，只是因为傅靳然，她们的感情会戛然而止吗？

乔雯问自己，答案竟然是不知道。

其实她之前从未怀疑过她们之间的感情，尽管自己看穿了她对傅靳然的心思，但也从未想过二人会因此分道扬镳。而她在餐馆借着酒劲想要问个明白，也不过是以为这世上所有的感情只要坦白说出来，就都会变得简单。

可她好像从来都不知道，有些感情，一旦坦白，是会被逼入悬崖粉身碎骨的。

Jack 的死毫无疑问地加速了这段本就摇摇欲坠的友情的毁灭，将二人共同拥有的美好回忆分崩离析。

没有如果。

也没有答案。

乔雯感觉自己好像被掏空了，好累。她用手捂着脸，忘不了在巴黎刚认识傅靳然时，她抑制不住的甜蜜被陆遥发现的那天。

那天巴黎下雨了，淅淅沥沥的，没走两步鞋子就会湿掉。

陆遥的新咖啡馆开张，她撑伞而来，推开门看到陆遥正踩着高脚凳在挪亮灯牌。

“哎，你来了。”陆遥回头看到她，招呼她把桌上的螺丝递一下，“抱歉啊，今天下雨了，还让你绕远路去花店买两束花过来。”

“没事，我还给你买了一个蛋糕，祝贺你新店开张。”她扬起嘴角，语气格外温柔。

陆遥缓缓转过头，有些惊讶地打量她：“咦，有情况啊，你最讨厌下雨天了，平时下雨天你都会忍不住抱怨两句，今天怎么一句吐槽都没有，还特意……给我买了蛋糕？乔雯，你怎么了？”

她像是被戳中什么，立刻涨红了脸："什么怎么了，没事啊。"

陆遥趴下身，居高临下地用她那双机关枪一样的眼睛扫描："乔雯……你……是不是恋爱了！"

外边雨声淅沥地拍打着窗，她的声音不大却十分笃定。

是陆遥的这一句话，让她意识到自己对傅靳然的情愫不知从什么时候的翩然生姿，变成了旁人可看到的风景。

那天，陆遥信誓旦旦地说："以后我要谈的恋爱，一定是第一眼就怦然心动的男人。于我而言，喜欢是天赋，不是后天努力达成的。"

所以，她遇到傅靳然，第一眼就怦然心动了。

这是天赋使然。

乔雯听到陆遥歇斯底里，听到她一遍遍地哭喊："如果可以选择，我宁愿从没遇到过你！我不要你救，我不要你救我……"

我不要你救我，不要你走进我心里又不能爱我。

乔雯心中是抑制不住的难受，她怪陆遥觊觎傅靳然，她怪陆遥卑鄙地藏匿心意不敢说出口，让她无法理直气壮地去对峙。她怪自己不能为了心中神圣的友情而做出让步，她怪傅靳然将她变成一个善变多疑的怪人。

她怪命运，太会开捉弄人。

现在明白过来，那天早晨奇怪的口罩是怎么回事了。

人总是这样，很多事都后知后觉，得回过头去看，才发现自己的视角有多片面。

抱着双膝出神间，放在电脑旁边的手机来电震动。

是露易丝。

乔雯接起，露易丝直奔主题：“我刚刚看到你上传的报道了，你有看到我的报道吗？”

听她这么说，乔雯立刻明白过来。她迅速拉动鼠标，果然看到占据头条的是露易丝发的视频，粗黑的标题引人注意：所谓A21号事件的真相。

露易丝找到了Sami放在体育馆里的视频证据。

视频的清晰度并不高，整个时长一共三分钟不到。拍摄角度是仰拍的，画面中最先出现在地下被炸开的武器，借着外面不时火光纷飞的光亮，可以看到全都是假的空盒子。

“这些是假的，武器哪儿去了，我们被骗了！”一句怒吼响起，画面中有人影飞快一闪，是外面玛格党的人冲了进来，然后镜头在瞬间被藏了起来，一秒之后，镜头定格在一张人脸上。此时视频中又响起一个声音，“这个人不是执政党的杰尼斯福吗”？

两声枪响，镜头再次变黑，最后只剩下急促紧张的喘息声。

杰尼斯福是执政党的高官。露易丝把他出现的部分特别放大，还配上了个人资料。

A21号事件的源头有着惊天内幕。

乔雯看到视频的点击量在噌噌上涨。

“怎么样，你们找到Sami了吗？”露易丝在电话那头问。

乔雯眼色微沉：“还没有。”

露易丝沉默了一会儿：“我虽然第一时间发布了视频，可是视频这东西毕竟有被怀疑的成分，如果Sami本人亲自出面在镜头下说出更多的细节，一定会更有说服力。”

“我知道。”乔雯捏着鼻梁，“对了，我让你帮我查的事，有进展了吗？”

“嗯，我查到了。”

和露易丝刚通完电话，从窗外忽然飞进一颗小石子，落在了乔雯脚边。乔雯拾起石子，走到窗边。

夜色一下子明亮起来，只听一声呼啸，烟火喷发而上，绽放天空。乔雯猛地往楼下看去，只见傅靳然正站在烟火下看着她，眼波温柔。

一簇簇烟火接二连三如百花齐放，应了辛弃疾那句词：东风夜放花千树，更吹落、星如雨。

有人说，烟火的舞台其实不在天空，而是在看的人心里。刹那间的短暂是烟火本身，而非那绚丽的永恒。

乔雯看着看着，莫名有些鼻酸，眼眶湿润。

傅靳然晃动手中的小烟火棒，在地上认真而缓慢地舞动。

“Don’t cry”几个字，呈花火的样子出现在乔雯的眼中时，将她的心一下就砸得稀巴烂，眼眶的泪珠也调皮地落了下来。

了解的力量，有时比关切的安慰来得更加厚实。

两个人遥遥相望，仿佛看到彼此眼中勇敢的承担和坦白的依赖，成了这世上最温暖的对视。

在后来的时间里，乔雯都在想，也许就是这一晚的烟火改变了日后她对很多事情的决定。

第六章

执子之手，生死与共

■□■ 1

乔雯把露易丝放上网的视频给傅靳然看，说:“这是战争的真相，萨塔人民有权利知道真相，我希望找到Sami后，你能把他交给我。”

傅靳然拿出烟点上一根，没有立刻回答，然后又把视频看了一遍，开口问道：“真相是残酷的，战争已经开始，人民知不知道有那么重要吗？”

乔雯看着他，不带一丝犹豫地回答：“真相就是真相，真相是拿来公开的。”

她知道他会问这样的问题，所以提前准备好了这个答案，可她在内心深处还是有希望过他不要问。

因为问了，就代表他选择要抚平她棱角的立场。

乔雯心里隐隐有些失望，但她还是认真地等他的答复。

傅靳然的烟圈一个个吐在空中，最后他把烟头掐在桌上：“找到Sami再说吧。”

说着，他站起身，快步走出房间。

尽管他的手机调成振动且声音很低，但乔雯还是听到了。她垂眸，如果猜得没错，应该是他老板的电话。现在局势如此紧张复杂，乔雯很清楚自己需要傅靳然的帮助和妥协。

她要再利用一次他。

乔雯换上工作服走出房间下楼，陆遥已独自在楼下忙碌好一会儿了。

既要收银又要端盘子。

把自己关在房间里两天后，陆遥像个没事人一样，照常营业。

乔雯走过去从陆遥手里接过盘子，轻声道："我来吧。"

陆遥像没听见一样，转身继续忙别的。她当乔雯和傅靳然是透明人，一言不发。

"喂。"

乔雯扭头，喊她的是一张英俊却略带稚气的脸，顶多十七八岁的样子。他镰刀般的眉毛挑起，仰头瞅人，用中文问："我可以点单了吗？"

乔雯从围裙里拿出本子："请说。"

"一碗拉面，多加一点葱，猪肉肉饼两个，还有……"

"你好，这里是咖啡馆。"乔雯皱眉，用笔敲了敲桌面，他看着菜单报出菜单上根本就没有写的东西，明显是来挑事的。但她还是耐着性子说道，"不是中餐馆。"

"可是她说可以有啊。"少年指着走远的陆遥，双手交叉放到桌上看向乔雯，"她应该是你老板吧？"

乔雯顿时语塞，盯着他重复刚才的点单，"……一碗拉面，多加一点葱，猪肉肉饼两个，还要什么呢？"

少年这才满意地扬起嘴角，漂亮的琉璃目转了转，说道："再要一碗豆腐鱼汤吧。如果你们厨房没有鱼，那就豆腐紫菜汤好了。"

他还真是体贴，乔雯瞥了他一眼，冷眼从其手中抽过菜单。

这时少年不安分地翘起椅子前腿，整个人往后仰去，他扭头要去拿放在后面的包，大抵是太过相信自己的能力，不承想地砖太滑，失去重心，眼看整个人就要摔个人仰马翻，乔雯眼疾手快地按住椅子的一角，将椅子连人接回来。

四目相对，少年似乎受了惊吓，瞪大眼睛看着近在咫尺的乔雯。

乔雯利索地站直身体，“客人，请小心。”

因为这位特殊的客人，三年没下厨的乔雯开始硬着头皮准备。

身后有人敲门，乔雯回头，是傅靳然。

“你在做什么？”

“做菜。”乔雯撸起袖子，拿过面粉袋子往碗里倒，“外边有客人点中餐。”

“怎么会有人点中餐？这里是咖啡馆。”

“唉……”她本想和傅靳然抱怨两句，听到他一直在翻箱倒柜，“你在找什么？”

“在找红糖。”傅靳然从柜子里探出头，顿了顿道，“……陆遥刚刚腹痛难挡。”

他的神情有些微妙，乔雯忽然明白了什么，走到右面最后一格的柜子前，从里面拿出一罐红糖：“你稍微等一下，我拿点姜片。”

乔雯一边煮红糖水，一边和面做饼，傅靳然靠着一旁的琉璃台。

水很快就沸腾了，姜片像小船一样浮在水面飘荡，乔雯满手都沾着黏稠的面粉，正想要洗手再去拿勺子舀红糖，这时傅靳然走过来说：“我来。”

他的肩膀轻撞开她的肩，水立刻因为红糖而变得殷红。乔雯盯着他不断搅拌的手说：“怎么办，欠她的好像还不清了。”

明知道傅靳然的关心，只是纯粹的关心。

明知道陆遥这几天几乎没怎么吃过东西，只是强撑着。

明知道自己不该说这样的话。

这么多的明知道，还是忍不住这样脱口而出。

傅靳然的动作顿了一下，重新舀动，把红糖水倒到碗里：“我欠的人，是Jack。”

说罢，他转身把红糖水端出去。

乔雯静静地站了一会儿，重新打起精神，专心做菜。等她端着满满一盘子出来时，那坐等的少年早已望眼欲穿。

他皮笑肉不笑地扬起嘴角：“你可以再慢一点上菜，等我饿死以后。”

“……”乔雯在内心白了他一眼，“不好意思，因为全部都要现做。让你久等了。”

少年拿起筷子急不可待地先咬了一口肉饼，颇为满意地睨了她一眼：“速度虽然慢了点，但味道还不错。”

在格旦遇到一个乖张傲娇到不行的小破孩也真是十分“好运气”了，乔雯收起盘子，非常不走心地说：“那你慢用。”

不想少年突然伸手拉过乔雯的围裙：“喂。”

“还有什么事？！”乔雯强压在心头的不悦，在他这一举动后，瞬间暴露在脸上。

“你叫什么名字啊？”少年丝毫不介意某人的恼怒，几口就把一块肉饼消化干净。

分明是第一次见他，可不知道为什么，乔雯总觉得他的眉眼似曾相识。这时外面不断有客人推门进来，傅靳然还没有从楼上下来，乔雯索性开门见山地说道：“不好意思，我有男朋友的。刚才在这里的男服务生，就是我男朋友。”

少年愣了一下，特无辜地眨眼：“我只是问你叫什么名字，你干吗要告诉我这些。”

乔雯嗤鼻一笑，像是看穿了他的嘴硬，转身去招呼其他客人，任凭他“喂”了好几声，打定主意不再搭理他。

没想到这家伙忽然大叫一声，然后把手里的面条高高端起来，用流利的阿拉伯语说他吃到了蟑螂！惹得所有客人诧异地瞪大眼睛。

乔雯回身，三步并做两步走到小破孩面前，扶住桌角，用眼神警告。

少年气定神闲地挑眉：“现在可以告诉我你叫什么名字了吗？”

又不能以大欺小，乔雯深呼吸，进行自我说服：他就是个爱闹的不太懂事的小男孩，不能动武，这不合适。

“……我叫乔雯。”

“我叫封易。” 说着，笑看乔雯。

少年任性明亮的眼眸狡黠地涌现漂亮的飞扬，随后他站起身，面不改色心不跳地冲震惊的其他人解释这是他和朋友开的玩笑。

2

从楼上下来的傅靳然正巧看到这一幕。

他们靠得很近，乔雯的神色有些许无奈，而那耀眼非常的少年眉眼分明是灼热的喜欢。桌上的中餐显得那样醒目扎眼，故意让乔雯下厨的人就是他……

不是只有女人的直觉精准无错，男人也同样敏锐。

傅靳然回到一楼，和乔雯一起照顾生意。

客人来了又走，傅靳然注意到只有封易早就吃饱喝足却还赖在位置上不肯走，不停地招呼乔雯过去续杯。他代替乔雯过去，封易将他敌意的目光照单全收。

陆遥在楼上躺了一会儿下来后，封易终于起身准备付账。乔雯也就是这个时候，才知道封易骗了她——

陆遥看着他的结算单，蹙眉说："我们这里不卖这些的啊……"

封易不动声色地"哦"了一声，"特别定制的。喏，不用找了。剩下的……给她当小费吧。"

见封易笑着指了她一下，乔雯才发现上当受骗，瞬间便是鼻子都要冒烟的节奏。

他这滑头大概是看到陆遥对自己的态度，所以钻了空子。

乔雯自认倒霉，没有再说什么，只是希望能快点送走这个瘟神。因他的小费给得足够多，应陆遥所请，她亲自把他送到门口。

封易双手插口袋，突然很认真地对乔雯道谢："我来格旦这几天，这是我吃过最舒心的一顿饭了。真的很谢谢你。"

他认真的样子好像也没有那么讨厌了，乔雯看向他，随口一问："看你年纪不大，你是一个人来这里当背包客的吗？"

"我刚高考完，想跑去远一点的地方旅行，在家里翻地球仪随机一指，就是这儿了。"说到这个，封易不知怎么涌起一丝无奈，嘟囔道，"我本来想离这儿远点的。"

等等。

乔雯怎么感觉这段独白这么耳熟，好像在哪儿听过……她盯着他，"你说你叫封易……你是不是有一个哥哥叫封楠？"

封易眼睛渐渐瞪圆："……你怎么知道？"

"……"乔雯感觉头顶被砸中的感觉。

原来似曾相识，是这么回事。

得知原委后，封易笑望她："看来我们这么有缘是有原因的。

这样吧，看你的感情生活不是很开心，我帮你一把吧。”

“什么？”

乔雯还没回过神来，封易就拉过她的手煞有介事地往她手掌上一拍。

“喂，你……”

封易上了车，摇下车窗说道：“我还会来找你的。”

真是一个怪小孩。乔雯蹙眉转身，傅靳然就站在落地窗内，目光沉沉地注视着她。

乔雯大感无奈，有其兄还真是有其弟，兄弟两个都爱干这“热心肠”的事！

回到咖啡馆内，傅靳然果然走过来问：“他给了你什么。”

“什么都没有。”乔雯如实说道。

傅靳然显然不信，他又说：“你们之前就认识。”

乔雯皱眉：“我们之前没见过。”

傅靳然轻笑出声：“你现在也爱说谎了。”

“我……”

“你们吵够了没有。”陆遥冷着脸走到他们中间，说话的声音虽有愠怒，但平静得奇怪。此时，她已经换下围裙，放下了头发，穿上了一件黑色的外套。

乔雯闭上嘴，和傅靳然各自扭过头去。

傅靳然看向陆遥：“你要去哪里？”

“我要去把萧梓孟接回来。”陆遥垂眸。她已经打给萧梓孟的家人，他们很快就会赶来，她不想他们到时候连儿子的最后一面也见不着。

“我陪你去吧。”傅靳然看了一眼乔雯，迅速把腰间的围裙扔到一旁的桌上，“你留下来看店吧。”

两个人越过乔雯，带来一阵最近最冷的风。

乔雯咬着唇，看着和陆遥并肩的傅靳然，搞不清他是真的误会自己和封易了，还是故意这么做的。

又或许，陆遥的感情，在傅靳然一遍又一遍的清醒保证下，最终像火车过轨，将她倾轧碾碎。而想要相信傅靳然，只是她一厢情愿的侥幸幻想。

最可怕的是，看着他们上车离开的尘嚣，乔雯发现自己双腿像被定在原地，连追上去的勇气都没有。

此时此刻，她成了全世界最胆小的人。

咖啡馆只剩下乔雯一个人，尽管下午的客人不是很多，但她还是晕头转向地忙到晚上。

陆遥和傅靳然终于回来了。

只不过陆遥已经醉得不省人事了，靠着傅靳然连站都站不稳。傅靳然抱住她试图让她站稳，而陆遥手里紧握一个啤酒瓶，嘴里嚷嚷着要再去喝。

傅靳然看上去很狼狈。

乔雯站在收银台边正在清算今天的收入，她忙到现在一口水都没有喝，打给傅靳然无数电话但都被转接到了语音信箱。面对当下这一幕，她所有的理智和冷静都瓦解一空。

乔雯上前从傅靳然怀里接过陆遥，冷声道:“我扶你上楼休息。”

“不要……我不要……”陆遥噘着嘴，推开乔雯，“你是谁啊！你凭什么来管我！”

陆遥的手戳到乔雯的嘴，被傅靳然眼疾手快地推开。当她重新跌入傅靳然张开的双臂，醉眼蒙眬地望着乔雯，终于看清楚对方是谁后，才笑嘻嘻地说道：“乔雯？乔雯……”

“你是真的醉了吗？还是在装醉？”乔雯被戳到的嘴角还在隐隐作痛，多日来的憋屈跟难受让她瞬间爆发。她冷眼看着陆遥，一把抓过她的手臂，“回答我！”

乔雯不信陆遥真的醉到不认识她了，已经被她的演技骗过一次，怎么还能被骗第二次？！

借着酒精装蒜扯赖，即便是有最正面的理由，都是不能原谅的卑鄙！

傅靳然从未见过乔雯这个样子，他试图让她冷静一点：“乔雯……”

“你现在这个伤心样子是做给我看的吗？你问问自己，到底在为谁买醉？你是真的在为 Jack 的死伤心，还是在为你自己伤心？”不顾一旁的傅靳然，乔雯直勾勾地看着陆遥的眼睛，“陆遥，看到我没办法反驳你的恨意，没办法反驳 Jack 的死，你是不是很过瘾，很得……”

最后一个“意”字还没说出来，乔雯便看到陆遥眼底闪过的一丝锐利。

啪。

这是陆遥第二次甩乔雯巴掌。

“对！你说的都对！”此刻的陆遥不再烂醉如泥，她捏紧拳头，依然涨红着脸，满身酒气，可方才的不清醒全然不见，她瞳孔聚焦瞪向乔雯，像竖起刺的刺猬，“如果我现在就要抢走傅靳然，你根本说不出一个不字，不是吗？！”

乔雯征愣半秒，失笑扬唇。

陆遥小小的个子，从来都像向日葵一样明朗、爱笑，一直没见过她发脾气的模样，原来她歇斯底里的样子这么有气场。

她以为自己很了解她，就像她曾经以为傅靳然真的会回来，回到埃菲尔铁塔前相聚一样。

可是所有的以为，都显得那么可笑。

“陆遥，你终于向我开战了。”

你终于说出来了，说出憋在内心对傅靳然的欲望。

陆遥身形微晃，她拿在左手里的酒瓶滑落在地，而后她幽幽开口：“开战？哼，我连上战场的资格都没有。”

从警察局堆满尸体的停尸房找到Jack之后，陆遥坐在车里半晌没有说话，末了她说想要去酒吧喝酒，傅靳然看着她眼底的乌青，什么也没有说就带她去了。

酒精真是世界上最好的东西，比那些废话、安慰，更管用。

于是陆遥一杯一杯把自己往死里灌，傅靳然起先并没有阻拦，到后面才开始制止她这样的疯狂。

可惜他不知道，她的酒量很好，怎么喝都喝不醉。

不能醉，陆遥只能装醉。

她拉住他的衣领，靠在他身上眯着眼睛仰头：“傅靳然，如果我早点遇到你，如果你还没有爱上乔雯的时候我就遇到你，你会喜欢上我吗？”

她想知道，比起乔雯，她是不是只输给了时间。

可是傅靳然望着她的眼神没有丝毫涟漪：“没有乔雯，我对你也不会动心。”

他给的答案很绝情，可偏偏这样，让她对他的心更放不下了。

一个专情的男人，怎能不让女人更加念念不忘？

陆遥忽而邪魅一笑，扑到乔雯的怀里，附在她耳边轻轻地，用只有她能听到的声音说道："可是你，和他也成不了，你知道为什么吗？"

乔雯眉头一跳，隐隐觉得她话里有话。

"一年半前，在巴黎，有你根本不知道的真相。"

■□■ 3

陆遥的每一个字、每一个尾音，都像魔鬼的爪子，掏着乔雯的心，肆意揉搓。

乔雯看着她缓缓退后的面容，那眼角的煞有介事和欲言又止，分明不只是唬人的说法而已。

"把话说完。什么是我不知道的？"乔雯拽过她的手，又看了看其身后的傅靳然，忽然有一种被排除在外的感觉，她变得慌乱，"说！到底有什么是我不知道的！"

见她如此，陆遥放肆地笑了。她自然是不会说的，她就是要看着乔雯梦醒难过的样子，想要看着乔雯和她一样，触及不到自己真正想要的。

苦难太厚重了，总得有人来帮忙分担才好。更何况，她们曾是最好最好的朋友。

陆遥的沉默激怒了乔雯，可没等她有什么下一步的动作，她按在陆遥肩上的手，就被傅靳然给推开了。

“够了。”傅靳然皱眉，将她们两人分开，而后看向陆遥：“你喝醉了，上楼去休息吧。”

陆遥眯眼撒娇：“好啊，你背我上去。”

乔雯闻到傅靳然身上也有酒气，他们在酒吧里一起醉生梦死的画面，一起说着她不知道的真相的画面，仿佛在眼前清晰显现。

“傅靳然，我们分手吧。”这么多天来的隐忍终是到了底线，赎罪也好，宽恕也罢，总要做个了断，乔雯从来都不是拖泥带水的性格。

正要背起陆遥的傅靳然停下动作，他盯着地板似是不相信自己的耳朵：“你说什么？”

“我认输了。”乔雯强忍将要夺眶而出的眼泪，深吸一口气，“你们爱怎么样就怎么样吧。”说着罢，乔雯越过了他们，先一步上楼。

关上房门的那一刻，乔雯瘫软在地。

像是所有的力气被掏空殆尽。一点力气都没有了，她方才用尽了最后的力气强撑着，勉强守护了自己的尊严。

连陆遥都知道的巴黎真相，自己却不知道。

她还要怎么留住傅靳然？

隔着门板，乔雯能听到随后上楼的他们，陆遥故意地闹着大动静，把耍酒疯演绎到极致，不时穿杂着傅靳然低声的安慰。

乔雯一遍又一遍地告诉自己，不能哭。

她最讨厌自己软弱无能的样子。

可人在碰到爱情之前可以万千不同，掉进爱情里后便是千篇一律，不能免俗。

这时，露易丝打来电话，乔雯接起，听到那头软绵的声音，不争气地落泪道：“露易丝，真的被你说中了。”

傅靳然真的被别人抢走了。

这个别人，还是我亲手救下的好友。

露易丝没有挂电话，一直陪着乔雯聊到很晚，乔雯哭累了，抱着手机在床上和衣而卧。

梦里，她回到在美国特训学院集训的日子，她是班上这批学员里唯一的女性，但并没有因此特殊半分。相反，她得到了比其他人更严苛的待遇。训练的老师是黑人，将她踩在粪便池里的时间比其他学员多半个小时。

第一天的时候，乔雯哭了。

老师看着她哭，最后告诉她，眼泪是最没用的东西，如果她哭完了就继续。

那天以后，乔雯学会用哭的时间去做其他更有意义的事，学会把软弱像坏掉的阑尾一样从身体里割掉。

“我不哭，我不哭……”乔雯渐渐被自己说出声的呓语给惊醒，睁眼间一时看不清窗外的夜色。

原来梦是反的，原来她还是哭了。

突然乔雯感觉到眼角一阵温热，是手指的触感。她眸光聚焦，看到傅靳然正坐在床头。

乔雯猛地坐起：“你怎么进来的？”

“你的门没锁。”傅靳然目光沉沉。

乔雯逐渐清醒，她把枕头拿过来抱在怀里：“你进来做什么？我说了，我们已经分手了。”

傅靳然冷冷皱眉：“谁同意了！”

乔雯瞪着他的高冷霸道，兴致全无：“不管你同不同意，我已经决定了。”

“你没资格决定。”傅靳然眯眼摇头，愠怒尖锐跳起。

在他费尽全力说服自己放下心结，重新接纳她开始，她就没有资格先一步离开他！

两个人对视许久后，傅靳然烦躁地想从口袋里摸出一根烟，但摸出一包空的香烟壳来。他把香烟壳丢到地上，用力一踩。

“明天一早我们就离开这里。”傅靳然通知乔雯。

乔雯冷笑：“你这是在逃避吗？傅靳然。”

逃避陆遥，逃避你可能已经喜欢上她的心意？

4

傅靳然盯着她一脸的确信模样，脸色难看地阴沉下来，他大手一勾揽过她的脖子，黑瞳里烈火缠绕。

乔雯啊乔雯，你这个笨蛋！我需要逃避谁？我这么久以来的逃避，还不是因为爱你？！

为了你，我什么都愿意妥协了。你到现在还怀疑我对你的感情？

“其实你不用走。要走，也是我走。”傅靳然半晌不说话，乔雯倔强咬唇，“我……”

话未说完，便见他扑了上去，深深地吻住她。

这次比之前的任何一次都要凶猛，带着强烈的占有欲。

乔雯拼命将他推开，她抗拒这个吻，抗拒深处是害怕自己的不够坚定。

已经下了最大的决心要和他做了断，就不能再被动摇！

可她的力气终究抵不过他。

被分开一丝丝的唇，摄取着新鲜的空气，随之引来更强烈的后攻。乔雯的双手被他压在身后束缚住，无法动弹。傅靳然将她放倒，吻到深处，他的眼神凌乱了，呼吸也不可控地迷失了。

他那双漂亮的招魂眼里是排山倒海般的波波柔情，他清楚地看见乔雯的白色衬衫皱褶得厉害，胸口的纽扣在挣扎中松开，里面的黑色内衣若隐若现，随着胸口起伏，饱满白皙的酥胸异常诱人。

水到渠成的情不自禁，谁也无法抗拒。

乔雯望着他一点一点地俯下身来，带着哄骗的温柔……

额头、鼻尖、脸颊、锁骨，再往下。

傅靳然火热的唇像马蹄踏过沙漠，留下鲜明的足迹，再一次融化了她笃定的坚持。

乔雯无力地闭上眼睛，任凭他的索取。

“乔雯，我爱你……”

分手后的痴缠，将一切都抛在脑后，不管不顾。当下，只有他们彼此的温度，和想要把对方融入血液的心。

橘黄色的台灯将他们重叠的影子折射到雪白的墙壁上，翻云覆雨，一夜方休。

第二天，乔雯醒来，傅靳然正睁着眼睛看着她。

四目相对，乔雯突然意识到什么，立刻把脸埋进枕头里，偏偏单薄的毯子盖在身上能切切实实地感觉到……身体的一丝不挂……她埋不进枕头的耳朵，红得彻底。

“早。”傅靳然情欲未退的低音，带着一丝挑逗的笑意，不要太拨弄心弦。

“……早。”乔雯根本不敢看他，恨不得把整个人都打包塞进枕头里。

“你打算害羞到什么时候。”傅靳然收起笑意，一本正经地揽过她的腰，将身体贴过去，“该看的都看到了，现在才害羞，会不会晚了点？”

感觉到下半身滚烫的试探，乔雯整个人都被点燃了，她移出脸来，把手伸到被子里去腾出安全距离，然后瞪向他：“……好了，别闹了，赶紧起来吧。”

傅靳然对“闹”这个字不是很满意：“我可是很认真地向你发出邀请。”

“……我要起了。”乔雯转过身就要找衣服逃之夭夭，昨晚折腾太久，她感觉上半身和下半身都要断成两截了。傅靳然在这方面就是恶魔……

“谁允许你起了。”

“傅靳然！我要生气了！”

“那你把气都撒在我身上……”

……

就在这时，搁在傅靳然裤袋里的手机响了，和地板摩擦发出剧烈的震动声，总算将乔雯救出傅靳然的魔爪，他黑眉微挑，转身去摸索。

随后他坐起：“有 Sami 的下落了。”

两人迅速收拾好，从咖啡馆出发，前往格旦市区。

傅靳然得到的消息是：在这里的地下诊所有人看到过Sami 出没。

进入市区后，还没到目的地，车就被迫停了下来——

前方一波警察正在着急地维持秩序，被挡在外围的平民一个个神情恐慌，纷纷看向同一方向。

只见在一幢约莫六层高大门紧闭的建筑物内，一扇玻璃门中有一个身绑炸弹的男人，他手里握着遥控器正在猖狂叫嚣。建筑物里有人被困在里面，探出窗户不住地哀号寻求帮助。

战乱期间，市中心也并不安生。常常会有这样的恐怖分子不时地策划袭击，动荡社会。身绑炸弹的男人应该不是一个人，楼里面肯定有他的同伴。

关乎着楼里一百多号人的安全，以及整栋建筑物，警察不敢轻举妄动。

两人从车上下来，想绕开这混乱，径直去前面的地下诊所寻找Sami。这时走在外面的傅靳然突然停下脚步，目光锁定九点钟方向："我看到Sami了。"

乔雯转头，她也看到了。

Sami在建筑楼里。那是三层左面数过来的第三个窗户，他站在两个泪流满面不停冲楼下招手的女人后面，一脸的惊惧为难。

人群中，乔雯注意到几个行为诡异、目光一致的男人。而其中一个，就是跟踪她和傅靳然的那个人。

Sami现在的情况是：前有埋伏，后有追兵。

这样的双重夹击，想要把Sami安全救出，几乎是不可能的事。

乔雯捂额头，看向傅靳然："你有什么想法。"

傅靳然盯着那些来回走动的警察："看这情形，炸弹一时半会儿炸不了。得想办法进去。"

乔雯刚要往前，傅靳然拉住她："太危险了，你在外面接应。"

“不行。”乔雯蹙眉拒绝，“……万一你把Sami直接救走甩了我，我去哪里找。”

“你……”傅靳然明知道她不会听他的，可还是希望她能听话。

“行了，别说了，时间紧迫。”乔雯示意他不必再多言，她回头看到身后的巷弄，心生一计，施了一记眼色给傅靳然。

不一会儿，两个警察听到巷弄里发出的尖叫声。

他们迅速举枪过去，发现一个姑娘躺在地上，身上衣衫被扯得不成样子，白皙纤细的腰若隐若现，发丝凌乱，楚楚可怜。

乔雯故意用生涩的阿拉伯语向他们求救，两个警察见到如此漂亮的外国姑娘，立刻放松警惕，把枪收起争先伸手要扶她起来。

乔雯一边和他们周旋，一边看向其身后，傅靳然适时出现，身手敏捷地将他们打晕拖到一旁，将两套警服扒了下来。

傅靳然斜睨某人把衬衫纽扣系好：“一定要用这种烂计吗？”

乔雯把警服套好，干净利落地怼回去：“比你下药好一点。”

顷刻间，两人便化身成市政厅的警察，拿上了对讲机，淡定地进入警戒线内。

傅靳然身形高大，加上好多天没有剃的胡子，把帽檐压低，竟也看不出什么问题。他熟练地用阿拉伯语介绍说他是市政厅紧急调来的谈判专家，要求进入大楼，近距离和恐怖分子交谈。

这样的要求，现场负责的长官没有马上答应。在傅靳然经过几番交涉之后，长官终于无奈同意。

乔雯转身跟着傅靳然一起走向玻璃大门，压低声音问：“现场状况已经超过初始阶段，进入对峙阶段后半段，常规手段已经失去效用……这么说就能让他点头？”

傅靳然清冷眯眸："最主要是那句，'一切后果由我承担'。"

乔雯嗤鼻一笑。

绑炸弹的男人见到有人过来，满是杀气的脸充满警惕。

傅靳然和乔雯举起双手缓缓靠近，并在他面前展示自己并没有携带武器。傅靳然让他把门打开，他们愿意进去和他谈条件。

男人大声质问他们到底在耍什么花样："媒体为什么还不来？！阿帕那哈斯人呢？他怎么还不来？放你们进来和答应我的条件有什么关系？"

傅靳然没有说话。

男人的额头沁着汗珠，握着遥控器的手因为保持一个姿势太久而有点发抖。他的嘴唇干裂，有明显的血丝："放你们进来，就答应我的条件？！"

"就算不答应，让我们进去，你多两个人质，并不吃亏啊。"傅靳然这才开口回答。

这句话无法反驳，男人鼻孔略张，在一番思想争斗后，点头答应。

傅靳然和乔雯往前，不过约莫十步的距离，可每一步走得并不轻松。

谁也不知道进去后是怎样的情况，即便是神也会有出错的时候，更何况是人。

■□■ 5

绑着炸药的男人待他们走近后，把门打开到只能容一个人能进入的大小。乔雯越过傅靳然先走进去，她回头看到傅靳然计划落空干瞪着眼，扯了扯嘴角。

只要她还没进去，不到最后一刻，他就会想办法将她推开。

乔雯太清楚傅靳然了。

两人进入到大楼后，被两个男人带枪赶到二楼。傅靳然回头对他们说："带我再去三楼，我要确保每一个人质都是安然无恙的。"

他们对视一眼，其中一个戴着鼻环的歪头表示同意，傅靳然和乔雯对视了一眼，转身继续往三楼走去。

进入大厅，所有站在窗口的人质惊恐地看着来人。

一看到傅靳然和乔雯身上穿着的制服，所有人质的情绪纷纷失控，不停地喊道："Please，help us（请救救我们）……"

躁动中，Sami 看到了乔雯，乔雯也看到了 Sami。

"啪啪"两声枪响！天花板立刻出现两个窟窿，灰尘"唰唰"地往下落。

大家吓得捂住耳朵，集体懵住，不敢发声。

"Shut up（闭嘴）！"提枪的男人正是那个神似牛魔王的主，他很凶地呵斥人质要老实一点，不然他不介意拿他们其中几个开刀。另外一个稍微瘦弱一些，但脾气不比牛魔王小，他不耐烦地指着傅靳然问："喂，你看够了没有？！"

话音刚落，他腰间的对讲机响了，嘈杂的噪声里传来断断续续的话，不是英文，应该是他们自己的暗语。傅靳然和乔雯都听不懂，但他们心里很明白，时间不等人，外面的警察很快就会发现他们是假的谈判专家。

在他们发现之前，必须把 Sami 安全弄出来。

矮个子拿对讲机说了两句后立刻把对讲机递给傅靳然。

负责引爆炸弹的男人问他到底怎么样。

傅靳然提出放三个人质出去，他能立刻让他们见到阿帕那哈斯，并且会有上百家媒体集体出现在现场。

对讲机那头停顿片刻，怒吼道："你当我是傻瓜吗？！我刚才等了那么久，都等不到一点点消息！你凭什么说立刻？"

傅靳然转头看着办公桌上的电脑，继续说道："你迟迟不点燃身上的炸药，就是想等到阿帕那哈斯来。你们想在媒体的摄像机前杀了他，制造最大程度的恐慌，动静闹得越大越好。"

趁着对方没有说话，傅靳然又说道："如果我能让你们的动静比你们想象的还要大，我们是不是可以达成交易。"

"你不是警方的人吗？"

话音刚落，外面响起了警方的声音："你们提出的要求，我们已经尽量在做，但你们必须保证，不可以伤害人质！"

他们拿着传声器，机械性地重复这样的话。傅靳然蹙眉，被发现的时间比他想象的还要快了一些。

短暂的寂静后，拿枪抵着他脑袋的人愣了一下，立刻反应过来，马上将他按在桌上，大声质问他到底是什么人。

气氛急转直下，枪战一触即发！

乔雯举起双手赶忙说道："嘿，你们冷静一点，不要轻举妄动！"

傅靳然的脸被按得有些变形，他将双手放到桌子两旁，不慌不忙道："现在相信我能帮你们了吗？"

乔雯屏住呼吸，瞪大眼睛听到对讲机里发出指令，枪慢慢地从傅靳然的头上挪开。

乔雯看到傅靳然飞快地瞥了她一眼。

三分钟后，傅靳然把电脑打开，手指飞快地在键盘上操作。趁此机会，乔雯悄悄走到 Sami 的身边。

Sami 身上的米色长衫破损不堪，浓密黑长的头发几乎盖住了他的眼睛，但仍然能感觉到他浑身在打哆嗦和一直往外冒汗珠。

乔雯压低声音："等一下你不要说话，尽量低头，我会带你出去。"

Sami 用鼻音发出"嗯"的声音。

乔雯用手捂住嘴巴："你知不知道这楼有没有后门？"

Sami 的目光看向左手边的门。

很快，傅靳然通过对讲机说他已经弄好了："我现在已经把这里的情况接通到阿帕那哈斯的办公室，只要你在这里有所行动，他那边都能直接看到。而你和阿帕那哈斯的视频情况，所有的媒体都能看得到。"

说着，他起身把笔记本递给牛魔王，示意他把笔记本送到楼下去。

牛魔王不傻，盯着傅靳然，转而把笔记本递给一旁的伙伴，让他去。

牛魔王重新把枪对上傅靳然的头。

傅靳然微微一笑，问能不能趁这个时间，他挑一下等一下要放走的人质。

得到许可后，傅靳然转身冲乔雯招手，待乔雯和 Sami 一起走过来，他的手在自己和他们之间打了一个圆圈："就他和我们俩吧。"

牛魔王挑眉，铜铃般大小的眼睛迅速盯向 Sami："你们特意进来就是为了救他，他是你们什么人。"

傅靳然不打算回答他这个问题，而是看向楼梯口，双手叉腰："怎么还不回来？”

牛魔王下意识地转头，就在这时，傅靳然倏地抬手，去抢他的枪！

他的双手叉腰其实就是信号，乔雯几乎和他同一时间出手，抬腿冲着牛魔王的膝盖狠踹过去。两人同时突袭，左右夹攻下，牛魔王猝不及防，跪地后立马反应过来进行回击，想要开枪！

傅靳然眼疾手快地按住他的大拇指，锁上保险，然后三百六十度翻转，瞬间听到对方手指咔嚓错位的声音。

事实上，这么一会儿工夫，站在窗边的人质已经乱成了一团，巨大的躁动很快会引来二楼的一拨武装分子。

乔雯举起桌上的台灯正中他的脑门，将他打晕过去：“快走！”

说话间，楼梯口那边已经传来轰隆隆的脚步声……

第七章

不能没有你

■□■ 1

Sami 带路，傅靳然拉起乔雯就往左手边的办公室跑去。

混乱间，冲上三楼的武装分子不由分说开枪扫射！很多乱跑的人尖叫着中枪倒地，傅靳然关上门，转头看到 Sami 带他们进到了一间领导的办公室。

乔雯怔住："Sami，出口在哪里？！"

Sami 说："跟我来。"

傅靳然和乔雯半信半疑地跟其进到内间，尽头贴着金色纹路墙纸的墙上挂着一张非主流的画，再无出口。

站在前面的 Sami 上前抬手去碰那幅画。下一秒，画往里倾斜了七十度角，出现一个入口。

原来这是一个机关。

Sami 回头："快走吧。"

傅靳然和乔雯面面相觑，随 Sami 走了进去。

进去后，傅靳然迅速把墙推回去，这堵墙是空心的，追进来的武装分子十分讶异人怎么会突然不见，翻墙倒柜地搜寻。

三人继续往前。

秘道越来越窄，高度也越来越矮，最后只能匍匐前进。

Sami 告诉二人，这里通往的是这栋楼地下车库的下水管道。

"你是怎么知道这个密室的？"乔雯问 Sami。

Sami 一边匍匐往前一边说道："如果不是忽然闯进来这些武装分子，我已经成功躲过他们，从这里逃走了。"

他没有正面回答乔雯的问题，只是说明了他为什么会出现在这栋楼里。

黑暗中大约摸索了两三分钟，Sami 停了下来，挪开出口的铁杆门，爬出去后，拉乔雯和傅靳然出来。

三个人站直身体，柳暗花明又一村，他们已经来到地下车库。

暂时是摆脱了恐怖分子的监控范围，可外面还有杀手和警察。乔雯迅速锁定一辆车，正要迈步走过去，被傅靳然拉住："你做什么？"

"开一辆车，从这里离开啊。"乔雯回头。

"就这么冲出去，迅速成为众矢之的，根本逃不掉。"傅靳然迅速否定她的方案，皱眉说道。

恐怖分子不知道什么时候会失控引爆炸弹，就这么待在大楼里也是危险。

进退两难之际，Sami 见他们两个人都定格了，不禁慌了起来："那怎么办？难道真的逃不掉了吗？！"他可不想从绝望中好不容易看到希望逃出生天，到头来发现根本是一场空。

越是危急时刻越要冷静，这是乔雯本能的反应。她闭上眼睛，脑细胞迅速转动起来。

"你们在这里等我。"乔雯睁开眼睛，凝眉转身。

傅靳然拉住她："你去哪里？"

"放心，我会小心的。你们在这里等我，我很快就回来。"乔雯拍了拍他的手，她一时之间解释不清楚，只能让他先相信她。

她目光笃定，逼得傅靳然无法再坚持，他稍稍松开手，乔雯一下子就跑走了。

背影一如一年半前在巴黎时，飞快地不见。

连道别都显得匆匆。虽然他从没想过要道别。

傅靳然拉 Sami 躲到一辆车子后面，地下车库里总有不知道从哪儿飘来的阴冷的风，吹进他们的胸膛，心被狠狠揪紧，仿佛下一秒就要炸裂。

这边乔雯快步跑出地下车库，来到入口处悄悄往外看。她想确认一下封楠是不是在外面。

像出现这样的情况，警方出现在了外面，很快救护车、医疗队也会来待命的。万一不幸发生，救灾救援是第一要务，否则舆论势必会成为比事故本身更可怕的余震。

而封楠的医疗队真的就在附近……

乔雯迅速搜索，眼睛果断锁定住穿着白大褂站在人群中十分显眼的封楠，心里一阵欢喜，他真的在！

现在就只要想办法联系到他就行了。

乔雯下意识地低头拿手机，这才发现自己根本就没拿。

乔雯目测和大部队的距离有一千米，所有人的目光都集中在大楼内。而他们刚刚制造的动静自然更加引起他们的关注。

什么扔石子、心灵感应、猫着腰绕过去，各种各样的想法统统都在乔雯的脑子里过了一遍。就在她左右为难的时候，不知道是不是她的目光太过强烈，封楠真的往她这边看了过来！

乔雯赶紧抓紧时机，挥手示意。

封楠大惊，迅速看了看自己左右两边，然后低下头。

乔雯侧过身隐藏在黑暗中，满心祈祷封楠能赶紧想办法开车过来。她都想好了，有封楠在，她和傅靳然还有 Sami 装扮成病人，就不会引人注意。

等待的时间总是焦灼的，乔雯不时地探出一只眼睛看一下，又迅速缩回来。只盼封楠能再快一点。

这时一辆黑色的桑塔纳迅速开进来，出现在乔雯的面前。乔雯欣喜上前："封……"

摇下车窗的人不是封楠。

乔雯瞪大眼睛："封易？！"

"我说过我还会来找你的。"封易耸肩，"只是没想到是这种情况。"

"你，你怎么会……"乔雯震惊地往外看，只见封楠还站在原地。

"我怎么会出现这不奇怪吧？你怎么会出现在这里才奇怪。你是从里面逃出来的吗？"封易连发炮仗，但很快发现现在不是一个讲话的好时机，"快上车吧，我哥不方便直接过来，就叫我代劳了。"

封易招呼她先上车再说。

乔雯上车，示意他往里开。

"托你的福告诉我哥在这边，我只能去见他。结果我哥被紧急召唤，我跟着过来，居然歪打正着地来当你的救兵了……"封易看着乔雯，啧啧称奇。

乔雯自己也想不到，给封楠打的温馨电话，竟给自己打来了这危急时刻的救兵。不过她没工夫和封易探讨这神奇的峰回路转，"你少说废话，知不知道现在这里很危险？！我们想安静地离开不引人注意，不然……"

"我们？"封易挑眉，随后乔雯示意他停车。

顺着她的目光，封易看过去——

是咖啡馆里的男服务生，某人嘴里的男朋友。

旁边还有一个人，像是从大楼里刚刚逃出来的样子。

乔雯喊："快上车。"

傅靳然推着 Sami 上车，关上门后，他盯着开车的封易："……是你？"

封易瞥了一眼后视镜，"去后备箱。"

短暂的缄默后，乔雯迅速反应过来，看向傅靳然。

傅靳然收回敌意的眼神，没说什么，按着 Sami 从车上下来去到后备箱。

"你打算怎么带我们出去，不引起他们的怀疑？"一辆车从被恐怖分子挟持的大楼里开出来，外面驻守的警察一定盘问，事实上他是怎么正常把车开进来的都没有交代。

乔雯迅速脱掉身上的警察制服，扔出窗外，并把头发扎起来，飞快地转变外形。眼看着车子就要驶出去了，她着急地推封易的肩，"你说话呀。"

"等一下你什么都不要讲，听我说好了。"封易从后排拿过一件外套盖到她身上，流露出和他年纪不相符的自信。

两人说话间，车已经开出了地下车库，乍然显现在明亮之中。

乔雯立刻低头。

果然有警察将他们拦住。

封易用地道的阿拉伯语低声说了什么，并指向不远处的封楠，警察最后点点头，示意他们快点开走。

封死的警戒线随之给他们的车子让出一条道来。乔雯竖起耳朵，心都提到了嗓子眼，只听旁边的封易暗暗踩油门，毫无意外地开了出去……

■ □ ■ 2

午后的光线不时地折射在她的脸上，一点一点灼热滚烫。

“可以抬头了。”封易提醒。

乔雯缓缓抬起头，真的看到两旁的街道已经不同，自己成功离开了危险范围。她抿唇长长地呼了口气，有种黑夜到晨曦的感觉。

“你刚刚和警察说了什么？”乔雯把外套挪开，问封易。

“也没说什么，就说我是来接女朋友的。”封易好整以暇地露出日本式假笑，回答了某人的问题。

乔雯盯着他三秒，伸手揪过他的耳朵：“是吗？”

“啊……疼，疼疼。你松手！你放手！有你这么对待救命恩人的吗？！”封易帅气的五官立刻揪成一团，放声大叫。

“救我的人，是你哥哥封楠。要不是他，你也没办法顺利地带我出来。”乔雯基本的智商还是有的，才不会被他这个小破孩给骗了，“封楠教你什么说辞了，那警察巴不得秒放行的样子。”

封易用力搓自己的耳朵缓解疼痛，没好气地瞥她一眼：“……其实真正救你的人是你自己。”

只要搬出乔雯的战地记者身份，警察为了不牵涉外交的政治敏感，只要确认她的记者身份，自然是放她离开为上策。而作为远近闻名的医疗队队长的封楠来确认她的身份自然不必怀疑。

确实如此，乔雯自己身处其中，倒是把这茬儿给忘了。

“不过说你是我女朋友这件事，我确实也说了，合理化我的出现，这样更能让人信服。”封易看向前方一副视死如归的表情，刚被揪的耳朵红得不像话。

乔雯伸手作势又要捏他耳朵，看到他本能地缩起脑袋，不由地嗤鼻一笑。

没有经历过生死，便不知还能活着微笑是多么值得庆幸的事。

而对她来说，这是又一次的险象环生。

乔雯告诉自己不要去想那些仍在大楼里希望活着离开的人质，她能和傅靳然全身而退地带出 Sami，已经是上天眷顾。只能期望警察能有所作为，将他们解救出来吧。

“好像有人跟踪我们。”封易的话拉回出神的乔雯。

她回头，果然有一辆黑色轿车紧跟不舍。

“别停，继续开。”如果他们不跟上来，倒是奇怪了，从地下车库出来,他们在人群中自然也看到了,估计已经猜到出来的是他们,所以追过来要执行刺杀任务。乔雯皱眉，好不容易拉着 Sami 从死亡窟里逃出来，可不能在这里掉链子了。

“你车技怎么样？”

“十六岁就偷学开车了，还可以吧。”封易开始左右变道，脸上跃跃欲试的冲动让乔雯觉得，他和陆遥的冒险精神不相上下。

杀手们知道自己被发现，也不含糊，追上来直接就撞向了车尾，试图将他们逼停。

乔雯皱眉：“糟糕，傅靳然和 Sami 还在后备箱。”

封易躲开他们的追击，但只能甩开一时半会儿，随之又会被追上。

就在这时，乔雯看到傅靳然把后备箱的盖子打开了，他抱起 Sami 往路边纵身一跳！黑色轿车因为惯性，对着已经被撞到变形的后备箱再次用力一撞！

乔雯最先反应过来，跨过腿在封易踩刹车的脚板上用力一踩！

车轮摩擦地面发出的惊天响声，连带着和后面车子追尾的刺耳碰撞，如平地一声雷。

因为之前的车速，傅靳然和 Sami 跳车后，两辆车硬是再行驶出五百米的距离，强大的惯性逼得乔雯和封易也几乎要撞向挡风玻璃，她死死地按住封易直到两辆车都停了下来。

剧烈的追尾后，两辆车之间冒出白色雾气，乔雯听到自己喘着急促的气息，四周仿佛一瞬间就安静了下来。

冗长的石子街道，目睹这场车祸事故的路人，纷纷躲了起来，或不关注或找个隐蔽的地方继续观看。

乔雯从封易身上挪开一些，打量他煞白的脸色："你没事吧？有没有受伤？"

"没，没。"封易回过神，看着乔雯，神情怪异，不知道是想哭还是想笑。

"没事你就给我打起精神来。"乔雯扯开他和自己互换位置，趁着后面的人还没回过神来，赶紧掉转方向去载上傅靳然和 Sami。

可当她掉转车头回去后，却寻不到傅靳然和 Sami 的踪迹了。

坐在副驾驶座的封易不停盯着后面，他皱着眉拍了拍身旁的她："他们追上来了，他们追上来了！"

看着刚才两个人跳车的位置，此时全无人影，乔雯心急如焚，她死死地盯着街道旁，大喊他们的名字。

"你听到没有！他们追上来了！"封易缩回脑袋，拉过乔雯大喝！

"我必须找到他们！"乔雯恼火地甩开他的手，漂亮的脸蛋此时满是戾气。

“他们很可能躲起来了，你现在停在这里一点用处都没有，还会让我们被抓走！”封易直视她的眼睛，分析情况不让她意气用事，“如果他们安全了，我们被抓了，你说该怎么办。”

“可是……”

“没有可是。”封易厉声打断她的话，义正词严的样子霸气十足。他推开她的手，握过方向盘启动钥匙。

偏偏这紧急关头，发动机熄火了，像个被打败的狮子发出呜咽的声音。

封易猛捶方向盘，第一次骂了脏话。他立刻越过乔雯的身体，将她那边的车门打开，将推她下车：“快！”

封易弓起双腿，一个弯腰飞过坐垫，随着漂亮的落地，他抓起乔雯的手就飞快地往街道里的商铺跑。

这条石子街道的商铺套用英式风格，古褐色的墙壁和地上灰色的石子相辅相成，每一间门面都不大，但长度很长，并且通向后面的次街，这样蜿蜒交错的巷弄很适合藏身。

当然，这也是封易和乔雯跑进去后才知道的。

当他们穿过一间卖绸缎的布店，抵达后门时，那些凶神恶煞的杀手紧随而至，将店里正在购物的客人粗暴地拿枪推搡到一旁。

封易拉着乔雯慌不择路地绕着巷弄跑了一段路后，突然在一根电线杆旁停下。

他问她：“你会爬树吗？”

“什么？”

一分钟后，乔雯和封易一上一下出现在电线杆上面，低头看着那些坏人从自己脚下骂骂咧咧地跑过去。

等他们走后，两人滑下来，乔雯拍了拍双手，看向封易："你还挺聪明。"

封易不屑挑眉，又恢复他这个年龄该有的嘚瑟："这就叫聪明？不过是最简单的灯下黑。"

乔雯推他脑袋，大抵是封楠的缘故，和他虽然只有两面之缘，但有着天然而来的熟悉感，又或许是他性格的关系，总之一点也不像是刚认识的样子。

暂时躲开了他们的跟踪后，乔雯思索该去哪儿找傅靳然和Sami，封易斜眼看她："你现在想什么都没用，我们现在先管好自己才是最实际的。"

乔雯瞅他，她明明什么都没说……

"行了，先找个地方吃饭吧。我从早上就没吃饭，现在真的很饿。"封易拉过乔雯的手，"再不吃……你就要从我的尸体上跨过去了……"

"……"乔雯想不通正经翩翩的封楠怎么会有这样一个说话夸张的弟弟。

两个人返回刚才的布料店，稍稍比画一下，就利索地买了两套现成的当地长袍，各自换装，化身当地人，将之前的扎眼遮盖起来。

随后，他们又钻进对面的一家面馆。

3

面馆不大，鹅黄色的墙壁上挂着当地人信奉的吉祥挂饰。右手边的墙壁挂着菜单牌，上边用阿拉伯文写着十几种面，每一种后边会有一个数字。

乔雯刚想解释，只见封易拿起手边空桌上的白色小本，迅速写上数字，然后问她："你要吃哪个？"

乔雯怔了怔说随便。

封易在自己写的数字旁边又写"×2"，"那就和我吃一样的好了。"然后他示意乔雯坐下，自己撕下纸条一直往里走，通过橱窗递进去。

萨塔人工贵，特别是格旦。一些中小店的老板一般都不会请员工，而是自己动手。客人进来选中哪个，直接在本子上写下代表的数字递进厨房，老板就可以为客人下厨了。

乔雯问封易："你说你是高中刚毕业，那你的阿拉伯文是……"

"我不仅会阿拉伯文，我还会其他的语言。"封易不以为然地耸肩，"我哥没告诉你，我的 IQ 有 168 吗？"

"……你哥只是说他有个很聪明的弟弟。"

乔雯突然明白他的臭屁是打哪儿来的了。

封易很健谈，说到自己之所以学那么多种语言，就是因为从小有环游世界的梦想，看看世界到底有多大，拖了这么久总算在今年高考后开始了实行。

萨塔不是他的第一站，也不会是他的最后一站。

"要不是你打小报告，我想我应该不会见到我哥，也早就离开这里了。"封易还不忘再次吐槽一下乔雯，顿了顿又歪头一笑，"不过也因为你，我亲眼见识了在电影里才会出现的恐怖分子，还经历了……这么刺激的事。"

他不过是一个花季少年，未来有无限可能，然而今天她连累他陷入不可预测的危险中。在明亮的灯光下，乔雯忽然被汹涌而至的后怕给困住，她张了张嘴，好半天才发出声音：“对不起。”

“你为什么要道歉啊？”封易愣住。

面来了。

乔雯递过筷子，低头说没什么。

封易大口大口吃着面，看来是真的饿了，在热气腾腾中，乔雯用叉子来回拨弄着面条，却不怎么想吃。她不时地抬头越过封易的肩看门口，看外面的动静。

“你怎么不吃？”封易注意到乔雯的凝重。

“我……”

“不吃饱，怎么有力气跑？”封易伸手握过乔雯的手，替她撩了满满一叉的面条，送到嘴边：“啊——”

他的手很大，很温暖，白皙修长的手指能完全将她的手包裹，和傅靳然的有力不同，这是一种轻柔春风的感觉。

乔雯傻眼，小破孩这无比诚恳的样子实在让人受不了。她的脸红一阵白一阵，本能地往后退：“……你放下，我自己吃。”

封易却一本正经地眨着一双清澈大眼：“乔雯，你是在害羞吗？”

“……”

“还是说你男朋友根本没喂过你吃饭啊？”封易像捕捉到什么有趣的事情一般，狡黠眯眼。

“你才几岁啊你，少装深沉了！”乔雯推开他讨厌的脸，作势重新挑了挑面条。

末了，她抬头瞥见封易嘴角扬起的笑容，不得不承认他是一个明媚耀眼、足够迷人的男孩，是该活在那种偶像剧里的人物，现在不过是不小心闯入了杀戮片。

“你真的不害怕吗？刚才他们如果开枪，你很有可能被打中。”能在危急关头保持头脑冷静，不是谁都能做到的。他冲她吼的片段、推她下车的片段、拉她奔跑的片段，她或许很长时间里都会记忆深刻。

“生死有命，自有天定。”封易喝完最后一口汤，咧嘴豁然，“我哥说的。”

“你哥说的。”

两个人不约而同地重合上这句话后，相视一笑。

封易把空碗挪到一旁，倒吸了一口气说：“看来你和我哥关系很好啊，连他这句座右铭都知道。”

“我和你哥的关系没你哥的医术好。”乔雯浅浅一笑。

“那我和你呢？”封易黑眸一亮，“今天过后，我和你的关系，一定能比你和我哥的关系好了吧。”

乔雯没放在心上地扑哧一笑：“说什么呢，我和你哥是朋友，我把你当弟弟，这怎么能比呢？”

像是烟火刚要绽放又迅速泯灭了，封易眸色一沉，“没有血缘关系乱认姐弟都是耍流氓。”

乔雯差点没把面从嘴里喷出来，抬眸间迎上封易人畜无害的笑容：“你这么漂亮，就别当女流氓了吧。”

“封楠跟你说我什么了？”乔雯警惕地瞪眼。

封易望着她不说话，脸上带笑，眸光沉沉的，透着像他这个年纪的稚嫩和不像他这个年纪的成熟。

两人吃完面从面馆里出来，乔雯决定先回咖啡馆等等看，如果傅靳然和 Sami 平安，应该会回去。

乔雯和封易回到咖啡馆，没想到咖啡馆上锁了。

乔雯站在门外拉动挂上铁链的玻璃门，没有看到陆遥的人影。她皱眉，想不出来陆遥会去哪儿。

封易拿出手机，问乔雯要不要给陆遥打个电话。

乔雯伸出手的片刻又缩了回来。

封易了然地把手机放回口袋，变戏法一样地掏出笔和纸，飞快地在上面写了什么，然后从门缝下塞进去：“我把我的电话留下了，如果傅靳然回来了他就能看到。天快要黑了，一直站在这外面等也不是办法。”

乔雯站了一会儿，只好同意了封易的话。

两个人又重新开车上路，封易要带乔雯回封楠家。

行驶到一半，被连番撞击受了重伤的车子终于不堪重负，熄火停下。乔雯和封易只能弃车走路。

夜色已经全黑，路边连路灯都没有，偶尔有乌鸦从天空叫着飞过，两个人走在一旁，像极了走在鬼街上。

封易拿出手机打开照明灯，警惕地看向四周：“你说，会不会突然出现打劫的坏人啊？”

乔雯看向前方：“放心，我保护你。”

“你？”封易像听到了一个大笑话，忍不住大笑几声，蓦地发现在安静的长街上这样笑太突兀了，这才清了清嗓子，“真是谢谢你了，乔大记者。”

乔雯原谅他的不屑口吻，也是，封楠一定和他说了很多关于自己的事，可封楠也不知道她之前是做什么的，一个羸弱的女记者说这样的话，自然都会被视作调侃。

现在的她，只是担心傅靳然和Sami。

看不到尽头的前方，像是黑色的幕布把白天发生的事用快切镜头重新回放了一遍：傅靳然和Sami的失踪那么诡异。

如果不是被敌方掳走，那就是他们自己离开的。

白天，容不得她深想，只是担心傅靳然和Sami的安全。而现在……没有人知道，她心里更担心的是，她一直不想去设想的那个想法。

傅靳然是故意的，故意带走Sami的。

■□■ 4

“这是战争的真相，萨塔人民有权利知道真相，我希望找到Sami后，你能把他交给我。”

“真相是残忍的，战争已经开始，人民知不知道有那么重要吗？”

“真相就是真相，真相是拿来公开的。”

“找到Sami再说吧。”

……

找到Sami再说吧。

当初的搪塞回答，现在……算是给出答案了吗？

露易丝查到傅靳然现在的身份——

是美国KS安保公司的头号王牌，因完成任务的零差错高质量深受老板托塔木信任，在圈子里也很是有名的。一年半以前他从特种兵部队退伍后直接进入公司。

来萨塔之前人还在巴黎度假，所以这次来萨塔估计是老板托塔木亲自下的命令。

对她的情真意切，那一脸隐晦无奈最终为她妥协的态度，那些都还滚烫在左侧心房，到头来或许还是抵不过任务，抵不过一个 Sami。

可乔雯是矛盾的，她试图打消这些念头，万一下一秒傅靳然就带着 Sami 来找她了呢？

“你在想你男朋友。”封易一个响指打在乔雯的脸前，她侧目，立刻被他恶作剧的光照给刺到眼睛。

“你是在想，他万一就此消失了该怎么办吧？”这时，封易幽幽的声音像鲜活的鬼魅一样飘进乔雯的耳朵。

乔雯心下一沉，按下他握着手机的手，盯着好似无所不知的他，眉头紧锁。

“能把你们从那栋大楼里救出来的人，一定不是简单的人物。既然不是简单的人物，从车上跳下来应该是有把握的。再说了，我们及时返回，人就不见了，他自主离开的可能性很大。白天当你意识到他们是安全的情况下依然神色不对……我看到你对那个什么 Sami，很紧张的样子。”封易表示这并不难猜，他顿了顿，正视乔雯，“可能你也不是一个战地记者那么简单吧。”

乔雯扶额，被一个十八岁的少年说中所有的事情的滋味，真是五味杂陈。她在培训学校里有身体训练的课程，也有管理表情的课程，老师给的评价是：她绝对是把所有的事情都写在脸上的那种人。

不管多少年过去，弱点还是弱点。

就在这时，不远处射来一束光。

乔雯立刻抽过封易手里的手机，用手指按住光源，挡在封易的身前警惕地看过去。

那束光也迟疑了一下，照到他们脚边，然后慢慢地往上边探。

“原来你真的会保护我啊。”乔雯后脑勺传来封易偷笑的声音，她狐疑地转过头，只见他挥手喊出封楠的名字。

对面的人迅速跑了过来：“封易，乔雯！”

真的是封楠。

乔雯推了一下他的肩膀：“你一个人跑出来做什么，不知道格旦现在晚上很危险吗？”

“就是知道很危险，我才出来接你们啊。”封楠招呼两人赶紧回家，白天出的乱子惹出了好大的动静，现在入夜后警车五分钟一班巡逻各大街道，看到可疑分子不由分说都会被直接抓起来。这种草木皆兵的情况下，大家都怕惹麻烦不敢在街上乱走。

“对了，后来事情怎么解决的？”遇到封楠了，乔雯不忘询问大楼里后续的情况。

封楠说：“唉，还能怎么解决，政府是不可能向恐怖分子妥协的。狙击手直接枪决了绑着炸药包的男子，人质死了七个，剩下的或有受轻伤或安然无恙地被解救出来。”

狙击手枪决？乔雯想到那个信誓旦旦拿自己做人体炸弹的堵门男人，觉得很意外：“大楼没有炸？”

封楠声音更沉了些：“狙击手先枪决了挡在他前面的人质。”

明白了，用最小的损失来挽回更多人的利益。

封易不带一丝感情地评论：“大楼没有炸，就是最好的结果了。”

乔雯站在封氏兄弟中间，被他们的步履匆匆夹带着往前，她是沉默的。

三个人刚拐进居民楼内，就听到开着警笛声的警车开着车头大灯出现，那缓缓开过去的卡车上站着黑压压的一群提枪士兵。

封楠住在二楼，A 字形钥匙插进松散的钥匙孔，提一下门把手霍地门就打开了。两室一厅，约莫六十多平方，美式风格，沙发旁的老旧罩式台灯仔细一瞧，面上有好几道划痕了，暗暗的橙光从划痕里透出来，照亮尘埃。

“这是我一个学长借我住的屋子，他是美国人，早年在萨塔结过婚，后来又离婚了，这间屋子一直没处理，早年都是租出去的。现在战事，也就没人要租了。”封楠一边招呼乔雯坐，一边进厨房做饭。

封易紧挨着乔雯坐下，乔雯不解地指着一旁的空位：“那边不是有空位吗？”

“挨着你坐，你才好知道你男朋友打没打电话过来呀。要不然……你不怕我偷偷地摁掉吗？”封易斜眼反问。

乔雯白他一眼。

任凭外面刀枪火海，内里柴米油盐，日子该过还是得过。脱下白大褂的封楠做起饭来也是毫不含糊。

“红烧茄子，麻辣豆腐，玫瑰红烧肉。”封易如数家珍地点头，“可以啊，老哥。你对你的那双手视若珍宝，这可是难得下厨。看来我是沾了谁的光，才有这样的口福。”

“你别听这家伙瞎说。”封楠微微一笑，把盛好的白米饭放到乔雯面前，“这个玫瑰红烧肉你多吃点，里边的酱是国内的玫瑰豆腐乳汁，可香了。”

饭香总有治愈人心的特殊魔力。乔雯看着这一桌热气腾腾的饭菜，被暖得一时说不出话来，只是点头。

“说实话，看到你今天居然出现在大楼里……我也是吓坏了。”封楠见乔雯神情沉重，以为她是还没从今天事件的阴影里走出来，双手搓大腿，“不过，乔雯，你为什么会出现在那里，又是怎么逃出来的呢？”

乔雯抬头看向他：“算是意外出现，幸运逃出吧。”

封易嘴里已经塞进好几块肉，皱眉说道：“哥，你这是让人好好吃饭还是不让人好好吃饭了？能不能好好让我们吃顿饭！”

“是是是，是我不好。”封楠见状，忙摆手，“乔雯，吃饭吧。”

乔雯挤笑，他们不一会儿就往自己的碗上夹了好多菜。

晚饭后，乔雯看着封易把床上的枕头被子往隔壁封楠的房间里搬，略表歉意：“占你房间了，抱歉。”

“其实我可以和你共用一间的。”封易抱着枕头笑眯眯地说。

乔雯还没发话呢，封楠忽然就从封易身后冒出来扯他耳朵，“你个臭小子，小小年纪学到这么口无遮拦的，给我滚过来！”

“封楠你给我放手！别以为你是我哥，我就不敢对你动手啊！”

“你动一个试试！”

“你给我松手听到没有！”

……

两个人将兄弟互殴的前奏演绎得足够精彩，晃过乔雯眼前。

5

乔雯站在窗边，能直接看到封易放在茶几上充电的手机，始终安静黑屏。她双手捂脸，心烦意乱地蹲下身来。

她和傅靳然的手机都丢在大楼前的车里了。

现在的她，就像在大海中央，靠着一块木头漂浮着，四周的茫茫让人无限绝望。

这时乔雯扫到桌上的笔记本，她起身走过去把笔记本打开，插上网卡，看到今天恐怖分子险些炸楼的事已经成为头版头条，而放大的照片里能够清楚看到那些隐藏在人群中的杀手的脸。

“你在看什么。”重新进来的封易见乔雯在上网，便凑过来，不料乔雯噌地站起来，直接撞到他的鼻子，“啊……”

乔雯没管这些，快步走到客厅，拿过电话就打给露易丝。

“露易丝，我等一下发照片给你，我希望你帮我查一下照片上的几个人。”

“恩，好。”

乔雯把照片上的杀手圈起来，做了些处理，然后传到露易丝的邮箱里。这些人和阿罕麦德没关系，却又能及时地找到Sami，他们到底会是谁……

“喂，你就没什么要和我说的吗？”封易见某人跟个机器人一样，丝毫没注意到他鼻子被撞歪的这件事，有些气愤难当。

“有。”乔雯回神，“你怎么还不回去睡觉？”

封易把手放下来，指着自己的鼻子，“你欠我的鼻子一个解释！”

“……你的鼻子怎么了。”乔雯蹙眉。

“……”封易把手里的牛奶放下，决定自认倒霉，“行，当我没说。”

肇事者乔雯一头雾水，她重新看向屏幕，正在沉思间突然感觉到右脸颊一股温热凑近。

“就是他们几个撞我们车的？”

“嗯……”乔雯侧过脸，只觉唇上一瞬间撞上了那温热。

两张惊愕的脸，不约而同地瞪大眼睛看向对方。

乔雯第一次狼狈地从椅子上摔下来，跌倒在地。

封易感觉自己唇前的软绵忽地被收走了，他僵住弯腰的这个姿势，像被定格了。

两人之间仿佛能看到一个无形的气球，飞速涨大，“啪”地炸了。

乔雯憋红脸，又气又恼，她盯着他一张想笑又不敢笑的脸，拍地而起：“封易，你是不是故意的？！”

封易缓缓站起来，一脸委屈无辜地指着乔雯：“是你把我初吻夺走的哎。”

他的着重音“你”字直指某人的恶人先告状。

“你！”乔雯“噌”地从地上弹起来，气急败坏地上去就抓住封易的肩膀就地给他来个靠背摔！

被摔的封易眼冒金星，痛苦地在地上左右翻身：“乔雯你……啊，我的头，我的头……”

“怎么了，怎么了？”封楠循声跑过来，见到封易躺在地上，乔雯气呼呼地站在一旁，满脸懵。

“私事！”乔雯说着就动手关门，把封楠直接关在门外。

“封易你给我起来！”

“我的背……我的脊椎……”封易五官皱成个包子，好像真的被摔得不轻。

乔雯才不吃他这一套，蹲地举拳头：“你再不起来，信不信我……”

说时迟那时快，封易突然伸出手抱过她圈在自己怀里。

“信不信你再亲我一下？”封易将小男生的耍赖和成熟的撩妹技巧融合得很好，他歪头望着恼怒要发飙的乔雯，收起笑容，“乔雯，你得负责。”

“负，负什么责？！”乔雯很丢脸地结巴了，“刚才那只是意外！”说着她就要从他的魔兽怀抱里挣脱出来。

封易的力气也不小，箍着要逃走的她，“乔雯，我喜欢你。”

乔雯愣住，对上他深邃的眼睛，竟找不到一丝开玩笑的痕迹。突如其来的告白让她很尴尬，很多话到嘴边都堵在了喉咙里，最后憋成了一句：“你瞎说什么呢……”

“那天在咖啡馆逗你，你还真信了，去给我做了饭。我吃了以后对你就很有好感。我差点往后仰要倒了，你眼疾手快地按住我的椅子，那一刻你的脸就印进了我的心里。一见钟情这玩意儿很俗，却实实在在地在我身上发生了。今天第二次见到你，短短一天，我和你经历了之前十八年没经历过的人生。吃面的时候，你问我为什么不害怕，我借用了我哥的话。可我真实的答案是：我不是不害怕，只是牵着你的手我忘记了害怕。”这么多话像是憋在他心里很久了，他一股脑儿地全都说了出来，末了略皱眉咬唇，“乔雯，现在姐弟恋很流行的。”

“……”乔雯脑子很晕很晕，封易的手划过她的脸庞，她立刻像触电一样爬起来，往后退，“这个流行我是赶不上了，我有男朋友的。”

“他根本就没办法让你开心。”封易皱眉坐起。

乔雯看着他孩子气的否认，悻悻一笑，语重心长地问道：“你知道什么是喜欢吗？”

喜欢一个人，开心不开心本来就不是由自己说了算。

“本来不知道，认识你后，我就知道了。”封易认真回答。

那天在咖啡馆和她分别后，他就划掉了日记本上接下来所有的计划，心心念念的苏丹、墨西哥也不想去了。她，一下子成了自己全新的计划。本来想经过封楠驻扎的临时医院远远地看一眼就走，不想她提前通知了封楠，封楠给他抓了个现行。因为她心情变得极好，所以封楠的质问和唠叨一概乖乖接受，没有反驳半句。

封楠觉得奇怪极了，问他怎么突然怪怪的。

他心情愉悦地说他不是怪怪的，而是有点飘飘然。

第二天要和封楠告别去咖啡馆找她，封楠却接到紧急电话要出任务，他不放心跟去看看，结果就这样遇到了求救的她。

他的心猛地抽紧了，主动向封楠提出自己开车过去。

当下他也觉得自己是疯了，只是想奔到她的身边，顾不上其他。

看到她为了傅靳然不管不顾后边的追兵，他自诩高智商控制情绪极好却第一次气得发疯。

看到她面对他的调戏很容易脸红的模样，他心里就像漾开了一朵朵莲花。

他从未有过这样的感觉。

四目相对，乔雯心乱如麻。

这时，外面不明就里的封楠一个劲地在敲门：“封易，乔雯，你们到底怎么了？！有话好好说——”

乔雯回神起身，拉起封易，把门推开，将他推进封楠的怀里，再次将门关上。

房间里总算清净了。

可乔雯的心跳扑通扑通乱个不停，唇间还残留意外之吻的那么一点让人懊恼又泄气的感觉。

她像做错事的孩子，泛着沉甸甸的心虚，不知道这种心虚是因为封易的告白，还是因为自己居然被他的那番话给搅乱了心房。

乔雯告诉自己先把这些放下，现在最重要的傅靳然的下落，可她一直等到深夜都没有等来傅靳然的电话。

傅靳然故意带走 Sami 不告而别的想法，似乎越来越真实，这让乔雯受不了。墙上的时钟显示凌晨两点，她决定再去陆遥的咖啡馆看看陆遥回来了没有。

没想到她推开门，一个身影跌进门里来。

定眼一看，又是封易这个家伙。

“……你坐在门口做什么？”乔雯皱眉，他揉着睡眼抬头看她。

“我，怕你做噩梦啊。”封易站起来，“我哥说你晚上很浅眠，经常向他要安眠药。”

“……”乔雯瞥了他一眼，“我看你是怕我偷偷溜出去吧。”

封易咧嘴一笑：“知道你还问。”她这么挂心傅靳然，他用脚指头想都能知道她肯定无法安心入睡。

“你坐在这里也没用，你拦不住我。”几个小时之前告白的尴尬余温未消，乔雯故意回避他的眼神。

“我知道，所以我没打算拦你。”封易想到那个过肩摔就心有余悸地皱了皱眉头，“我要和你一起去。”

“谁要和你一起去！”见他像个牛皮糖一样贴上来，乔雯果断拒绝，“万一遇到危险我还要分心保护你，你别添乱了。”

“你如果不让我和你一起去也行，我现在就叫封楠起来。你把我们兄弟两个都打趴下，再出这房门吧。封……”封易说着就要大喊。

乔雯一把捂住他的嘴巴，望到他眼底闪过的得意狡黠，满脸黑线，自己一定是上辈子欠他了的……

“你给我安静，听话。”

“好。”封易拉下她的手，笑容慵懒如月。

“……”乔雯将自己的手抽出来，将帽檐压低，没有注意到封楠的房门是半掩的，在看到他们离开后，缓缓打开。

第八章

你我之间没有离别

■□■ 1

月黑风高这四个字，十分符合凌晨两点钟的格旦。

乔雯和封易再次回到陆遥的咖啡馆，可门依然紧锁。乔雯想了想，绕到后面仰头往上看，发现二楼陆遥的房间灯是亮着的。

乔雯的目光落在足有两人高的围墙上，后退两步后倏地像个蜘蛛侠一样挂到墙上，轻轻一跃就爬上去了。封易目睹这一幕，嘴巴都张圆了，欣赏完毕后慢半拍惊呼："喂，我怎么办啊？"

乔雯伸过手，示意他抓住自己。

封易半信半疑地伸过自己的手，他自己稍稍用了一点力量，下一秒就和做特效一样地被她拉了上去。看着她精致的容颜，忍不住在心里暗暗惊奇：我是喜欢上一个飞天女侠了吗？

陆遥从浴室里出来只裹了一条浴巾，房间里凭空出现两个人，她差点要叫出声来，但看到其中一个是乔雯后，她闭上了嘴。

乔雯说："你今天白天去哪儿了？"

"我去哪儿了和你有关系吗？"陆遥觉得这个问题很可笑，她一边从头上拿下毛巾一边看向见她没穿衣服立刻就转过身去的封易，"这人是谁啊？居然和你一起在这大半夜的翻我窗户。乔雯你这让男人为你鞍前马后的本事，我是永远学不来的。"

现在她说话满是刺了，有些事过不去就是过不去了。乔雯不想和她吵，顿了顿又问道："傅靳然有回来过吗？"

陆遥哑然失笑，声音都提高了一个音阶："我没听错吧，你问傅靳然？他不是都和你形影不离的吗？你怎么会问起我来了。"

乔雯不说话，接连两个问题，陆遥都不打算回答她实话。

这也是意料之中的，所以白天在咖啡馆门外，她才不敢打电话给陆遥。

“还是说，不过一天的工夫，你们的情比金坚就灰飞烟灭了？”陆遥在梳妆台前坐下，话里极尽讥讽。

空气里沉淀下来的寂静，衬得陆遥的话格外难听。乔雯隐忍道：“我这个时间出现，不是来和你吵架的。今天市中心有建筑楼差点被恐怖分子炸毁的新闻你应该知道吧？我和傅靳然在那里找到了 Sami，我们逃出来后遭到不明分子的袭击，我和傅靳然走散了。现在我联系不上他。下午我想来咖啡馆等他，可你没在。”

陆遥嘲笑般地看了一眼乔雯，然后从床上拿过浴袍穿上，缓缓走到乔雯面前，悠悠道：“乔雯你有没有想过，傅靳然或许根本就不想再出现在你面前了？”

乔雯盯着她。

“我知道，你们的目标都是 Sami。那天你希望傅靳然找到 Sami 后把他让给你的话，我都听到了。”陆遥直视乔雯，眼眸满是带有恨意的嫌弃，“他带着 Sami 不见了，这不是明摆着的事吗？”

乔雯还是不说话。

“看来你是想到了，只是不敢相信是吧。”陆遥好像看透了乔雯的内心活动，冷笑一声，“那我现在就告诉你，他没来过。”

“喂，你和乔雯是朋友吗？说话这么冲，她到底哪儿得罪你了？！”从一开始封易就感觉到陆遥的毫无善意，可这毕竟是她们之间的事，自己不好插话，只能一直默默听着，可听到乔雯越来越难听的话，他实在听不下去了。

陆遥终于正眼看清了这位有点熟悉的朋友，“你不是……那天那个客人吗？”

封易见她终于穿上了衣服，可以正常睁眼，于是严厉地瞪向她：“我不清楚你和乔雯之间到底有什么过节，但麻烦你说话放客气一点。”

乔雯拉过封易：“算了。”

陆遥看了看封易，又看了看乔雯，笑得很夸张：“连咖啡馆里的客人都可以这么神速地勾搭上，乔雯，你的本事我真是佩服到不行。我发现……我好像真的，真的，从来没有真正了解过你。”

“你！”封易刚想又说些什么的时候，身旁的乔雯忽地高高抬起手。

陆遥盯着乔雯停在半空中的右手，满是戾气的脸突然舒展眉宇：“打呀，你怎么不打呢？你想打我很久了不是吗？”

陆遥一遍一遍地质问，甚至拿过她的手要往脸上砸去。

封易见状，立刻帮乔雯松开陆遥的手：“喂，你是不是疯了？你松手！”

因为陆遥的激动，三个人纠缠在了一起。乔雯明明置身其中，却只是任凭封易帮忙解困，自己默默站在原地。

直到封易把陆遥推开，乔雯看着她：“如果傅靳然回来了，希望你告诉我一声。”

“我早就把他们送到格旦机场了。”乔雯和封易转身的瞬间，陆遥的话像利剑一样从后面穿过。

“其实我今天一直都跟在你们身后，你们进入大楼，你们出来，你们被不明分子追击，我都看到了。傅靳然带着 Sami 从你车上跳下来后，是我开车接走他们的。”陆遥走到乔雯身后，她的一字一句像针扎满了乔雯的心口，每呼吸一次都那么那么的痛。

怪不得下午咖啡馆是关着的；怪不得刚才问到傅靳然，她一点都不着急；怪不得她字里行间都透着看小丑的玩味语气。

乔雯直勾勾地盯着窗台的盆栽，不敢回头。

“乔雯，你猜，傅靳然让我给你转达什么话。”

乔雯攥紧拳头，指甲几乎嵌进了掌心，半晌，她听到自己还是问出了口：“什么？”

“对不起，保重。”

“……”

一句歉意，一句祝福，就这样成了全部？

乔雯只觉得眼前一黑，氧气像是被恶魔抽走了，她闷得透不过气来。

“封易，我们走。”

“好。”他扶过乔雯的手，冰凉得可怕。

依旧原路返回，从窗户翻下去。从上往下，封易不必乔雯帮忙了。封易跟着乔雯相继落地后，看到她站在幽黑的街道里仰起头看天。

今晚的天空没有一颗星，浓密的云层什么都看不见。

封易问：“你在看什么？”

乔雯嘴角扬起苦涩的笑——

就在昨夜，灿若星光的烟火仿佛还能看到未完全消失的影子。

傅靳然就站在她站的这个地方，冲着她笑。他拿着烟火棒写下“Don’t cry”的字样，那些温暖还滚烫地在心底没能忘怀。

原来，这个世界上有比烟火更短暂的东西，就是爱情。

原来，她见过最美的烟火，等于见过最痛的告别。

傅靳然啊傅靳然，你既然心里早有了决定，又何苦对我瞒得一丝不漏。

我和你之间，终究还是我败了。

败给了你的眼神，败给了你的温柔，败给了你的不讲理，但真正败给的是我自己。

■ □ ■ 2

“没什么，走吧。”许久，乔雯把眼泪憋回眼眶里，低下头转身。

回封楠家的路上，封易一直默默地跟在乔雯的身边，他不是没有好奇，但他清楚这个时候乔雯需要的是安静的陪伴。

回到家后，乔雯直接把自己关进了房间。

封易被挡在门外张了张嘴，提起的一口气最后只能徒劳地放下来。很快，他听到了来自房内的呜咽声。

女孩子的悲伤，就像风，你可能看不到，但能感觉得到。

封易重新在门口坐下，若无法安慰，那他选择陪伴。

第二天，乔雯打开门，发现封易靠在门边睡着了。

撑了一晚上的难过在看到他的当下瞬间减轻了不少。被世界遗弃的感觉是比死亡还要绝望的，她以为的独自一人却有一个小破孩在门外默默陪了一夜，到底是有些感动的。

她正想蹲下身去推他，这时封楠从房间里伸着懒腰出来。

“早啊。”封楠冲乔雯打招呼后看到坐地上的封易，“臭小子怎么坐这儿睡了？我说昨晚怎么睡得那么舒坦……”

乔雯垂眸，任凭他走过来将封易摇醒，低下头，试图用头发挡住哭肿的眼睛。她丝毫没有注意到封楠奇怪的黑眼圈，和眼底闪过的同她一样想要回避的目光。

三个人似乎很有默契地，不去提到昨晚的事情。仿佛每个人真的就是在房间里安静地过了一夜。

早餐的时候，封楠做了三明治和煎鸡蛋，他还和封易讨论鸡蛋是全熟的好还是半熟的好，乔雯发现了，他们是很体贴地照顾她不想被注意的心情。

而发现过来的也不只是她一个人，三个人都心知肚明彼此只是在小心翼翼地装傻中。

话说回来，其实谁又能真的是傻瓜呢？

封楠和封易四目相对，有些话，已不必说明。

早餐过后，封楠要去驻地继续工作了。

封易收拾碗筷。

乔雯站在客厅看着他们两个，突然觉得很无措，她犹豫再三，还是叫住封楠：“能不能也带上我？”

封楠愣了愣，看了看封易，点头说：“那好吧。”

乔雯如释重负地点头，转身回房间拿外套。这次封易没有黏上来说他也要去，而是微笑地冲他们招手：“中午我带便当来哈。”

在去驻地的路上，封楠开着车，默默用余光留意一旁的乔雯好多次后，还是问出口：“乔雯，你没事吧？”

乔雯看着前方，平静如水：“没事。”

封楠闭上了嘴巴，尽管他昨晚默默地跟着他们出了门，一直跟在他们后面，目睹到了她落寞的身影、孤独的眼泪、沉重的步伐，但他还是忍不住想亲口确认一句她是否安好。

可如果她真的没事，又怎么会要求跟他去医疗驻扎地呢？

封楠担心的事情，还是不出意料地发生了——

乔雯发了疯似的把自己当成一只停不下来的陀螺，哪里有病人就往哪里冲，甚至还把其他医生推开，自己上。

谁都看得出来，她是想借忙碌来麻痹自己。

起初，封楠会劝她稍微休息一下，但后来他不劝了，塞瓶水给她就当是劝过了。中午封易送来便当，乔雯只是吃了几口便又上了“战场”。

封楠拉住封易，“让她去吧，只要她自己觉得舒服些，就让她按照自己的方式去做。”

封易视线落在封楠的手上：“哥，看着她这个样子，我可不舒服。”封楠蹙眉，封易推开他的手，快步走向乔雯。

不懂临床医疗的封易硬是缠着乔雯教他怎么做，或帮忙或逮住机会捣乱，想尽一切办法让她开心，设法转移她的注意力。

封楠远眺他的努力，脸上是无人理解的失落。

接下来的几天，乔雯都跟在封楠身后打下手。直到她刚给一个患者做完心脏复苏后站起来，眼前一黑，晕倒在地。

待乔雯再次醒来，她看到了露易丝。

露易丝瞪大眼睛盯着她：“乔雯，你怎么把自己弄成这个鬼样子了？”

乔雯皱眉，下意识地往一旁躲：“露易丝？”

她没在做梦吧？

“是我。”露易丝直起腰，双手抱臂，居高临下地望着意识还有些涣散的她，“打你电话，一个小帅哥接的，他说你晕倒了，我便跑过来了。”

乔雯笑了笑，坐起来：“因为我晕倒了你特意跑过来？”

和露易丝住了几个月的营帐，她还是了解的，这话绝对是唬人的。

“自然是因为出现了一个陌生小帅哥，我才特意跑过来的。”露易丝自个儿也笑了，“几天不见，乔雯，你发生了翻天覆地的变化呀。”

乔雯看向她正要说话，封易走了进来，见到她醒了，皱紧的眉头总算舒展了：“我哥说你是疲劳过度，看你还敢不敢这么拼。”

“哟，这小帅哥脾气挺大。”露易丝挑眉调侃。

封易瞥了她一眼，没搭理。

“他是我朋友的弟弟。”乔雯简单地介绍了一下，便打发了封易先出去。

封易虽然不悦，但还是乖乖地出去了。

“为什么没有看到傅靳然。你们……”玩笑过后，露易丝看向乔雯，顿了顿道，“你们是不是发生什么事了？”

“他把Sami带走了。”乔雯如实把这几天发生的事都告诉了露易丝，末了，她轻轻地叹了口气，“他骗了我。”

露易丝听完，失焦的目光缓缓回神：“你信吗？”

乔雯微微蹙眉，有些抗拒这个反问：“事实如此。”

露易丝露出一个恨铁不成钢的表情，笑了：“什么是事实？你有亲耳听到傅靳然对你说了‘对不起，保重’吗？很多时候，我们都把自己以为的事实当成了事实。”

乔雯怔了怔，她看向露易丝：“你的意思是说……”

“我的意思是，不管真相是什么，别那么早下结论。否则你会后悔的。”露易丝拉过椅子，在乔雯手上轻轻拍了拍，“我们做记者的，不是最忌讳加入主观立场造成真相的偏颇吗？我记得这还是你口口声声让我注意的呢。”

乔雯望着她诚恳的目光，慢慢打开手心：傅靳然的别扣。

她将昨晚和陆遥之间发生的一切又细细地想了一遍。心里闪过一丝奇异的希望，但又更加抗拒这种希望的产生，她害怕，害怕极了，怕这种希望会变成更大的失望。

“对了，你让我查的那些人，我拜托学姐，查出了一些眉目，想不想听？”露易丝看穿乔雯的矛盾，转移话题。

“是谁？”尽管失了傅靳然和Sami，这件事看似已经告一段落，但在乔雯心里到底没能过去。

露易丝给的答案很惊人——是傅靳然安保公司的人。

他们隶属于外围员工，从来不在安保公司内部出现，资料为零，但每个人的手臂上都会刺青着公司的标志，正因为如此，露易丝的学姐反而能从黑道打探到一点消息出来。

乔雯从露易丝的手机上看到，他们刺青的图案果然和傅靳然那颗别扣上的图案一模一样。

如果公司已经派傅靳然来保护Sami，为什么又要派别人来？

更何况那些人根本就不是保护。

可如果公司派傅靳然来是对Sami不利，又为什么要再派另一支队伍来？更何况如果傅靳然真的要对Sami不利，初遇时他大可以直接在房子里就把 Sami 干掉，根本不用等到现在。

“看来这里头的事情，没有那么简单。”乔雯意识到里面很可能有问题。

“现在更复杂的是，我之前公布的 Sami 拍的那段视频成了众矢之的，大家纷纷要求还原一个真相，Sami 迟迟不出现，让这段视频的真实性变得扑朔迷离，更有支持执政党的人说这是一场巨大的诬陷。总之，网上打得比线下还要激烈。我收到很多死亡威胁邮件，我发布的那段视频也遭受黑客攻击被删掉了，我现在只能用各种小号不断地把视频重新放上去，以免真相就这么被掩盖过去。”说到目前的情况，露易丝也是很头疼。

乔雯低下了头。

露易丝见状，赶忙安慰：“哎，我不是怪你的意思，你也不想这样的呀。你就别管这些了，很多事不是我们可以左右的……”

听着她乱七八糟的安慰，乔雯只是默默地点点头。

这时露易丝欲言又止地又说道：“乔雯，我准备回国了。”

报社那边自然是没有改变主意的，但露易丝已经决定回去后就向报社提出辞职，她的那位学姐可以用船在港口将她直接送到机场去。

之前是因为 Sami 的事情答应了乔雯帮忙，现在……现在她没有再留下来的理由了。

“乔雯，那你呢？你接下来有什么打算？”

乔雯了然，原来今天露易丝过来是和她告别的。

金文彬的托付，自己最终还是辜负了，留下还能做什么呢？这里处处遍布着触景生情的欺骗。

“或许，我也该回去了。”乔雯眉心一皱，带着最后的决绝和狠心。

3

露易丝走后，乔雯想睡一会儿，营养液一点一点从软管进入体内，她真的觉得很累，可是却无法入睡，盯着白色的帐顶，愣是把眼睛睁得大大的。她把和傅靳然重遇以来的点点滴滴想了一遍又一遍，翻来覆去，周而复始。

封楠进来时，弯腰测量她的体温。

“为什么要骗我？”这时，乔雯眼角忽地滑下眼泪，大大的眼睛像是碎了一地的琉璃珠，被这个世界弄得遍体鳞伤。

封楠怔住，他离得她很近，近到可以看到她的睫毛在泪水中颤动。

乔雯没有看他，就好像没注意到他进来一样。她的眼泪好像都滴进了他的心里，他的心变得很沉重很沉重。封楠缓缓伸手碰到她流泪的眼角，为其轻轻擦去泪水。

他的这个动作让乔雯一下子醒了，她触电一般地躲开，看到是他，立刻用自己的手背胡乱擦了一下：“封楠，我没事了，你不用特地过来照顾我。”

封楠局促地把自己的手缩回白大褂的口袋，握住听筒：“你现在是病人，我是医生。当然要照顾你的。”

乔雯别过脸：“我没事，就是刚才肚子有点疼。”

她压根就不记得自己刚才说了什么，听着她拙劣的借口，封楠越发觉得不好受，但他还是微笑着扳过她的肩膀，“作为一个医生，我可以很负责任地告诉你，想哭就哭出来，憋在心里是会憋出内伤的。再说了，你又不是男生，哭了又不丢人。”

乔雯咬唇，倔强地哽咽了：“我不想为他而哭。”

曾经为他而恼，为他而惧，现在真的真的不想为他而哭。

话音刚落，她的眼泪就不听话地流下来了。

封楠摸着乔雯的头，安静地陪她哭完。末了，将纸巾递给她后才说：“只有你爱一个人，才会轻易被其所伤。”

乔雯抬眸，看到他一脸陷入回忆的落寞：“封楠……你也……”

这时封易从外面走进来，见两人的神情奇怪，“……你们在干吗？”

“没什么。”封楠扬唇，“乔雯身体没有大碍了，她应该饿了。”

“正好，我特地开车去买的蛋饼，还有好喝的米粥。”封易提了提手里的袋子，冲乔雯挑眉，“你一定会喜欢的。”

封楠见状，便默默地转身出去。

金黄色的蛋饼卷成虎皮蛋糕的模样，放在塑料盒中还是热的，糯白的米粥清新可人。当封易将它们在折叠桌上放好后，乔雯从他手里接过勺子，认真地吃完。

封易期待满满地问：“好吃吗？”

“好吃。谢谢。”乔雯认真地看向他，“不过以后不会再麻烦你们了。”

“为什么。”封易没反应过来。

“我决定回国了。”

“因为傅靳然。”这是陈述句，封易清楚，她的决定都和那个男人有关。

“回去也好，回去以后，这里的一切就都留在了这里。”封易盯着乔雯，“回去以后，你就会忘记他了。”

乔雯迎上他灼灼的目光，隐隐被他那目光背后的执着给弄得不知所措。她抱起双膝，肿着一双眼睛苦笑，“忘记？谈何容易。”

和傅靳然的每一次同框，都是轰轰烈烈的镜头。而这个世界上，有多少人的爱情，是如大海涛浪一般，加速了心跳？犹如濒临生死的刻骨铭心，要怎么去忘记？

谁也没有注意到封易纠结的眼神和他揣在口袋里暗暗握紧的拳头。

营帐外面的忙碌是持续不停的，乔雯半梦半醒间听到外面的奔跑和呻吟，她醒来后透过帘子的缝隙，发现天已经完全黑了。感觉身体舒服了很多，乔雯穿上衣服和鞋子，走到外面想去看看自己能做什么。

刚打开帘子，乔雯看到封易就站在门口。

他转过身：“你醒了。”

乔雯点头，感觉到他似乎有话要说。

“乔雯，如果你觉得好点了，我想带你去个地方。”封易牵过她的手，以绝对的态度不许她放开。

乔雯望着封易霸道温暖的相握，顺从地随他了：“去哪儿？”

“你去了就知道了。”封易笑，那笑容少了一丝调皮多了一点温柔。

他带她上车，一路向西。五六分钟后，车缓缓停下。封易先下车，转过来给乔雯开门。

乔雯见他神神秘秘带路的模样，配合他道："你该不会是要拐卖我吧？"

"我想把你拐卖到我怀里来，你考虑一下。"封易也特配合地回答。

两人对闹间，乔雯跟着封易走到了一个小山坡上，黑漆漆的一路瞬间亮成了另一个世界。

只见山坡下的河面竟出现许许多多的莲花灯。河水推着古色古香的莲花灯，光线连成一条条流动的波浪，十分灿烂。漆黑的天空成为最遥远的布景，对比这近在眼前的温柔，像仙女新做的石榴裙摆，缀缀星光；又像画家笔下的极尽意境，值得一再欣赏。

乔雯半晌没有回过神来，她看向封易简直不敢相信："这些莲花灯，你是从哪儿弄来的？"

"我自己亲手做的。"封易颇为骄傲地用大拇指指了指自己，制作莲花灯的材料是他问了医疗队里的当地通开车去搜罗来的，不过他没说的是想要在短短几个小时内弄出这么多的莲花灯自然不能只靠自己，亲手示范做了一个后让姑娘们帮忙，才有了现在的美景。

乔雯望着他久久说不出话来，不住地点头称赞："漂亮，真的很漂亮。"

即便是在太平的地方看到这样的风景，都会被震撼到，更何况是在战乱的这里，这份震撼更有难得的不易。

两人无声地并肩站上许久，直到乔雯听到封易轻轻地叹了口气："真想就这样和你一直停在这一刻。"乔雯侧目，封易伤感垂眸，"可是我不能这么自私。"

女人的直觉总是不讲道理的精准，从上车后开始，乔雯就预感到封易要和她说什么，而谈话的时刻终究还是到了。

看着封易的神情，她猛地心头一跳。

“其实，傅靳然有打来电话。”封易顿了顿，“他现在在咖啡馆等你。”

他是中午出门时接到傅靳然电话的，他犹豫了很久要不要告诉她，听到她要走时他心里是有一丝庆幸的，他觉得自己不想说的心意得到了鼓舞，可是当听到她说忘不了傅靳然的时候，他还是改变了主意。

可能喜欢一个人，做不到真正的自私。因为看到她难过，你会不忍心。

“我……”

没等他开口，乔雯转身就跑。她毫不犹豫的跑开，让封易的视线一暗一明，莲花灯河还在眼前，却成了最痛的风景。

他站在原地，仿佛被冻结，脸上是意料之中的苦涩失落。封易早就知道自己说了后，乔雯会毫不犹豫地抛下他。

或许就是因为早就知道，所以他努力地让分别往后推延，努力地制造一份告别前的美好，只属于他们两个人的专属美好。

只是……乔雯，你难道连和我好好说声再见的机会都不肯给我吗？

突然，封易眼前的光亮被挡住了——

乔雯气喘吁吁地又跑了回来，“乔雯……”他不由惊喜极了。

“谢谢你。”她说完这句再次跑走了。

短促的几秒，封易看清乔雯眼眸终于绽放的生气，她憋红的脸蛋是满满的兴奋。短短三个字，承载的是她说不尽的感激，可其中，没有一星半点是为了他封易的。

封易的视线落在自己手掌上因制作莲花灯被木条割伤的细长伤口上，突然觉得钻心的痛。

■□■ 4

奔跑在路上的乔雯感觉脚下生风，一点也不计较要跑多远才能回到咖啡馆，她只觉得自己身上有用不完的力气。当她听到封易说的那一刻，内心的澎湃像火山迸发，甚至忘了去责怪封易为什么到现在才告诉她！

傅靳然终于和她联系了！

原来傅靳然没有骗她；原来陆遥说的不是实话；原来露易丝说的是对的，不是亲眼所见亲耳所闻的为什么就认定是事实了呢？

灰暗到底的世界一下子明亮了，烟火总算没有失色，伤痛总算还可以修复，欺骗总算能找回原谅的理由。

乔雯恨不得第一时间见到傅靳然，想亲口问问他，到底是怎么回事。

夜晚的风吹乱了发，一人站在河边，另一人不知停歇地奔跑。

他们各自为爱偏执。

相隔两天两夜，乔雯气喘吁吁地推开咖啡馆的玻璃门，终于见到了傅靳然。他站起来，推开椅子，朝她走来。

乔雯就这么望着他走到面前用力将自己拥入怀中，紧绷的情绪立刻就失控了，她拼命地握拳捶他，一遍遍地问他到底去哪儿了。

“我逃跑了。”傅靳然如实说，“可是我又回来了。”

坐上陆遥的车后，他的确有过动摇，带着Sami直奔机场，想要带他回国内，向老板托塔木交代。

可是到机场后，他还是下不了决心，为她回来了。

听到他的坦白，乔雯又气又恼，但看到他布满血丝同样没有睡好的脸，再多的责怪和抱怨也都说不出来了，只能紧紧地抱住他，贪婪地拥抱这梦幻般失而复得的温暖。

他回来就好，只要回来就代表了一切。

傅靳然哑着嗓子，将乔雯搂在怀里，“明天你就带Sami回塞漠港吧。越快越好。”

他如常的语速里有着不易察觉的催促，还有一丝不安和害怕。

乔雯想到露易丝调查出那些杀手的身份，决定把这个情况告诉他。傅靳然听后脸色很糟，摇头否认：“这绝不可能。”

“这个世界上哪儿有什么事是绝无可能的呢！”乔雯把别扣还到傅靳然的手心，看到他目光沉沉地望向她，“你是什么时候知道我的真实身份的？”

乔雯没有说话。

沉默了很久之后，她说：“是那天，你希望我找到Sami之后把他让给你。”

傅靳然眯眼陷入回忆，很快得到答案，他反问：“在那之前你就开始暗暗调查我了？”

“你不肯说，我只好自己去查了。”乔雯说道。

“罢了。”傅靳然皱眉摆手，从口袋里掏出烟给自己点上，他猛吸了一口，改变主意，让乔雯别等到明天，今晚就起身和Sami前往塞漠港。

乔雯怔了怔，点头说好。随后她上二楼去找Sami，发现陆遥不在。陆遥为什么不在，乔雯没问傅靳然，也不想问，只觉得这样也好，至少不用再次尴尬。

乔雯把找到Sami的事情告诉了露易丝，让她前往塞漠港汇合。

傅靳然开车，一路十分警惕，异常沉默。

乔雯不时注意周遭环境，空气里沉淀着重重的压抑感，仿佛下一秒眼下的安静就会颠覆。随着时间一点点流逝，导航终于显示只有五分钟的车程就能到达塞漠港了，她越过傅靳然，看见夜色里远处的码头和半吊在空中的运输箱。

越是快要到了，心便越发地提在嗓子眼。

乔雯正想回头冲Sami说到了的时候，车后面有两道刺眼强光突然就射了过来。不等她说话，傅靳然暗暗踩下油门说："他们追来了。"

Sami骂了一句脏话，转头惊惧地往回看。乔雯将他的头压下，从前面的抽屉拿出两支枪。

这时后面传来枪声，后车窗"哗"地碎了。

傅靳然为了避免轮胎被打中，不停地左右漂移。乔雯手握车上方的扶手，探出窗外，进行回击。无奈对方攻击太猛，乔雯的回击很快淹没在他们的枪林弹雨中，起不了任何作用。

傅靳然提示："打他们的司机。"

闻言，乔雯立刻节省子弹，躲在椅背后面，穿过已经空掉的后车窗瞄准司机。一击即中，紧咬不放的他们立刻陷入乱了的方向中，但是没能高兴一会儿，死掉的司机马上被踹出车外，很快新的人坐上了驾驶位接手稳住追击。

眼看他们就要将自己包围，乔雯皱眉。

塞漠港已经近在眼前了。

这时傅靳然转弯后猛打方向盘把车驶进右面的仓库内，畅通无阻的大路因为错落的集装箱，而变得狭长蜿蜒。傅靳然减慢车速绕过空的集装箱，并用车尾将它推成路障，以此来阻止后边的车辆。

在和对方拉开一段距离并再次转弯时，乔雯看到对方把集装箱直接撞开，势如破竹。

“乔雯。”傅靳然喊她，“还记得你的任务吗？”

乔雯不明所以地看向他。

“等一下无论发生什么事，你都要记得你的任务，记得你心心念念的真相，你一定要带Sami安全从塞漠港离开。”傅靳然这话听起来太像遗言，乔雯心下一沉，不敢回答他，只是摇头。

“你听到了没有？！”这是傅靳然第一次吼她。

乔雯一个激灵，赌气般拒绝：“不！你要和我们一起安全地离开！傅靳然你……”

她已经失去过他，决不能再失去一次！

车身猛地颠簸，在失控地打滑成圈后，傅靳然用手刹将其停了下来，车子抛锚再也开不了了！

前方五百米就是码头。

傅靳然示意乔雯下车，带着Sami过去坐船，他来做掩护。

“傅靳然。”

“乔雯！你该知道这是最好的选择！”傅靳然扳过乔雯的肩怒目命令，时间争分夺秒，迫在眉睫！他不允许她再跟他在这里磨磨叽叽！

她当然知道他说的是最好的选择！

可是她不希望他这么冷静！

她不想在这种时候只剩下专业素养！

两人四目相对，Sami 在一旁焦急大喊。

时间一秒一秒地流逝，每一秒都是煎熬，乔雯盯着傅靳然不容拒绝的眼神，最终败下阵来，她拉着 Sami 从车上下来，以最快的速度奔向码头。

靠着码头的船只上，出现一个熟悉的人影，是露易丝，她拼命摇手，示意乔雯快一点，再快一点。

新一轮的枪响开始了，杀手们从车上下来。

乔雯回头看到傅靳然以车身为掩护，阻止对方上前，尽可能地拖住时间。哪怕他的枪法是一打一个准，可也抵不过对方的人多势众。她看向前方，恨不得一秒就能把 Sami 送到船上！

终于，在心急如焚和脚下生风中，在露易丝的帮助下，乔雯推着 Sami 踏上船板。

“露易丝，Sami 和 A21 号真相的事，就交给你了。”乔雯没有跟着上船，她紧盯着露易丝双眸，郑重嘱咐。

“乔雯你要做什么？！”露易丝意识到乔雯要折返，抬眸看到前方情势恶劣，想要拉住她，可根本来不及，她伸手扑了个空，乔雯毫不犹豫地给她一个背影，奔向了前方的傅靳然。

露易丝也不知道哪里来的勇气，飞身扑过去！一把将乔雯按倒在地。

“乔雯你不能去！你快跟我上船！啊……”

乔雯发狠地推开露易丝，侧身想要爬起来，就在这一刻，她亲眼看到一颗子弹打进了傅靳然的胸膛。

傅靳然的身形晃了一下，继而在车前跪地。

世界静了。

乔雯手肘撑地，直勾勾地看向前方，她和他只差五百米的距离，可就好像差着一条银河的遥遥相望。

她过不去，她亲眼看到他倒下。

“傅靳然！！”乔雯拼命想爬起来，她听到自己一声一声的呼唤，可怎么也没办法离他再近一点！就在这时，她后脖颈被用力一击，一时天旋地转。

乔雯记忆的最后一幕停留在：她亲眼看到傅靳然被对方拖进车里，亲眼看到他消失在自己面前，亲眼看着他和自己的距离越来越远。

耳边响起船舶起航的鸣笛声。

乔雯仿佛又回到那一年在巴黎的深冬，她独自一个人站在埃菲尔铁塔下，周围都是雪，看着四周人群往来，其中有个人的侧脸很像傅靳然。她不想放过任何一个可能，在厚厚的雪地里艰难地奔跑过去。她摔倒了，不知道是因为受伤了起不来，还是因为心累了起不来。她就看着那个和傅靳然很像的男人从不远处走过。

“傅靳然……”

我想你。

我想你我之间没有离别。

第九章

是重逢，也是别离

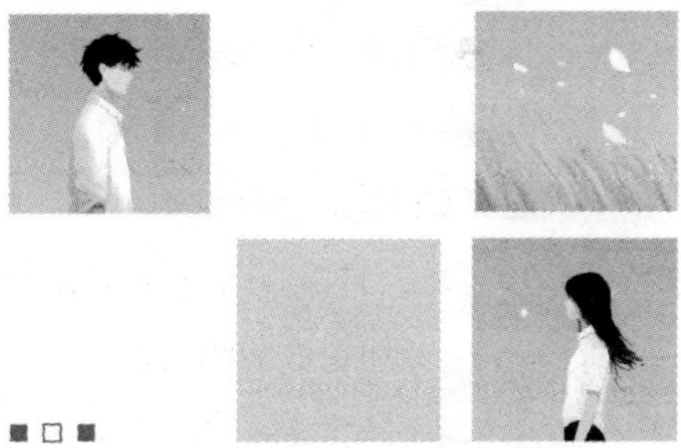

1

上海。

H 报社，12 层。

乔雯正在对着电脑发呆，椅子被撞了一下。她转头看了一下，又是同事王子玲那张极度无聊的笑脸。

“乔雯你的短发真是太好看了，在哪儿剪的呀？”一分钟前，她刚刚问乔雯“你的唇色好好看啊，口红在哪儿买的呀”。

乔雯垂眸，自己这头发都剪了半个月了，她现在才问，也是很有话题聊了。

其实下班时间已经过去一个小时了，可大家硬赖着都没走。原因很简单，领导来视察了，社长正陪着在办公室里说话呢，所以没人敢走。

乔雯垂眸关掉电脑，提起包就走。

王子玲拉住她瞪眼小声道：“乔雯你干吗呢？这社长都没走。”

“事情都做完了不走留下来还想社长请你吃饭吗？”乔雯推开她的手，看了几个想走不敢动的家伙，扶了扶肩上的包带。

“乔雯——”

乔雯正要抬腿，后面传来社长的唤声，他站在办公室门口冲她招手，“你过来一下。”

所有人立刻低下头，装作很忙的样子。

乔雯穿过办公桌走过去，关上门后所有人不约而同地看过来，神情是超级一致的兴奋。

“社长，你找我。”乔雯不卑不亢地将双手交叠放在身前，看到社长站着，他平常坐着的椅子上坐着一位戴着金丝框眼镜穿着黑色马甲的男人。

“嗯，来，乔雯，这位是我们宣传部的领导张导。张导，这位是我们社刚从萨塔回来的战地记者乔雯。”社长身形微胖，手特别短，在两个人之间来回显得有些滑稽。

乔雯点头致意：“张导。”

“没想到居然是个大美女。”张导微微一笑，客套话满分，“老冯不厚道啊，居然选个大美女送出去当战地记者。我们社是没男同志了吗？”

“啊，是因为……”社长想要解释，乔雯抢先说道，“谁说女同志就不能去当战地记者了？记者不分男女，只要有一颗执着挖掘新闻的心。”

“说得好。”张导颇为欣赏地指了指乔雯，目光往身边落，“看来老冯你的选择没有错，好，这个任务就交给乔雯吧。”

社长连连说是，把手里的东西递过去，“乔雯，是这样，这是一张慈善晚宴的邀请函，想让你去参加。办这个慈善晚宴的人是我们上海有名的富商钱成华，他专门给国外的战乱地方进行人道主义救援，输送物资。三个月前你去的萨塔战地，他也有伸出援手的。我们社一直想对他进行一个专题独家报道，不只是我们社，别家也在拼命争取。不过这个钱总一直拒绝。乔雯，希望你能把这个任务给拿下！”

“我知道了。”乔雯回神，“那没什么事，我先走了。”

“好好。”社长连连点头，送乔雯出去。

邀请函很别致，卡片四周还很考究地烫金压边。上边写着时间是今晚八点，地点是花园酒店。

乔雯站在电梯门口看着数字板上的数字迟迟不动，视线下移，望向电梯门映着的自己的样子。

回来已经三个月了。

她的长发变成了短发，脸上再也不会沾土碰灰，身上的衣服换成职业装，脚踩高跟鞋。

仿佛焕然一新，仿佛重生涅槃。

战火纷飞被钢筋高厦取代，死亡流血相继远去。

她每天按时上班，按时下班，回到家唯一做的事情就是看老电影，然后看着看着睡过去。

之前在萨塔的几个月像黄粱一梦。

乔雯不敢细想，因为细想就代表回头，而那些真实的、震撼的，关于傅靳然的过去就在转头瞬间可看到的地方，不停地惨烈循环。

乔雯甚至都不敢去猜测，傅靳然到底是死是活。

当她醒来后人就已经在塞漠港了。露易丝把 Sami 带到她布置好的地下室，进行录像。A21 号的真相迅速转播网络，萨塔民众哗然一片，民怨沸腾。玛格党揪住执政党不放，执政党和玛格党的高层最后停火，决定坐下来开会协商。

一切似乎都得到了最圆满的结局，只有乔雯，彻底失去了傅靳然的消息。

她回国后第一时间去 KS 安保公司在上海的分公司，打听傅靳然的下落。可傅靳然就像消失了一样，生不见人，死不见尸。

乔雯从最初的难以接受，彻底的崩溃到一步一步努力地撑过来，只要一天没有得到他的确切死讯，她就不会相信傅靳然真的死了。

只是这个信念，总是在如潮思念里反复倒下又立起，耗费心力。

出神间，乔雯从口袋里拿出震动的手机，是露易丝。她依旧拒接了。

电梯还没有来，乔雯决定走安全通道。

昏暗蜿蜒的楼梯，看下去就像通往阎王殿的走廊。乔雯每走一步，巨大的回响都似敲在心墙，手机再次震动，还是露易丝，见她还是不接电话，这回发短信过来：乔雯，有傅靳然的消息，晚上出来一起吃个饭。

乔雯直接把手机丢回口袋，露易丝的谎话说得实在太拙劣了，她连戳穿的兴趣都没有。

原谅她还无法对露易丝放下心结，尽管那天在码头知道露易丝做得并没有错，但在她的立场而言，仍然无法接受。

所以有时候，人无法原谅的不是别人，而是自己。

走到公司大厅，乔雯看到很多女职员三三两两或趴玻璃或聚集在门口，纷纷激动地看向同一个方向。

“哇，快看快看，那帅哥好嫩好帅啊！”

“就是就是！你说是不是我们公司老总的儿子呀？”

“屁，我看根本就是哪个经纪公司刚要捧的明星在我们这儿取景拍摄吧！”

“是吗是吗？那赶紧找找摄像头。”

……

乔雯走到公司门口，看到姑娘们口中的帅哥站在夕阳下，靠着一辆金黄色的炫酷单车，交叉双腿，双手抱臂冲她唤：“乔雯！”

乔雯侧了侧脸，绕开视线里的光圈，帅哥的脸渐渐清晰——

是封易。

他立在光里，笑容明朗地望着她。

一瞬间，所有姑娘的目光都诧异地落在乔雯身上。乔雯听到她们讶异而羡慕的闲言碎语，收回目光，直接往前走。

封易一愣，跑过来挡在乔雯的面前："怎么，三个月不见你不认识我了？"

乔雯抬眸："不认识，你是谁啊？"

封易直接抱着她，看着还没散去的围观群众捂嘴发出阵阵尖叫，低声咬耳："那一夜的莲花灯河，我不信你给忘了。"

他的拥抱有着淡淡的肥皂香味，缱绻着萨塔的记忆，霸道地、不由分说地迎面而来。乔雯闭上眼睛，她故意不想和以前的人见面，故意想要躲开那些平复不了的波澜，可逃避还是抵不过追寻。

片刻后，她睁开眼睛，推开封易："你怎么会找来这里？"

"我想你了。"封易耸肩，一点儿也不避讳。

乔雯没好气地戳了戳他脑门，"你不是应该在上学的吗？你哥呢，还允许你这样到处乱跑？"

"我就在上海念书。"封易微微一笑，表示以后来看她很方便。

"哦，这么巧。"乔雯垂眸，完全是随口答应，她根本不知道封易拒绝了哈佛和剑桥的录取，直接找到交大校长，表示想要念他们学校。封易的高考成绩超出合格线几十分，还有哈佛和剑桥同时录取的光环在，校长自然是求之不得。

"喂，你就没一点表示吗？"见乔雯越过他，一点反应都没有就要走，封易顿时有些失落。

"你要什么表示？"

"比如吃个晚饭什么的，你等一下！"封易三步并做两步跑过去把他那辆耀眼夺目的山地车骑过来，拍了拍前车杠，"坐上来，我载你。”

“晚饭你找别人吃吧。”乔雯看了他一眼，“我晚上有个宴会要参加。”

“宴会？”封易一听来了兴趣，“我可以去当你的男伴。”

“乖了，回家自己玩儿去吧。”乔雯以大姐姐的姿态拍拍他的肩，走到路边打了一辆出租车，扬长而去。

“师傅，去淮海路。”透过后视镜，乔雯看见封易没有立刻离开，而是坐着他的黄色坐骑耷拉着脑袋。她知道封易或许在内心怪她太过冷淡，可她只当他是朋友的弟弟，即便感激他曾经的帮助和温暖，也不能因此无端撩拨。

不给希望，就不会有失望。

更何况，她自己，始终揣着一份等待。

乔雯回到家后，把自己衣柜里的衣服全部拿出来摆在床上，竟没有一件能直接穿去赴宴的，现成去买，她又实在没这个想法。

思来想去，乔雯把其中一条白色长裙拿出来做了一点设计和修饰，她穿上身时，就已经成了一条膝盖以上的连衣裙。皱褶的领口索性剪开变成平口，用剪下来的布料剪出两根布条在袖子上系上蝴蝶结作为点缀。

清白如雪、俏皮灵动，加上她的齐肩短发，特别符合知性女记者这个身份。

2

晚上，花园酒店，十楼宴会厅。

乔雯到的时候，宴会厅里已经客似云来，大家觥筹交错，脸上都是和乐的恭维。她拿过一杯香槟，扫视一圈，看到主角还没有来，便走到旁边独自安静喝酒。

几个男人过来搭讪，都被乔雯的冷漠给打发了。

“乔小姐，有这个荣幸请你喝杯酒吗？”

乔雯回头，不禁蹙眉，怎么又是封易？

此时他已褪去一身休闲装，穿着量身定做的西服，戴着名表出现在眼前。他不断摇晃手里的红酒，一副十分娴熟老道的模样，不知道的还以为他是哪位年轻多金的富二代呢。

“你……”

“记下你上车的车牌，打电话给运营公司说我是上一位乘客，不小心落东西到车上了，让他们告诉我车停在哪儿。然后我就到你住的小区，看着你出门，一直跟过来就好了。”不等乔雯问出口，封易就特别热心肠地给以解答。

乔雯头疼地扶额，“我是来工作的，你瞎凑什么热闹。”

“你的热闹，我凑得还少吗？”封易不以为然，“乔雯，你是甩不掉我的。”

乔雯真想就地给他一个过肩摔！不过她还是忍住了，“随你便吧，别打扰我就行。”

封易看了她一眼，不动声色地问：“你了解今天的主角钱成华多少情况呢？”

“肯定比你了解得多。”乔雯来之前上网查过这位钱成华，做过功课。她第一反应是封易问的真是废话。

“钱成华，四十五岁，至今未婚，成立钱氏集团二十年，待人接物彬彬有礼，喜怒不形于色，行事雷厉风行，朋友很多，得罪的人也不少，出门习惯带保镖。喜欢康熙，‘行商和慈善并不冲突，和平年代并不和平’，这句话是他的口头禅。去过英国几年，特别喜欢把自己当成绅士，也喜欢别人称呼他绅士。和人照相喜欢站在左侧，因为要把他领口的水钻别针给露出来。”

乔雯诧异地望着他，他也做过功课吗？不对，他根本就不可能提前知道她要采访钱成华，这些信息也不是网上可以搜到的。“你……认识钱总？”

封易一点点地用膝盖逼着乔雯后退，他居高临下地将其逼退到墙角，顺手将酒杯放到一旁的座椅上，右手撑到乔雯头顶，“现在你看到我了吗？”

这句话带着一点抱怨、一点撒娇、一点不甘、和一点无奈，短短八个字包含着他太多的情绪，他迫切地想让她知道，他就在她的身边，不打算放弃，一步步靠近，只求她正视一眼。

他透亮的眼睛，让乔雯一时挪不开视线。

这时，门口传来一阵小小的骚动，台上有主持人说：“欢迎钱总进场——”

乔雯探头，注视门口。

走在第一个的男人，一头浓密的黑发，丝毫没有中年男人的大腹便便，身形挺拔，左侧胸口别着的水钻别针在琉璃灯下异常耀眼，他就是钱成华。

当乔雯看到他身后的几个便衣保镖时，刚要收回的目光猛地停住。

那张朝思暮想的脸，出现了。

他站在鱼贯而入的队伍中。

他面无表情，警惕地留意四周。

是傅靳然！

是他！

他没有死！

他还好好地活着！

他就这样，毫无征兆，毫无消息地出现在了这里！

“傅靳然……”乔雯浑身颤抖，她扶着封易的手臂，将他的袖子捏皱变形，整个人失重得几乎踩不稳脚下的高跟鞋。

“乔雯你冷静一点。”封易也看到了傅靳然，他也很讶然，可这里不是能认人的好地方，众目睽睽之下有太多双眼睛，不宜失态。他只得扶住乔雯，不断安慰她先保持冷静。

“你放开我。”思念得到证实，日夜祈祷万次的愿望终于成真，乔雯心底的火山终于爆发，任凭谁也拦不住了。她推开封易跑了过去！

钱成华余光看到动静，转头间奔到眼前的乔雯立刻被身后的保镖上前拦住。

其中一个，就是傅靳然。

他瘦了不少，弯起的手臂上的肱二头肌也没有以前那么壮实了，黑色西装下一张脸黑了很多。

他能好好地站在自己的面前，乔雯内心好生感激，她激动地看向他，刚要开口，只听他冷冷开口：“你要做什么？”

“……”

你要做什么？

……你要做什么？

像是看到失而复得的绿洲，傅靳然陌生的眼光立刻将绿洲推到了海洋的那头。

乔雯踩空。

所有人都看着她，好奇她的鲁莽和她脸上那解释不清的奇怪神情。

“傅……”

“哎，怎么可以对小姐这么无礼呢。”钱成华见状，立刻走过来推开傅靳然和另一个保镖，微笑地看向乔雯，“这位小姐，你找我有什么事吗？”

傅靳然的眼神好陌生，就好像不认识她一样。为什么会这样？乔雯百思不得其解，她艰难地回神，迎上钱成华打量的目光：“您好，钱总，我是H社的记者，我叫乔雯。今晚，我是想为您做个专访的。都说……都说钱总是个绅士，对女士不会说个不字。还希望，钱总不要拒绝我。”

一番客套话，乔雯说得磕磕碰碰，事实上她自己都觉得有点前言不搭后语的，硬挤出来的笑容也肯定难看得紧。

钱成华哈哈大笑：“原来是美女记者乔小姐。说到荣幸，不知道等一下我有没有这个荣幸请你跳个舞呢？”

“当……”

“当然不行。”接话的人是封易，他从后面走过来把手搭在乔雯的腰间，右手插口袋，“钱叔叔，乔雯是我的女伴。你可不能抢。”

“哟，是小易啊。真是好久不见。”钱成华一怔，随后笑得更灿烂了，他指了指前面说他先去致辞，等会儿再来和他叙旧，“哪儿都不能去啊，等一下陪钱叔叔好好聊聊。”

“好。”封易点头，目送他大步流星地走向台上。

众人很是配合地涌到台前，听着钱成华说千篇一律的开场白，以及钱氏集团目前对国外战乱地区进行的慈善项目和成绩。

乔雯和封易站在最后面。

“你真的和钱成华认识？”

“父亲曾经是他的主治医师，两家一直有比较紧密的来往。”封易云淡风轻地简单说了一下情况，他侧目，看到她一直盯着傅靳然，“宴会结束以后你找他单独聊聊，一切疑惑就都解开了。现在……你是记者，他是保镖，你们各自都有公务在身。”

乔雯垂眸，她想过无数种和他重遇的场景，却绝对没想过会是现在这个样子。

难道真的如封易所说，因为公务在身，所以傅靳然才装不认识她？所以他的眼眸才那么陌生？

在萨塔，到底发生了什么？他又经历了怎样的苦楚？为什么没有来找她？他应该知道她有多担心他，多牵挂他，既然还活着为什么不透露半点消息？

太多的问题像铁板一样压在乔雯的心口，她搬不动，也挪不走，快要窒息了。

钱成华的致辞结束，众人致以如雷的掌声。

封易听到身边的乔雯轻轻地说：“只要他活着，就好。”

她安慰自己的样子让人心疼，封易蹙眉，俊美的脸上浮现不该有的伤感，他不知道自己是否该和某人一样高兴。

傅靳然还活着。

他死了，萨塔的一切随着他的死，就画上了一个句号。

可是现在他好端端地出现在这里，出现在上海，自己想要的重新开始，生生被套牢了。

封易出神间，臂弯被紧紧圈住。他转头，竟看到乔雯努力扬起的嘴角，“既然你认识钱总，帮我穿针引线吧。”

她鲜少对他笑。

封易点头微笑，拒绝不了她的请求。书上说，爱一个人就是她对你只是微微一笑，你就可以连江山都不要。

他想，他做到了。

■□■ 3

有封易在中间牵线搭桥，乔雯找钱成华说专访的事容易了不少。

钱成华和封易聊了几句家常之后，突然语气暧昧地问道：“小易啊，你和这位乔小姐是什么关系呢？”

封易歪了歪头，笑而不语地把手搭到乔雯的腰间。

乔雯下意识地注意傅靳然的反应，她想哪怕在他的脸上发现一点点的不悦，都说明他的不认识是假的。可是，他职业性地扫视周围，根本就没有注意她。

乔雯横生闷火，她往封易的胸口靠了靠，笑着看向钱成华：“钱总，既然您答应我的专访，我们不如换个地方，您看怎么样？”

钱成华点头，请他们去会客厅。

乔雯目光不时搜索隔着钱成华的傅靳然，试图捕捉到一次他也看过来的余光，走到会客室的一路，他除了和一旁的保镖说过一句话后，只注意钱成华一个人。

会客厅和宴会厅不同，关上厚重的门后，清静很多。

钱成华半玩笑半认真地表示他从来不接受专访，这次算是为了他们两个人而破例。

乔雯和封易相视一笑，封易说：“那我在这里先谢过钱叔叔了。”

专访的问题是乔雯预先就准备好的，其间要根据情况即兴穿插一些临时的问题，可是乔雯完全忘记了，她脸上始终挂着浅浅的微笑，但明显心不在焉，得到回答后给出的反应跟不上节拍。

幸好专访顺利结束。

钱成华给乔雯留了一张名片，表示之后有什么事可以随时找他。一通电话打过来，钱成华挥手表示要先离开。

乔雯见傅靳然跟着钱成华就要离开，刚想喊他，封易拉住了她。

就这样，他们离开后，只剩下乔雯和封易两个人。

“已经知道可以在哪里找到他，你又何必急于一时呢。三个月都等过来了不是吗？”

乔雯抬眸，又是她什么都没说，他什么都知道。

有时候她在想，他的耳朵是不是落在她心里了，所以每次能听得那样清楚。乔雯苦涩一笑：“是啊，就因为三个月都等过来了，这一刻反而等不了了。”

封易迅速低头，只当没看到她湿润的眼眶。

“刚才谢谢你，要不是你，我在钱总面前就出丑了。”刚才她心不在焉的时候，封易帮忙有意无意地说了几嘴，钱成华才没有发现破绽，否则真是丢脸丢大了。

“口头上谢谢，我可不接受。”封易挑眉侧脸。

乔雯吸了吸鼻子：“晚饭，我请。”

“这还差不多。”封易傲娇噘嘴，打了个响指。

两人从会客厅出来，来到一楼门口，泊车员开来一辆保时捷停下，封易上前打开车门，回头看乔雯：“上车。”

乔雯愣住。

“在你公司门口让你上车你不上，现在，你还要拒绝我吗？”封易略无奈。

“……”乔雯咬唇，默默钻进车内。

说是乔雯请客，不过餐厅却是封易来选。

当封易带着乔雯进入一家装潢不要太好的意大利餐厅时，乔雯觉得自己这个月的工资是要见底了。

当封易轻车熟路地点完餐后，乔雯看向他：“你到底是什么人？”

一个刚上大学的年纪，认识上海鼎鼎有名的富商钱成华，他的一句钱叔叔让钱成华很看重，开限量版的保时捷，一身名牌，手腕上的手表如果没看错的话，是某牌子最新款，价格不菲。

封易喝水，眉眼透着和他年纪不相符的温润。

“你是超级富二代。”乔雯了然，在萨塔初次见到他时，就觉得他和普通的高中毕业生不同。只是那个时候并没有机会看到他身上的奢侈，而认识的封楠也都一直穿着白大褂，隐约知道封家是书香门第。

“超级富二代算不上。”封易淡淡一笑，“知道封氏医院吗？那个医院是我家开的。”

什么叫低调的高调？这个就是了。乔雯想起封楠曾经轻描淡写地说他是继承父亲的衣钵，原来就是这么个继承法。

“原来如此。”乔雯垂眸，想到之前在萨塔时把他卷进来犯险的愧疚感又添上了几分沉甸甸的罪恶感，“我差点连累了一个含着金汤匙出生的贵公子。”

封易不悦地皱了皱眉头。

两人陷入短暂的沉默中，对于让她对自己重新有了个认识这件事，封易并不那么开心。因为这对乔雯来说，有心的话早就能查出，并非什么难事。

只有不关心，才会不好奇。

封易又一次难过后，强打精神："喂，你打算怎么谢谢我？"

乔雯一怔："这不是请你吃饭呢吗？"

"这次谢的是我帮你搞定钱总的专访，那之前的呢？"封易如数家珍，顺着时间点往回推，"我来找你的情谊，在萨塔我帮你买吃的，我开车把你从大楼里救出来，我拉着你躲开那些人的追捕，还有我的初吻，啊……"

乔雯表面云淡风轻，桌下对着他的脚就是猛踢。

封易强忍疼痛，深呼吸一口继续道："乔雯，你要怎么谢我？既然你要和我算清楚，那我们就好好算算。"

乔雯知道他的意思，沉默半晌还是劝道："封易，一辈子还很长，你会遇到真正喜欢的姑娘，我给不了你想要的。"

"一辈子哪里有很长？！我遇到你后就觉得时间好短，让我想要争分夺秒。所以，我可不能这么轻易放你走！"封易恼了，他"噌"地站起来，愤愤地踢了一下桌脚，气急地分辩。要知道从公司门口到现在，他忍了一路，乔雯这样老套的说辞算是彻底点燃爆炸的引线。

"封易你坐下，你声音小点……"其他桌的客人不约而同地看过来，乔雯觉得很丢人，她没想到封易的反应会那么大。

封易一点也不在意别人的目光，他拍桌俯身，眼神锐利地盯着她，语气近乎发狠："乔雯，你给我听好了，我喜欢你！你不能连个机会都不给我，就想这么打发我走！"

说着，他拿起水杯将剩下的水一饮而尽，而后将空杯重重地拍在桌上，转身就走，连饭也不吃了。

留乔雯一个人呆呆地坐着。

服务生上菜后她看着满桌的佳肴，完全没有食欲，买单走出餐厅，天空忽然下起雨来。

乔雯在门口站着，茫然地看着雨水拍打路面。

现在的上海，是深秋，雨水都泛着感伤。

封易掷地有声的不肯放弃言犹在耳，傅靳然的冷漠不识像滚轮一样重复眼前。乔雯觉得自己要被撕成两半，由不得自己做主。

一切都是失控的状态。

这时头顶一片阴影投过来，乔雯回神抬头，是一把伞。她转头，是露易丝。

“连我说有傅靳然的消息你都不搭理，特意来和小帅哥吃饭，怎么吃了个不欢而散呢？”露易丝嘴里打趣，眼里却是心疼，“他让我来接你的。”

乔雯蹙眉，推开她的伞，独自走向雨中。

露易丝追过来。

“别跟着我。”

“别跟着我。”

“我叫你别跟着我！”乔雯一把扔掉了露易丝手里的雨伞。

蔚蓝色的雨伞跌在地上，转了个圈。

露易丝伸手推乔雯：“乔雯你发什么疯！你到底还要怪我到什么时候？！”

乔雯后退两步，雨水一点点打湿她的头发，她的脸，周边的一切陷入朦胧中。露易丝的怒吼，及时浇灭她心里的怒火，随后变成一片焦土。

“如果不是我拦着你，不把你打晕，死的人还有你！你还有脸还有力气在这里冲我发脾气吗？！”这么多天来露易丝拿出平生所有的包容，来包容乔雯对她的爱搭不理，但她认为自己没有做错。

“他没有死！他没有死，我今天见到他了！”乔雯咬唇，视线逐渐从震惊的露易丝脸上移开，“可他……不认识我了。”

生离和死别，哪一个更让人难受？说不清。

委屈让乔雯悲从中来，封易可以冲她发泄情绪，她可以冲谁发泄呢？

雨变得更大了，有带伞的路人打开伞不紧不慢地走着，没有伞的在雨中狼狈狂奔。

露易丝浑身也都淋湿了，她黯然地走向乔雯，不忍心地伸手轻拥：“好了好了，一切都会过去的，都会过去……”

就像那天在船上，乔雯醒来后崩溃地号啕大哭，露易丝抱着她拼命地重复这句安慰。

热烈至此，终是云烟。

4

第二天，乔雯出现在钱氏集团门口，她手里拿着昨夜露易丝帮忙整理出的专访报道。

钱成华在开会，秘书安排乔雯在办公室门口等，乔雯径直奔向会议室。

果然，她看到傅靳然站在门口。很好，今天就他一个人值班。

乔雯上前，傅靳然将她拦下：“钱总在里面开会。”

乔雯仰起下巴：“我找的人是你。”

傅靳然皱眉，将她打量：“乔小姐找我有什么事？”

露易丝说有傅靳然的消息，是真的。只是她没想到乔雯会先见到了他。

傅靳然为什么会出现在钱氏集团当了钱成华的贴身保镖，这一点还没办法确认。但露易丝打听到傅靳然那天在塞漠港负伤后性命垂危，他的名字出现在了美国一家私人医院的换心手术单上。这应该可以解释为什么他这么久以来消失得无影无踪。

难道说换了一颗心，连记忆都换了吗？

“乔小姐。”

“你的伤完全好了吗？”乔雯回过神，伸手轻轻地贴在他的左胸口，那天那颗子弹不仅打中了他，也打中了她。

傅靳然后退一步，背轻轻地撞到了门，显然他被乔雯这个举动给吓到了。

“你……怎么知道我受过伤？”傅靳然看向乔雯。

“我不仅知道你受过伤，我还知道你是在萨塔受的伤。”乔雯再进一步，“KS 安保公司，傅靳然，你现在还在那里就职吗？”

傅靳然迎上乔雯咄咄逼人的视线，眉心微颤。

“傅靳然，埃菲尔铁塔下，我们不见不散。”这句话是以前他们的约定，约定之所以难忘，是因为时间风干了做出约定时的花香和气息，随风徜徉，刻骨铭心。

傅靳然双手背在身后，目视前方，“乔小姐，我并不认识你，也不知道你在说什么。”

乔雯低低一笑：“好，你不认识我，那从今天开始我让你好好认识认识。”

说着，她伸出手作自我介绍，“你好，我叫乔雯，是H报社的记者，从萨塔回来不久，目前负责钱总的个人专访报道。”

傅靳然迟疑了一会儿，只好伸手。

乔雯握住，拒绝了他两次的缩回，最后才放开。

这时会议室的门开了，钱成华从里面走出来，看到乔雯微微怔了怔：“乔小姐？”

“不好意思，钱总，没提前预约就过来，昨晚我把专访的稿子赶出来了，急着拿来给您看看。如果没什么问题，第一期就这么发表了。”乔雯送上稿子。

“这种小事，乔小姐直接发邮件给我就可以了，哪里需要亲自跑一趟。”钱成华接过稿子，看乔雯的眼光也是极尽殷勤，“咦？乔小姐你这脸怎么这么红啊？今天不热啊。哎呀！”

钱成华直接用手背贴上乔雯的额头，立刻叫出声：“乔小姐，你发烧了呀。”

乔雯看向傅靳然，他脸绷得跟要上战场似的。

钱成华着急要送乔雯去医院，乔雯忙摆手：“钱总您事忙，怎么好让您亲自送呢。要不，您把这个保镖借我使使可好？”

她指着傅靳然，只觉得自己头重脚轻。

傅靳然转身就对钱成华说：“钱总，我的职责是二十四小时贴身保护您。”

钱成华略尴尬地笑：“啊，这个……我今天不出去，用不到你。

这样，你赶紧送乔小姐去趟医院。”

傅靳然脸色一沉：“是，钱总。”

乔雯点头致意：“给钱总您添麻烦了，多谢。”

“不客气，快去吧。”

乔雯明显感觉到自己的体温在一点一点上升，但还是努力维持正常的步伐，她有意无意地和傅靳然撞肩，余光不时搜索他冰块一般的侧脸，觉得无比温暖。

他们乘坐电梯来到地库，和上面截然不同的阴冷气息扑面而来，让乔雯忍不住打了一个寒战。

乔雯趁机往后仰，傅靳然扶住她：“你没事吧？”

“我有事。”乔雯眯眸微笑，尽量让这句话听起来像是撩拨调侃。

但事实上她是真的有事，昨晚淋雨回去后就发烧了，起先是不自知，后来整个人觉得轻飘飘起来，露易丝拿来温度计一量，好家伙，烧到了近 40℃。

脑子一烧，思路就清晰了。

乔雯硬是撑了一晚上，带病过来找他。

“你担心我吗？”乔雯歪头，烧红的脸加上慵懒的眼神，越发像个撒起娇来的女无赖，“其实你是担心我的，对不对？”

傅靳然始终绷着个脸，想要把她推开，可又不忍心下手，最后侧身挪开一寸，把外套脱下来给她披上，“我去开车。”

乔雯轻攥西装衣领，闻着来自他身上的熟悉味道，忍不住扑哧一笑。难道真的是近朱者赤近墨者黑？她现在竟变得和封易一样厚颜无耻，各种开撩。

看到傅靳然把车开到她面前，把车门打开示意其上车，乔雯的眼底闪过一丝无人察觉的了然。

上车后，乔雯说不去医院："我知道一个地方比医院更灵，只要去了我的病很快就能好。"

傅靳然看向前方，继续打着官腔："乔小姐，钱总只是让我把你送到医院。"

"钱总让你送我去医院是为了治好我的病，现在去这个地方会让我好得更快。傅靳然，你不想尽快办好差事吗？"乔雯侧目反问。

傅靳然瞥了一眼导航，没再说话。

乔雯说的地方是，东方明珠塔。

不管是不是节假日，也不管是不是旅游旺季，标志性的东方明珠下面总是人来人往，络绎不绝。

傅靳然把车停到路边，看向乔雯。

乔雯解开安全带下车，此时她的呼吸变得有些困难，步伐稳健也装不了了。她边走边回头，"傅靳然，你知道吗，我虽然在上海有一段时间了，可我从不来这里。你知不知道是为什么？"

傅靳然冷脸看向前方，不打算接话。

乔雯也不在意，自顾自地说道："大家都说上海是东方的小巴黎，所以在我看来这个东方明珠塔就是埃菲尔铁塔……"

两人走到广场中央，乔雯转身拉过傅靳然，伸出脚在地上画了一个圈，"你在这里等我。我去买两个冰激凌来。"

"乔小姐，你现在在生病。"傅靳然拉住她，快要皱在一起的眼睛和鼻子在极力地掩盖他的情绪，"别再闹了，我带你去医院行不行？"

他越生气，她越得意。

他板着的无奈表情和她眸光涣散的浓浓笑容就像是油料盘上鲜

明对比的两种颜料。

“你在这里等我一下，一下就好。”乔雯答应着，很快转身消失在人海里。

傅靳然站在原地，清澈的天空下，柔煦的光线将他的影子拖得长长的。他真的就乖乖地站在原地，没有挪出所谓的圆圈。

十分钟后，乔雯拿回两个巧克力冰激凌和两张去顶层的票。

他们坐电梯来到顶层，俯瞰整个上海的全景，风呼呼大作，把乔雯的短发吹得不成样子，她艰难地睁着眼睛，双手张开，任凭自己被吹得几乎要站不稳。

傅靳然挡在乔雯面前，怒目瞪她：“你闹够了吗？可以去医院了吗？”

乔雯盯着他要发火的模样，挑眉歪头：“傅先生，你为什么那么害怕和我待在一起啊？”

“我没有。”傅靳然侧过脸去，回避她的视线。

乔雯盯着他，收起笑容：“傅靳然，你的演技太差了。”

■□■ 5

在钱氏集团，他向钱成华提出的拒绝已经暴露了一切。如果他压根就不记得她，为什么会对她有抵触情绪？

刚才她躲在人群中看到他站在她画的圈内，明明提起了左脚，最后却还是缩了回去，因为他根本就记得那年在巴黎时和她的约定——在另一个人回来之前不要离开半步。

她故意买来的两个巧克力冰激凌都被他以她发烧不能吃冰的理

由吃掉了，但在她看来，他真正在意的是她对巧克力过敏这件事。

她带他来到东方明珠的顶点，要和他一起待半个小时，他到底还是慌得露出马脚。

“你为什么要装不认识我？”乔雯抓过他的衣领，逼他直视自己的眼睛，“你知不知道，我以为你死了？你知不知道……知不知道我是怎么撑过来的？”

她极力平复自己忍了这么久的情绪，可每问一个字还是扯疼脑神经，头痛欲裂。

“傅靳然，你知不知道我有多想你……”乔雯望着始终沉默的傅靳然，心头哽咽，泪水汹涌到模糊了视线。

昨晚露易丝发现她生病后，忍不住抱怨她明明身手非凡，身体怎么会这么差，淋了点雨就发烧了。

乔雯没有说，无敌金刚被爱情掏空了比凡人都不如，更何况是她。

短短几个月，她的眼泪比一生流的还要多，她的身体比一般人还要弱。

“我有多想你……”傅靳然捧过她低下去的痛苦脸庞，温柔吻上。他滚烫的双唇顺着她的脸颊一点点地下滑，吮吸她的泪水，最后到唇。

乔雯怔怔地看着近在咫尺的他，看到了那眼底藏匿的心疼和隐忍。

经过一个绵长悠久的深吻，傅靳然放开乔雯，轻轻地叹了口气：“你这个傻瓜，怎么就看不懂我给你的暗示呢？”

“什么？”乔雯愣住，他有给过她暗示吗？她怎么不知道？

傅靳然深感无奈地瞥了她一眼，伸手弹她的脑门：“失忆的人不是我，是你这个笨蛋。”

他从一开始就没想过真能瞒得过她，装不认识只是他提醒她的手段：她靠近他有危险。

然而他做得这么明显，可乔雯却完全跑偏了他原先预设的方向，不依不饶地黏着他，还一定要找出他的破绽来。

乔雯恍然大悟过后渐渐意识到什么，她看向傅靳然：“你终于相信我说的了是吗？还是你找到了什么蛛丝马迹？”

她指的是在萨塔，KS公司派了另一拨人对Sami展开行动的事。

这时电梯有人上来，傅靳然迅速恢复之前的冷漠神情，压低声音道：“眼睛无处不在，记得配合。”

乔雯望向电梯回神的工夫，傅靳然已经侧身，示意她可以下去了：“乔小姐，请。”

明白真相后，乔雯的心情轻松了不少，她点头好整以暇地回应，“傅先生，请。”

傅靳然送乔雯回家。

到了后，乔雯下车时冲傅靳然说：“我走不动了，你背我上去。”

撑这么久她真心撑不住了，在东方明珠塔上又吹了许久的风，她随时可以倒下去。乔雯认为，这不算私心。

傅靳然犹豫间，只见一个人从一旁走过来，在乔雯面前蹲下，“来，上来。”

是封易。

他像是在这里等了很久的样子，乔雯怔住，看向傅靳然。

“还不上来？要我把你扛上去吗？”封易只当傅靳然是个透明人，瞪着都生病了还硬扛着的某人，不悦责备。

面对这个情形，乔雯一时不知所措。

一边的傅靳然脸色阴沉，关上车门丢下一句“乔小姐，再见”，便开车离开。

最后乔雯在封易的催促下，往他身上一趴，整个人立刻软下来了。她能感觉到封易放慢脚步，把每一步都踩得很稳，连呼吸都小心翼翼。

餐厅闹了一场，托生病的福，她再次看到他也顾不上尴尬了。

乔雯住的地方是老小区，没有电梯，又住在五楼，平时两条腿上去也没什么，现在，她半眯着眼惴惴不安地问：“你背得动吗？”

“闭嘴。”

“你怎么知道我生病了？”

“闭嘴。”过了三秒，闷声道，“露易丝告诉我的。”

“其实傅靳然他……”

“闭嘴。”过了五秒，从喉咙里蹦出抵触，“我不想听你提到他。”

“……”

乔雯小瞧了年轻人的筋骨，封易背着她上五楼进屋子，丝毫不喘。她迷迷糊糊地被他放到沙发上，然后又听到翻箱倒柜的声音。她想提醒封易药箱放在哪里，可是连张嘴的力气都没有了。

封易给乔雯量体温，敷冰袋，还亲自熬粥，扶她起来喝热水。

乔雯高烧反复导致头痛欲裂，陷入昏睡。待她再次醒来时，天已经全黑，而她自己睡在封易的怀里，被他紧紧握着手。

客厅没有开灯，笼罩在一片静谧里。

高烧过去，翻来覆去的难受消失了，她像是一根轻飘飘的羽毛，娇弱又瘦小。

乔雯望着封易的脸，万般复杂思绪涌上心头：陪着她的，竟是他。

对她温柔照顾的人，竟是他，不是傅靳然。

餐厅里看似孩子气地怒气冲冲扬长而去，却还是叫了露易丝来接她。

心里明明是不痛快的，却还是默默地陪在身边。他指着她大吼“一辈子很短，我不能这么轻易放你走”的模样，那样霸道可笑，亦那样让人难以忘记。

这时封易睁开眼睛，看到乔雯在看他。

“封易……”

如果没有傅靳然，我想，我会喜欢上你。

“嗯？”

“我饿了。”乔雯回神。

“好，你等一下。”封易站起来，去厨房盛来一直保温在锅里的粥，将乔雯扶起来靠在自己身上，一口一口喂她。

“好喝吗？”

“嗯。”

“这可是我第一次煮粥给女孩喝。”封易得到肯定后扬扬得意，“我对自己说，第一次一定要留给喜欢的女生。”

看着糯白的米粥送到嘴边，乔雯蓦地心头一跳，不知道他说的第一次是指粥还是之前的意外之吻……

一碗粥下肚，乔雯的胃暖暖的，她有了些力气。趁着封易把碗拿到厨房洗，她坐起，拿过茶几上的手机，期待的眼神立刻暗了下去，没有一通傅靳然的未接来电，没有一条他的慰问信息。

装不熟，也不用装得这么彻底吧。

乔雯把手机丢回去，抚了抚凌乱的头发，开始回想在东方明珠上傅靳然说的话，他是在保护自己的安全。

这话的意思是，她靠近他是危险的，那么言下之意就是他处于危险之中？

那一天，他为了保护她和Sami离开，被子弹打中。

实际上，他已经违反了公司派给他的任务。

他是KS公司的王牌行动人员，现在出现在钱成华的身边当贴身保镖，是新的任务？目前看来更像是一种惩罚的放逐。

如果是这样，傅靳然一定在秘密地策划着什么行动。

“你不好好躺着，想干什么？”乔雯掀开身上的毯子，封易适时回来。

“哦……我有些无聊，想拿笔记本过来。”

“不行。你给我好好躺着休息。”封易皱眉，扶着她的肩膀让她躺回去，“如果你真的无聊的话，我可以唱歌给你听。”

“……不用了。”

“你这是什么表情啊？我唱歌可是很好听的，高中毕业的时候校长还让我上台唱了一首张震岳的《再见》。”

“是吗……还是不用了。”

“闭嘴。我唱了哈。”

乔雯扶额，无奈地在歌声中乖乖躺着，什么都做不了，养病到第二天早上。

她不知道，这一晚钱氏集团钱成华的办公室里出了事。

第十章

爱到深处，皆无言

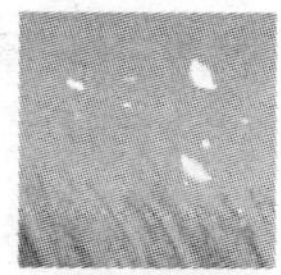

■□■ 1

乔雯在封易的监督下，跟社长请了假。社长完全应允顺便还不忘体贴地叮嘱："乔雯啊，钱成华的专访记得尽快啊。"

乔雯特意打开扩音器，让封易听到，末了把电话挂掉摊手："你听到了？我虽然不用去公司，但还是得工作。"

封易眯眼冷脸："你怎么一副巴不得的表情。"

"有吗？我也很无奈的。"乔雯一边说着一边打给钱成华，想装模作样打一下就挂掉，然后随便找个借口亲自去一趟钱氏。

不想钱成华的电话真的打不进去。

乔雯微微蹙眉，再打到他办公室的秘书台，竟也是无人接听。

她顿感不妙，挂掉电话，快步走进了房间。

十分钟后，乔雯换掉衣服，洗漱完毕，拍了拍封易的肩："你送我去钱氏集团后也回家洗洗吧，看你这一身臭的。"

封易瞪眼，满腔狼心狗肺的愤懑愣是被某人给忽略掉。

坐着封易的车来到钱氏集团，乔雯一进大厅就看到前台站着两个警察，做着笔录，周围的职员神情严肃地交头接耳。

乔雯走进电梯，上到二十层，刚出电梯的门，就见过道上都是人，闹哄哄的。她拨开人群走过去，钱成华的办公室门口也站着警察。此时，钱成华在办公室里坐着，傅靳然守在里面。

乔雯意识到出事了，秘书把警察送走回来时，她拉过秘书问："这是怎么了？"

秘书说："钱总办公室昨晚有人入侵。"

乔雯问："那为什么早上才来警察？"

"也是奇了怪了，贼人居然没触动报警器，早上钱总进来才发现不对劲，让我报警。可监控没有留下任何痕迹，很显然是内部作案。"秘书顿了顿，"钱总很生气。"

"有丢什么东西吗？"

秘书摇头说："不知道。"

乔雯敲办公室的门，傅靳然走过来开门。两人四目相对，傅靳然沉沉地看了她一眼。

"钱总。"

"哦，乔小姐。"钱成华扯了扯嘴角，笑不出来，也顾不上绅士形象，颓然地靠在椅子上，手指烦躁地敲桌面，"专访的事是吧？稿子我看过了没问题。"

乔雯点头："钱总，我听说了。想不到居然有人胆子这么大，敢夜闯钱总的办公室？"

"啊，这种事情也屡见不鲜了，毕竟我们做企业的，有商业机密，也有竞争对手。"钱成华摆摆手，"没丢什么重要的东西，就交给警察忙活吧。"

乔雯点头附和，余光中傅靳然镇定自若。

人群散去后，钱成华要回家一趟，他没让傅靳然也没让其他保镖跟着。乔雯和傅靳然在公司门口看着钱成华开奔驰而去。

她看向他："是你做的吧？"

懂得绕开监控，还有本事不触碰办公室里安装的高级红外线警报器，还没有丢重要的东西。乔雯能想到的最佳人选，就是他。

傅靳然双手插口袋，神情沉沉，不否认也不承认。

乔雯转身走到他跟前："你到底拿了什么让钱成华那么紧张？"

傅靳然看向她，诡谲勾唇："他的秘密账本。"

乔雯一头雾水。

傅靳然话锋一转："你身体好点了吗？"

乔雯点头。

"那个小子陪了你一夜？"傅靳然极不情愿地问出口。

"嗯，他照顾得很周到。"你可是一个电话都没打来，还好意思问。乔雯默默在心里翻白眼。

"是吗？"傅靳然不痛不痒地从鼻子里哼哼出声，迅速环顾四周，低声道："晚上七点去皇家酒店，我们在那里碰头。"说完这句话他就转身折返，留乔雯一个人站在原地，反应慢半拍地心跳加速。

终于，可以和他单独相处了。

她恨不得将时间快速调到晚上！

乔雯飞快跑回家，想要精心打扮一下自己，准备晚上要穿的衣服。

傅靳然代表着她失而复得的幸福，因为不了解他现在的处境，所以没有追问什么时候可以和他真正地单独聊一下，现在他主动留下地点和时间，她可不能一脸病容地去。

打开衣帽间的柜门，一张照片掉了下来。

乔雯低头，是她和陆遥的照片。回国后她没有联系过陆遥，不敢，不想，更多的是不知道要怎么去联系。

好多次乔雯拨到那个号码，最终没有勇气按下去。

但现在，傅靳然还活着，陆遥曾那么不管不顾，奋不顾身地爱他。

爱一个人没有错，当她得知傅靳然的"死"，崩溃程度一定不亚于自己。

乔雯觉得自己应该迈出这一步。这一想，仿佛有了一个非打不可的理由，于是她拿起手机拨给她。

那头一直无人接听，不停转接到语音信箱。

最后乔雯给陆遥留了言。

她刚撂下手机，立刻来电话了，以为是陆遥，乔雯看都没看便按下通话键："陆遥。"

"什么陆遥，我是封易。"电话那头又传来这个黏人精的声音，"你在哪？回家了吗？你身体舒服点了没有？如果钱总的专访弄完了，剩下的交给露易丝去弄吧。我和她打过招呼了。"

"……露易丝什么时候成你手下了？别乱打招呼，我谢谢你了成吗？"

"中午我给你点了外卖，吃完了好吃药。"封易继续自顾自地说。

"我会记得吃药的，外卖还是你自己留着吃吧，我中午会自己看着办的。"乔雯歪着脖子夹着手机，边说边挑选衣服。

"你自己看着办？那也行，你开门。"

乔雯愣笑："……封易，你别闹了。"

下一秒，门铃响了。

乔雯半信半疑地走过去看猫眼，一盆水从头顶浇下来。

封易提着两袋吃食越过她，径直往里走："昨晚我开你的冰箱，里面除了两个烂掉的西红柿什么都没有，你要自己看着办，也需要我手里的这些食材。"

乔雯跟着他进到厨房，看他井然有序地把万年空置的冰箱填满，回身对着她的短发就是一阵摸乱："你说你一个姑娘家，人可以粗暴，但怎么能把日子也过得这么粗暴呢。"

乔雯顿时有种生无可恋的感觉，“你说你一个小破孩，怎么能比一个老太婆还要唠叨。”

封易挑眉一笑：“我这叫对生活负责。”

乔雯直接对他翻白眼。

封易回到客厅，看到乔雯随手扔在沙发上的两件衣服：“你要出门？”

“嗯，晚上我要去见傅靳然。”乔雯不想骗他，也没必要骗他。

“他不是不记得你了吗？”封易皱眉，他可记得清楚，昨天在楼下时傅靳然是直接甩手走人的。

乔雯抿唇沉默。

封易明白了，他又落伍了。

近在眼前的她，他拼命想要抓住的她，总有办法避开他，总有他不知道的事。

因为她不爱他。

“玩套路是吧？”封易酸酸地讥讽。

“封易……我现在还没办法向你解释。”

“你不用解释了。”封易大长腿迈步上前，手背贴到乔雯的额头，“我不想听，我也不想知道。只要没到最后一刻，你就没资格让我放手。”

“封易，我没有那么好，真的。”他的手那么温暖，温暖到让人心疼。乔雯的心像浸湿的海绵一般沉甸甸的，她舍不得推开他的温暖，却没办法以他渴望的名义来收纳这份温暖。

“傅靳然也没有我好，你比我还眼瞎。”封易怼回去的同时不忘自嘲一把。

乔雯忍不住笑了，好整以暇地点头：“嗯，我同意。”

封易忽然伸手抱过她，乔雯瞪大眼睛，封易没有说话，把脸埋进她的肩。

无声中，乔雯看不到他的神情，但是能切身地感觉到他的难过。

有时候不需要看到一个人的正面，哪怕是背影都能看穿悲伤。这一次乔雯没有推开封易，没有觉得反感，只剩下心疼，无限的心疼。

她轻轻地用手环着他，回应这个拥抱。

乔雯知道，封易能感受到她的安慰。

封易你很好，只是我们没在对的时间遇到。

■□■ 2

晚上还没到七点，乔雯就早早地出门，打车去皇家酒店。到了才发现傅靳然没有告诉她房间号。离约定时间还有半个小时，乔雯想着再等等。

如墨的夜色下，透明的玻璃门此时可以当镜子使。乔雯她走上前，整理自己的妆发。

这时手机响了，她接起，是傅靳然：“上顶楼。”

“你怎么知道我到了？”乔雯下意识地往外看。

“嗯，我知道。”傅靳然顿了顿，“别照了，今天你很漂亮。”

乔雯没看到傅靳然在哪里，听到这句话，开心地泛红了脸颊。很显然他在某个地方注视着她，他难得说这样好听的话。

“可是你不该这么穿，你病才刚好。”乔雯还没享受完夸赞，马上又被泼了一盆冷水。

几个年轻男士推着酒店旋转门进来，一眼就注意到一个穿着白色抹胸流苏短衣，红色皮裙的高挑美女站那儿像是等人的样子，表情不知道为什么不怎么明亮。

刚想上来搭讪，美女转身就往里走了。

乔雯依言上到顶楼，并没有看到傅靳然，这时手机又响了。

“傅靳然你在哪里？”

“往前走。”

风徐徐地吹着，高楼下的霓虹汇聚成海，海浪的余晖熠熠生辉。乔雯不知道他在耍什么把戏，往边缘走去，扶着栏杆站定，注意到夜空里飞过来一个东西，定睛一瞧，是小型无人机。

上面有一个连着线的纸杯。

乔雯傻眼。

她拿起来半信半疑地放到耳边，杯底的线立刻就拉直了，然后傅靳然的声音就清晰地传了过来：“听得到吗？”

乔雯转头看着站在对面爱华酒店顶楼的傅靳然冲她招手，哭笑不得：“我们明明有手机可以用啊。”

“我以为你会觉得比较浪漫。”

傅靳然的声音带着回音，听起来特别有磁性。乔雯低低一笑，点头，轻嗯了一声。

心上人愿意为你变傻，自然是世界上最浪漫的事。

“其实这样做，也是为了防止他们发现。”傅靳然解释，他之所以用这种迂回的方法见面，就是为了依然保持自己在暗，他们在明的局面。

“你指的他们，是你的老板托塔木？”乔雯问。

傅靳然沉默片刻，语气变得严肃："乔雯，我接下来要说的事，你仔细听好了。"

傅靳然坦白，在萨塔的时候，老板托塔木派了另一组人对Sami进行刺杀任务的事他一直耿耿于怀，回来后他开始暗中调查事情的真相。渐渐地，他发现了托塔木和钱成华之间的密切往来，为此他想办法成为钱成华的贴身保镖。

"秘密账本里是钱成华和托塔木两人联合利用对外的慈善活动来洗黑钱的记录。"

乔雯眉峰高耸，她还没想明白，Sami和洗黑钱之间有什么关系？仿佛听到了她的困惑，傅靳然点破道："他们和萨塔的执政党高官在同一条利益链上。"

乔雯豁然开朗，这下就说得通了，因为是同一条利益链，执政党请了托塔木他们作外围。想到白天钱成华着急离去，她不由一惊："钱成华肯定是去找托塔木了，那你不是……"

"嗯，我想他们很快就会对我进行抓捕了。"傅靳然淡然地回应，倒一点也不急。

乔雯刚要张嘴，转瞬间又明白了他这么淡定的原因：傅靳然不是完全没有筹码，那本秘密账本就是最好的护身符。

这么想，乔雯凝重的神情总算舒展开来。

她忽然笑出声来。

傅靳然不解："你笑什么？"

她笑，又要陷入危险之中了。只要和他在一起，不管是在萨塔，还是在上海，主旋律永远都是波澜起伏的。偏偏她甘之如饴，无所畏惧。

她唯一怕的，就是不能和他在一起。

“我笑……我不告诉你。”乔雯话到嘴边起了玩心。

“好，你要怎么样才肯告诉我？”傅靳然也笑了。

乔雯仰头，一本正经地说：“你如果能在三秒内出现在我的面前，我就告诉你。”

“好，你说的。”短短四个字的肯定回答，乔雯仿佛能看到他笃定自信的模样。

她怔了怔，以为他在说笑，谁想下一秒忽地就听到一声清脆的声响。

乔雯转头，看到一个铁钩从对面扔过来，扎实地扣在栏杆上！

她立刻望过去，只见傅靳然从对面顶楼飞身而下，把外套脱下来挂在绳索上当拉环，短短几秒间，在黑夜中嗖地“飞”到了她的眼前。

乔雯完全愣住，幽暗的光线借着远处灯海，傅靳然的脸如此清晰地近在眼前。与白天的冷漠不同，此时的他目光灼灼地望着她，嘴角上扬，每个毛孔都散发着温柔。

夜风轻吹，摇曳着他浓密的黑发，帅气无双。

“乔小姐，请问你刚才在笑什么？”傅靳然好整以暇地伸手在她的眼前晃动。

“哦，我……”

“哎，我现在又不好奇了。”见她真要回答，傅靳然又做了一个打住的手势，“我要你回答我另外一个问题。”

轮到乔雯好奇了：“什么？”

“昨晚你和封易有发生什么事吗？”傅靳然咧嘴，尽量让自己变得并不在意。

他吃醋的样子真可爱，尽管“可爱”这个词并不适合傅靳然。

乔雯内心偷笑，认真点头：“有。”

“什么事？”傅靳然的脸瞬间拉了下来。

“你的问题问完了。这是第二个问题了。”乔雯把“二”这个字说得特别重。

“……”傅靳然干瞪眼。

乔雯双手背在身后，咯咯地笑，笑着笑着，她忽然一把紧抱过傅靳然。

在宴会厅看到他的那一刻，她就想冲过去紧紧地抱住他。

可是后来的装不认识和现在的忙着调侃，让她这个拥抱来得这么晚。

她想好好地感受一下他结实有力的心跳，让他变回她的傅靳然。

有过失而复得的经历的人，一定会明白这种害怕的感觉，拥在怀里，重了怕碎了，轻了怕走了。

“乔雯，乔雯。”傅靳然乖乖地被她抱了许久，轻拍她的背。

乔雯放开他，想撩起他的T恤衣摆：“让我看看你的伤口。”尽管他对受伤后的事情没有说过只言片语，但她可以想象他是怎么熬过来的。几次的险象环生，几次的生死边缘，一定比她想象的还要凶险。

“乔雯。”傅靳然一把按住她的手，紧张的神情一闪而过，僵硬地保持微笑，“我现在好好的，你不用担心。”

他握着她的手太过用力，乔雯敏感地意识到什么：“你放手！”

“乔雯……”

“你放手！”乔雯推开他的手，发恼地一把扯起衣服往上拉！

可是，这一看，让她差点没叫出声。

傅靳然的身上，没有一块好地儿，鞭痕、烫伤，以及细小的密密麻麻的不知道是怎么造成的伤口，就像毕加索的油画，让人看不到是从哪里开始的，亦看不到在哪里结束！

而在他左胸膛最为明显的长条伤口，就是那次枪伤。

乔雯颤抖着手，想去触碰，却不知道如何下手，停在半空中仿佛有一股力量抗拒着她，沉默压抑的空气里只剩下她强忍泪水的呼吸声。

这时傅靳然握住她颤抖的手，安慰道：“我没事，我真的没事。”

“这叫没事吗？！”乔雯气他瞒得一丝不漏，也醒悟过来他装不认识她的理由好像不仅仅是他之前说的那样为她的安全考虑，“傅靳然，你还有多少事瞒着我？！”

她的呐喊在空旷的顶楼上，随风带走，显得苍白又无力。

傅靳然只是目光沉沉地望着她，没有说话。

乔雯掀开他的T恤，看见他的后背、肩膀，全是触目惊心的伤疤。从疤痕的新旧程度来看，就是这几个月里落下的。而这些折磨性的伤，加上他黝黑的皮肤，清瘦的脸庞……

乔雯猜到了什么，她愕然后退：“傅靳然……这些日子你到底经历了什么……”

经历了什么？

傅靳然睫毛微颤，在非洲的烈日地狱受折磨的那三个月，一幕幕回放在眼前：在四十多度的烈日下扛着水箱来回搬运，慢下一步就挨鞭子；一天吃一顿饭喝一次水；和黑人睡在猪圈随时都有染上瘟疫的可能；不间断被拉到审讯室进行拷问；他的伤口还没好全就被扔进来受罚，在四面都是电网有专人看守的地狱里伤口腐烂了一次又一次。

每一幕都惨烈到像一部灾难片。

好几次都差点死了，他硬是撑了过来。

最后化成轻描淡写的一句："我没有完成任务，应该受到惩罚。"

他以为他不说，她就不难过了。

在美国受训的时候，乔雯有专门上过伤口分析的课程，她很清楚，他是受到了非人的折磨。只有那种想想都会让人不寒而栗的非人折磨，才会有现在这样的遍体鳞伤！

原来他真的消失于这个世界这么久；原来他因为自己，不仅差点死了，还生不如死过；原来他爱她，爱到超出了她的想象。

乔雯踮起脚，双手轻搭他的肩，吻上了傅靳然的唇。

此时此刻，千言万语都敌不过这个吻。这是她第一次主动吻他，也是最后一次自惭形秽。

"傅靳然，我爱你。"她望着远方高楼的霓虹灯，在他耳边笃定地告白。

"我还要你再说一句。"傅靳然显然很受用这句告白，轻咬她的耳垂。

"再说一句什么？"

"不会爱上别人。"

"别人，封易？"乔雯挑眉。

提到这个名字，就像击中傅靳然的命门，乔雯的小蛮腰被发狠揽过，他愠怒瞪眼。

乔雯抚过他胸前那条长长的伤疤，双唇轻轻地吻上去，抬眸认真地说道："乔雯只爱傅靳然。"

去了衣衫，傅靳然滚烫的体温像火山一样将乔雯包围，他们对彼此的思念和守护达到高潮，就地释放。

爱到深处，皆无言。

■□■ 3

一夜春宵，乔雯难得做了个美梦。

她梦到自己和傅靳然在一个绿色的草原，他骑着马，她冲他奔去，握住他的手策马而上，草熏风暖，马蹄翻飞，远处的阳光很好，慢慢汇聚成一个彩色的光圈，他们就往那幸福的光圈里飞奔……

乔雯醒来，发现自己抱着入睡的傅靳然被替换成了巨大的维尼熊。

维尼熊上放着一张纸条：

乔雯，我需要离开三天，如果一切顺利的话，我会打电话给你。等我。

乔雯倏地起身，以最快的速度穿戴好，把纸条丢进包里，提包离开。

她对这张纸条不感到意外，昨晚在顶楼看到他身上的伤后，她就知道傅靳然没有把全部的事情说出来。

比如，他被托塔木“流放”了，又为什么会允许他回来？

账本成了他的保命符，可他不惜暴露自己那么着急拿到账本的原因又是什么？

这些他都没有说。

乔雯趁傅靳然睡着后在他的手机里偷偷安装了定位，这次无论如何她都不能被他甩掉。

托塔木的资料在网上几乎为零，连张照片都没有。从露易丝那里得到的信息是，这个托塔木原先是傅靳然的上级，担任特种兵指挥员，后来他带着傅靳然一起退伍，来到了现在的KS公司，傅靳然对他这个上级兼老板十分敬重。

所以在萨塔的时候，乔雯指出那些杀手是KS公司的人，傅靳然接受不了。

军中情怀不是谁都能懂的，但乔雯懂，这种情谊会让傅靳然明知道是危险还抱着一丝侥幸独自前往，因为在他内心深处，始终不愿意把托塔木当成敌人。

定位显示，傅靳然快要到浦东机场了。

乔雯着急地让出租车师傅快些，再快些。但按照目前这个速度，一定会跟丢傅靳然。她拿出手机打给露易丝，“露易丝，我记得你在机场有一个很要好的朋友，她今天上班吗？”

三分钟后，封易打来了电话：“傅靳然没有出现在机场，我已经让人注意了，一旦发现他的行踪，立刻告诉你。”

该死的露易丝，现在彻底成了封易的“狗腿”了。

乔雯抿唇：“谢谢。”

再看定位，傅靳然在浦东机场的附近没有快速移动了，乔雯在他的定点下车四处找他。

这是机场旁边荒凉的油麻地，随风疯长的芦苇抓狂摇曳，发出“嗖嗖”的声响。乔雯在六点钟方向看到了站在芦苇丛里的傅靳然。

他穿着黑色皮夹克，双手揣在口袋里，似乎在等人。

这时，一辆黑色的商务车开了过来，乔雯蹲下身作掩护。只见从车上下来一个满脸络腮胡的外国人，他身形魁梧，戴着米色的格纹帽子，手腕上的龙虎图腾十分显眼，手里提着一根高尔夫球杆。

他的动作显得有些缓慢不羁，但乔雯在他的举手投足间感觉到杀气。

这个外国人应该就是托塔木，傅靳然要等的人。他们看到彼此后，傅靳然从那头走了过来。乔雯听到那个外国人问傅靳然东西带来了没有。

傅靳然的双手一直没有从兜里拿出来，而是轻晃外套：“东西在我这里，陆遥呢？”

乔雯心下一紧，她以为自己听错了，陆遥？傅靳然刚才是提到陆遥的名字了吗？

“她在一个安全的地方。”托塔木上前一步伸手，对于他想要的东西显得有些急不可待，“只要你……”

傅靳然警觉地往后退，始终和托塔木保持距离。

托塔木冷哼一声，缩回左手，右手拽动那根价值不菲的高尔夫球杆在脚前来回拖动。

“傅，你很清楚自己是怎么活下来的，我希望你能够好好地珍惜自己这条命。”托塔木皮笑肉不笑，这句话听起来是劝导，实则是赤裸裸的威胁。

傅靳然的眼底闪过一阵刺痛，脸颊抽搐，乔雯仿佛能看到他在外套口袋里攥紧的拳头。

“我当然知道自己是怎么活下来的。当年，我和沈浪驾驶的直升机根本就有问题，就算沈浪没有帮我挡那一枪，我们很快也会因为机舱失油坠机而亡！”话音未落，傅靳然倏地弯腰，原地一百八十度对托塔木进行扫堂腿！顺势抢过他手里的高尔夫球杆。

托塔木被偷袭险失方寸，他先是一愣，随后看到傅靳然手上没有自己想要的东西，脸立马就沉了下来。

“原来你早就知道了。”托塔木皱眉，对于这件事的真相被扒，他还是感到很意外的。

“我没想到，会是Boss你。”傅靳然布满血丝的眼睛，迸射着隐忍多时的痛心和愤怒。

没有人知道当年他因为好兄弟离开的痛苦导致恨透了乔雯，上级追究他的过失，是托塔木主动承担了一切，并带他离开特种兵的队伍，来到KS公司。

当年的好上司，现在的好老板，出于感恩的心，他一直尽职尽责，不问理由，只要是他指派的任务，他都毫不犹豫、拼尽全力地去完成。

哪怕三个月前他刚从死亡线上回来就立刻被送到非洲，他只是想着这是自己未完成任务的处罚，对托塔木没有半分怪责。

可是现在，要他命的人，拿陆遥的安危威胁他的人，居然是他。

两人陷入短暂沉默，乔雯隐隐觉得这是暴风雨前的宁静。

只见托塔木抬手拿下帽子往一旁利落一丢，冲傅靳然勾了勾手指：“废话少说，你赢了，我就放你走。你输了，把账本和你的命留下来。”

傅靳然把手里的高尔夫球杆扔到一旁。

乔雯皱眉，看样子他们两个人是要进行一番对决。

风仿佛穿过耳膜，嗡嗡作响，乔雯目光转到一旁，翻出陆遥的号码再次拨过去，那边仍然无人接听，一直转接到语音信箱。

仅剩的一点希望如多米诺骨牌被轻轻一推，哗啦倒成一片汪泽。

看来陆遥是真的遇到危险了。

乔雯细思极恐，且不说陆遥为什么会被托塔木带走，在萨塔和傅靳然见面的那天，陆遥就没有出现在咖啡馆内。难道说那个时候她就被……

此时，对面的两人已经打得不可开交。两个同是特种兵出身的男人厮杀起来的场景足够让旁人心惊肉跳。

托塔木入职 KS 公司当高级主管已经快要两年的时间，可他的身手丝毫没有退步，傅靳然几个正面攻击都被其挡了回去。两个人旗鼓相当，一时难分胜负。

就在这时，乔雯看到那辆黑色商务车里无声地探出一把枪，瞄准了傅靳然！

“傅靳然！小心！”乔雯一惊，从芦苇丛里跳出来大叫，并向他跑了过去。

子弹就在这一刻从弹膛里飞出！

不等乔雯跑到傅靳然的身边，子弹打中人的声音清脆地在半空中响起。

乔雯震惊地看着眼前发生的这一切——

傅靳然听到她的呼叫，眼疾手快地弯腰一把拉过在地上的高尔夫球杆，托塔木的脚正好踩在那上面，就这样身形一个踉跄，他被打中大腿，替傅靳然“挡”了这一枪。

只见托塔木巨大的身形一个踉跄，跌倒在地，他闷声捂住自己血流不止的大腿。

这一幕发生得太快了。

傅靳然最先反应过来，拉着乔雯立刻躲入一旁的丛林:“快跑！”

躲在车上的狙击手从车上跳了下来，嗖嗖的子弹穿过浓密的丛林，飞快地在灰色的芦苇丛里穿越而过又迅速被芦苇丛给吞没。

天上的飞机飞过，傅靳然拉着乔雯在丛林里狂奔。可他们的双腿跑得再快，也没有对方的车子快。

就在他们快要被追上时，突然一辆白色轿车从天而降一般从右面开了过来，停在面前。

■□■ 4

“快上车！”

“封易？！”乔雯简直不能再惊讶，她推着傅靳然上车。封易倒车后退，做出要掉转方向的样子，在成功骗到对方后，立刻紧踩油门全速往前。

死神往往就在一瞬间擦身而过。

封易越过对方的车子，成功带着乔雯和傅靳然离开这个是非之地。

乔雯和傅靳然四目相对，一时间竟感觉又回到了萨塔，历史总是惊人的相似，来搭救的，两次都是封易。

“你怎么会在这里？！”这句话傅靳然和乔雯同时间出口，但提问对象不同。

封易吸了吸鼻子，选择先安静开车。

乔雯收回看向封易的视线，向生气质问的某人坦白：“我在你手机上安装了定位。”

傅靳然气得一拳头打在车窗上。

惊吓转化为愤怒层层爆发，乔雯咬唇，扳过他的肩：“傅靳然，你现在无权对我生气！你为什么不告诉我陆遥被带走的事？！当年在巴黎的真相，你为什么也不告诉我？！你在萨塔的时候说我没资格和你分手就是因为你兄弟的死，那一枪是我打的……对吗？”

她百思不得其解的地方，现在终于知道真相了。

如果这次她没有亲耳听到，他是不是想要瞒她一辈子？

他宁愿告诉陆遥也不愿意告诉她，是不是代表这根刺永远要横在他们两个人之间？就算相爱的盾牌再深厚，也抵御不了这历经悠悠岁月的旧伤？

“告诉了你又能怎么样？”傅靳然皱眉。

陆遥他必须救，这是欠她的。可是他不想把乔雯给卷进危险中来。

当年的事，即使在不知道真相的情况下，他也选择了释然，如今再说又有什么意义？

乔雯闭上眼睛，她高昂的情绪被傅靳然一句话淡淡地挡在那里，郁结成块堵在胸口。

“你们没受伤吧？”封易看向后视镜里满头大汗身上还有血迹的傅靳然，见两个人气氛这么僵持，想着岔开话题。

“没有。”乔雯看向傅靳然再次确认后，这才赌气般生硬地回道。

她不敢回头去想，刚才如果不是封易及时赶来，她和傅靳然就要这么悄无声息地躺在荒芜的芦苇丛中消失了，连向这个世界告别都来不及。

乔雯紧紧地握住傅靳然的手。

“我报警了，警察很快就会赶来。你们不用担心。”封易回头看向乔雯。

“不行，我不能和警察碰面。”傅靳然皱眉，示意封易停车，“托塔木不会放过我的。”

封易把车停到大路边上，傅靳然看向乔雯：“记住，你今天没有来过这里，也不知道托塔木受伤了。知道吗？封易……”

“她的安全，我负责。”封易抢先截过话头，高冷挑眉。

"谢谢。"傅靳然顿了顿，能看出他褪去了几分抵触。

两个男人四目相对间，看明白了各自的心思。

"你去哪里？"乔雯拉住傅靳然，急急地问道。

"放心，我会联系你的。"傅靳然拉过她的手放到嘴边，目光热烈，"这次一定会，你相信我。"

乔雯张了张嘴，最后还是重重点点头，"嗯，我相信你。"

除了相信，她还能如何？

目送他远去，身影很快消失在视线里。

暮色沉沉，把车门关上，乔雯往后靠去，摊开手心，上面的血迹刚刚凝固。

乔雯脑子很乱，这么短短的两个小时里，她接收到的信息太多。过了很久才回过神来，看到车窗外已经是市中心的灯火霓虹。

"你带我去哪里？"

"带你回我家。"封易回答道。

乔雯摇头："不用，我回我自己家。"

"我已经答应傅靳然了，你的安全我负责。所以你哪儿都不能去，听我安排！"封易只当耳旁风，语气强硬。

"封易。"乔雯喊他，可他把车开得更快了。

封易带乔雯驶进了市里最高档住宅区香丰苑，绕过寂静的大路，在最里面的一幢欧式小洋房前停下。乔雯坐在车里望过去，只见封楠正站在门口。

封易回头："好了，看你这一身脏兮兮的，赶紧进去洗一下吧。放心，这次不会跟在萨塔一样挤得要命。"他说着下了车，绕过来给她开门。

乔雯真心不想麻烦他们，可再坚持就显得矫情了，只好应声下车。

封易喊封楠：“哥，你是进去还是出来啊？”

封楠微微一笑：“哦，我外面有一个急诊，正要出去。”

乔雯和封楠四目相对，刚想开口，封楠只是点头浅笑，然后提包越过。上次萨塔一别，如今再见，竟感觉生疏不少。

封易按指纹开门，拉着乔雯进去。

富丽堂皇的大厅，光亮有着让人温暖和心安的魔力。乔雯还没看清一楼的模样就被封易推着上楼去。

二楼尽头的房间，封易把灯打开，一屋子的洁白，典型的北欧风格。封易站在门口示意乔雯进去：“里面有干净的衣服，快去洗吧。我让阿姨准备晚餐。”

说着，他帮她把门带上。

乔雯看着陌生明亮的房间，听到身后门“咯噔”的声响，耳朵忽然袭来一阵耳鸣。一时间，天旋地转。

当她扶着额头缓缓走到洗手间时，也没去衣柜拿换洗的衣服，直接把推门关上反锁，再走进浴室，把淋浴头打开。

乔雯需要一个极小的空间来关住自己，隔离这个世界。

一幕幕回放重播，傅靳然那句“我必须救陆遥，这是我欠她的”，像卡带一样不停地在她耳边循环。如果陆遥有什么意外……那他会不会带着愧疚和她分手？

而她，再也找不到幸福的理由。

这个念头冒出，乔雯给了自己一巴掌，她太自私了。她希望陆遥好好的，不仅仅是因为这个原因。

在冷水里泡了很久，乔雯的脚皮都泛白了，才从里面赤脚走出，在衣柜里找到干净的浴袍，穿好。湿漉的头发还滴着水落在绒帽上，她就开门走出了房间，可当她扶着扶手下到转角处时，却蓦地站住了。

客厅里坐着两位警察，封易正在接待他们。

警察怎么会这么快找到这里来？

乔雯本能地想要转身，可封易却抬头大方地冲她招手："亲爱的，你洗好了？"

乔雯表面保持平静，手不自觉地握紧扶手："嗯。"

"下来吧，晚饭已经好了。"封易很镇定，面带微笑，声音明显提高了分贝，乔雯心领神会，她必须继续平静下去，警察审视的眼光一直牢牢地盯着她。

乔雯走到封易的身边，被他轻拥进怀："亲爱的，你好香。"

乔雯抬眸，迎上其温柔浓烈的眼神，报之以同样热情的微笑。

"警察同志，她是我女朋友乔雯，H报社的记者，今天下午我们两个人一直都在一起。因为她有拍摄外景的工作，所以我载她经过了机场路，之后我们就回家里来了。"封易说道。

乔雯感觉到封易在她腰间握了握的动作，于是，便看向他作无辜状地问："怎么了？发生什么事了吗？"

其中一位警察合上笔录本，语气很是客气："是这样的，乔小姐，今天下午在距离浦东机场五公里有人报案听到枪声并且在现场发现血迹。在监控里我们发现那个时间经过的车辆，其中有一辆里有你们。循例过来调查，看看你们能不能提供什么有价值的线索。"

封易肃然："怎么会发生这样的事，这太危险了。"

两位警察连连点头："是啊，我们会尽快调查清楚的。"

“你们辛苦了，希望你们早日破案，还上海、还我们一个太平。很抱歉，我们提供不了什么线索。”封易摊手，变相地请他们离开。

两位警察也是识趣的人，留下联系方式，表示他们如果想起什么可以打给他们。

封易点头，让阿姨送他们出去。

乔雯回神，望向他突然觉得奇怪：“他们怎么会不知道是你报的警？”

“我是用太空卡打的报警电话，毕竟我们这样的人，并不喜欢直接和警方扯上什么关系。”封易说到这个，有些局促地挠了挠后脑勺。

乔雯点点头，原来如此。

“好了，先去吃饭。天还塌不下来，放心。”封易尽量用轻快的语气安抚。

晚餐很丰盛，吊下来的水晶灯将长桌上的食物照得格外诱人。封易拉开椅子，请乔雯坐下。

她刚坐下，口袋里的手机就响了，是傅靳然发来的短信：我没事，你放心。

看着短信，乔雯舒了一口气。

要救出陆遥，要和残留的恶势力做斗争，不是一朝一夕能够结束的事。乔雯拿起筷子，大口大口吃了起来。

与其说她是来了食欲，不如说她是在用吃东西来减压。封易坐在她的对面，咬着筷子，放弃了肚子里一堆想要劝她吃饭的说辞。

“……你慢点吃。”

“……来，喝碗汤。”

“……还要吗？阿姨，再盛碗饭。”

晚饭过后，在楼顶花园，乔雯把事情的前因后果都告诉了封易，并郑重其事地向他寻求意见：“封楠说你的智商过人，你帮我一起分析分析现在的情况。”

封易略微沉思，他明白乔雯实际是想问钱成华的底细：“其实我们和这个钱叔叔真正的渊源在于因为我父亲曾经是他的主治医生，并没有经济上的往来。这些年他事业做得很大，致力于慈善这一块，公众形象维护得很好。你也知道，成功的商人是少不了和政治挂钩的，在这样漂亮华丽的幕布下，没有人敢去探看这背后到底藏着什么乾坤。”

“托塔木和钱成华暗中勾结，他们都想要傅靳然的命……”乔雯恨恨地握拳，“该死，我们明明知道可是没有证据！”

“我们可能找不到钱成华和托塔木，但他们会去找傅靳然。”封易说道，“因为傅靳然手里有钱成华想要的东西。”

那个账本。

乔雯看着他英气的脸，回想起刚才在警察面前帮她做伪证时的滴水不漏，现在为了她，他和自己一同站在了阴暗的空间里，她说不清心里是什么滋味。

“为什么这么看着我？”封易注意到她的眼神，微怔。

“没什么。”

“别再想着怎么回报我了，乔雯，你已经还不起了知道吗？”封易摊手，“把手机给我，我试着追踪一下傅靳然。”

乔雯把手机递给他，自嘲低头：是啊，她早就还不起了。这个小破孩从一开始不由分说地闯进她的世界肆意奔跑，留下脚印，刻画风景，如今破釜沉舟要带她飞出黑暗。

两人回到书房，乔雯深切体会到封易的天才智商不是盖的，他的手指在键盘上飞舞，很快屏幕上显示了最新的定位图，一个红点在右下角清晰闪烁：“幸好傅靳然没有关机，他现在在东阳路。”

“钱成华约他在那儿见面？”

封易没有说话，继续操作：“不，钱成华的定位显示是在公司。”

“他在公司？”乔雯咬牙，“他居然还敢回公司……”

“只要傅靳然还没有公布那本账本，他的伪慈善就不为人知，他现在根本没有必要先乱了阵脚。”封易说道，“不过就算他人在公司，你也别想着去找他。”

“为什么？”乔雯皱眉，“对他来说，我和傅靳然没有任何关系。我们在暗，他在明。我想我可以先替傅靳然去……”

“钱成华现在满心思都是那本账本，你和我对他来说的确是和傅靳然没有关系，所以就成了更加懒得搭理的外人。他不会见我们的。更重要的是……”封易起身，拉着她走到栏杆边沿处，示意她往下看。

楼下警察的便车还没有走，他们在蹲点。

“我们现在的一举一动，都很引人注目。”

没想到现在的情况比想象中更举步维艰，乔雯沉吟片刻，抬眸看向封易：“我有一个大胆的计划。封易，你愿意帮我吗？”

第十一章

欠你一世长情

■□■ 1

东阳路的一家面馆，傅靳然戴着帽子坐在塑料桌上吃着面条，这时有警车经过，他警惕地抬头看了一眼，忽然，一个人在他面前坐下。

是封易。

傅靳然皱眉："你怎么找到我的？"

"你的手机没关，我追踪到的。"封易穿着黑色风衣，将帽子竖起，脸隐在黑暗里，双手插口袋，低声道，"是乔雯让我来找你的。"

僻静的巷弄里，两个男人就着昏暗的路灯吵了起来。

傅靳然揪过封易的衣领，要不是看在他救了自己和乔雯两次的份上，捏紧的拳头直接挥在他的脸上。

"你是不是疯了？你怎么能放她一个人去找钱成华？！"

一个小时前，当乔雯说出她的大胆计划时，封易何尝没有过反对。可是乔雯说得对，她这个计划是最快解决一切的最好方法。

她主动去找钱成华暴露自己，拿自己做诱饵，查出陆遥被关的具体位置。如果她能把陆遥救出来最好，如果不能，她完全可以自救，以此给赢得傅靳然从被动变主动的机会。那本账本一定要想办法公之于天下，这是洗脱自己嫌疑和指认钱成华和托塔木的最好证据。

没办法，乔雯说服了他。

封易只好带着她来到车库，从秘密通道躲过警察的视线，从另一幢别墅离开。

"乔雯会随时和我保持联络，报告她那边的进展情况，我一定会尽我最大的能力确保她的安全。"封易把警察在现场的发现转述给傅靳然听，看着傅靳然听完后背对他恼火捶墙，冷冷说道，“你应该清楚，她这么以身犯险都是为了你。”

傅靳然低下头，闷声道：“我知道。”

“我能给她一个很安稳的未来，可她一心一意要和你颠沛流离。”封易淡淡一笑，“我嘴上说不会放弃，可心里早已经清楚明了。”

傅靳然放下受伤的拳头，转头看向他。封易抢先一步侧过脸去，“行了，你约好钱成华和托塔木后，把交易的时间发给我，我也会随时把乔雯的消息告诉你。”说罢，他留下了手机号码转身离开。

箭在弦上，不得不发。傅靳然平复情绪，当作什么也不知情地打给钱成华，约他三日后交易。

果然电话那头钱成华得意地阴笑，直言不用等到三日后，他现在就得拿到账本：“傅靳然，你女朋友在我手上。”

而且他嚣张地提出一本账本只能换一个人。

在他传来的视频里：乔雯和陆遥被关在了一起。

“救谁？你自己选吧。”

钱成华是成心的，不管留谁对他来说都毫无意义，账本才是最重要的。

他纯粹是要报复傅靳然骗取了他的信任。

沁河路 12 号仓库，傅靳然把钱成华要约见的地方发给封易，封易很快打来电话：“傅靳然，出了一点状况。”

傅靳然心下一紧：“什么状况？”

“乔雯真的被抓了。”

“什么意思？！”他以为刚才视频里乔雯是自己故意被绑的，怎么会弄假成真呢？

原来乔雯毕业于美国训练学校的资料是绝密，但由于当初他和乔雯恋爱的这件事托塔木有所耳闻，虽然后来从巴黎回来后他和乔雯分开了，可托塔木还是有所留意。乔雯的底细他是清楚的，之前托塔木抓陆遥的时候将这些信息透漏给钱成华，所以乔雯想装普通文弱女记者的计划落空了。

傅靳然的神经压抑到了极限，本以为二选一是玩笑，三言两语竟成了真。

“我救陆遥，你救乔雯。”

事到如今，局面不是他们几个人就能控制得了的，傅靳然让封易报警，由他出面带动警方的力量，确保乔雯的安全。

夜深深，风沉沉。

上海提前进入了初冬。

沁河路 12 号，很早以前是废弃工业区，后来成了很多小企业的免费仓库，再后来被圈成绿化开发区，仓库空了，开发却迟迟没动工。

傅靳然踩着路上凹凸不平堆积如山的石块，来到一个蓝色仓库大门门口，门半掩着，里面吹出寒凉的气流。他把门推开，影子清晰地投在地上，里面的情形也清晰了。

乔雯和陆遥被绑在椅子上，并排坐着，四个男人站成四方形，手里拿着棍，严阵以待。而腿上绑着纱布的托塔木就坐在最前面冷漠地抽着雪茄。

陆遥看到傅靳然的瞬间，激动地拼命摇头，她被胶布贴住的嘴无法说话，只能发出呜咽的声音。

相比她，乔雯看似很平静。她望着傅靳然，眉心紧蹙。

看到傅靳然，托塔木吐了一口烟圈，然后拄着拐杖站了起来。

“傅，你一直是我最优秀也是我最欣赏的士兵，我本不想杀你，更从来没有想过我们会走到今天这一步。”

“不，从你只顾私利，害死沈浪的那一刻起，我们就会有这么一天。”傅靳然冷冷地打断他。

“傅，你们中国有句古话，识时务者为俊杰。如果你想通了，我这里随时欢迎你回来。”托塔木做出一个张开双臂的动作。

“少废话，钱成华呢？”

托塔木看着傅靳然坚毅的表情，也不再废话，他向傅靳然伸手：“我们要的东西呢？”

“钱成华不在，我不会给。”傅靳然尽量拖延时间。

托塔木瞥了他一眼，转身走到旁边的长桌，打开黑色笔记本电脑，一按回车，屏幕上钱成华出现在视频里，“钱总在这里。”

钱成华在视频里对傅靳然做了一个警告的手势：“傅靳然你别耍滑头，把东西给托塔木，选一个人带走。我钱成华做生意很公道！”

傅靳然转头，看着分别站在乔雯和陆遥身后的两个男人，他们手里提着棍子，对着她们的后脑勺，只要傅靳然有异动，就直接爆头。

傅靳然望向乔雯，随后收回视线，拉开外套的拉链，把账本拿出来递给托塔木。确认账本是真的以后，托塔木满意点头，“很好，你挑一个人带走吧。”

“我选陆遥。”傅靳然几乎毫不犹豫地说出这个名字。

陆遥瞪大眼睛，望向傅靳然，不敢相信自己的耳朵。托塔木示意手下按照他说的，放了右边那个女孩。

陆遥被松绑，可能是被绑太久的缘故，双手一时还弯不回来，只见她头发凌乱，眼睛凹陷，眼神呆滞，完全失了在萨塔时的灵动活泼。被托塔木带走后这些暗无天日的日子里，一定吃了不少苦。

她几乎站不起来，由男人提着一只胳膊，送到傅靳然面前。

陆遥扑在傅靳然的怀里，全身止不住地颤抖，像一只受伤的羔羊，惊魂未定："傅靳然……靳然……"

每一个字，都像刀片磨过她的喉咙，也拉锯着傅靳然的耳朵。

傅靳然扶着陆遥，却突然听到托塔木的声音："阿猛，动手！"

傅靳然利眼射向托塔木和视频里的钱成华："你说过放我们走的！"

"是啊，我是说过。既然你选择了这个，那另一个就不必留着了。"托塔木指向乔雯。

站在乔雯身后的男人高高地抡起手里的棍子！

傅靳然屏息，心脏猛地一缩。

说时迟那时快，被绑着的乔雯突然把椅子往后仰，抬起腿直接够到对方的脑袋，对着他的脑门就是一踢！她身上的绳子已经偷偷地解开。乔雯抢过棍子，从椅子上滚到一旁，转瞬间就站了起来，往男人的头上用力敲去！

她突如其来的攻击一时让其他打手愣了神，呆了几秒后纷纷疯狂地集中对付。凭着乔雯的身手，即便对方是三个大男人也难以一时将她拿下。

这时外面仿佛传来了警笛声。

托塔木惊了一下，顺手便把账本收在身上。他转身想跑，傅靳然拉过陆遥的手，拿起桌上的笔记本就朝他砸去，但托塔木轻易地就躲了过去。

傅靳然这个动作彻底激怒了托塔木。

“我本想放过你，可是今天，我要清理门户了。”托塔木说着忽然从怀里掏出一把枪，但傅靳然眼疾手快，在托塔木刚拿出枪的刹那，他已经翻到托塔木的跟前，伸腿就将他手中的枪踢翻。可托塔木的速度却并没有因为腿受伤而减慢，在枪丢失的同时，他已经从拐杖里拔出一把短刀。

这个时候傅靳然才发现他拔枪的动作分明就是为拔刀做的掩护和引诱，傅靳然反应过来的时候托塔木手上的那把短刀明晃过傅靳然的眼睛。只听陆遥惊呼“小心！”想要扑过来的同时，短刀刺进了傅靳然的腹部。

托塔木的短刀再次举起来想朝傅靳然再来一刀的时候，只听见“砰”的一声，枪声响起，托塔木连同他手中的短刀同时倒下。

托塔木被破门而入的警察当场击毙。

其他三个男人也同时被冲进来的警察控制住。

陆遥惊惧地对上傅靳然责备同时心安的目光，“靳然……”

他紧紧地扳过她想要往前挡的身体，低低开口：“我不想再欠你什么了。”

乔雯扑跪在傅靳然的面前，看着血不停地从伤口流出来，转头看向跟着警察跑过来的封易大喊：“快叫救护车！快送他去医院！”

傅靳然微笑地看向乔雯，笑着笑着闭上了眼睛。

“傅靳然！”

■□■ 2

半个小时后，医生推着傅靳然在送往急诊室的路上狂奔。

手术室的门关上后，灯亮起。

乔雯满手鲜血地站在门口，陆遥身上死死地拽着傅靳然的外套不停地说："不会有事的，不会有事的……"

走廊的灯明亮得让人晕眩，乔雯缓缓看向七魂去了六魂的陆遥，走过去握起她的手，"你有没有事，要不要医……"

"别碰我！"陆遥触电一般尖叫起来，她瞪着面前的乔雯，像瞪着一个陌生人。

空气突然安静，远处的声音形成背景。

乔雯头上流着血，她也受伤了，不过在高度紧张下她没有丝毫感觉。乔雯见陆遥如此抗拒，便缩回了手，沉默半晌，低低道："傅靳然会没事的，他会没事的。"

陆遥像受惊的娃娃，听不见任何人说什么，在角落蹲下，一动不动地看着手术室的灯，眼泪汹涌而出。

两个女人心系同一个男人的安危，尽管她们曾经是最好最好的朋友，但如今乔雯的一句关心，在陆遥身上终究还是变成了刺痛的敌意。

她们安静等待傅靳然手术的结果，时间一点一点地流失，不安一点一点地滋生。

封易处理完后续事情赶来后，手术室终于开门了。医生走出来摘下口罩说"手术成功"。"平静"的乔雯双腿一软，差点就瘫坐在地。

护士要将傅靳然推到普通病房，陆遥连忙上前帮忙，她直接撞开乔雯，头也不回。

封易恼火欲上前，乔雯拉住他，哑着嗓子说："算了，她也是关心则乱。"

“在萨塔的时候她就这个鬼样子，好像你欠她几千万……乔雯你受伤了？！”封易惊呼，她的血已经流了半边脸，居然一声不吭。

“我没事。”乔雯摇头，“账本呢？钱成华呢？情况怎么样了？”

“账本已经搜出来了，钱氏集团和托塔木合伙犯罪证据确凿，现在警察已经对钱成华发出通缉了。你放心，一切进展顺利！你先管好你自己吧！”

“我真的没事。”

“什么没事！你给我过来！我带你去处理伤口！”封易拉过乔雯往前走，乔雯推开他转身，“我要去守着傅靳然。”

“他在你和陆遥之间选择了陆遥！没有选择你！”

乔雯被喊住，她背对着封易，感觉到他缓缓走过来，“就算是这样，你还要飞奔到他身边去吗？”

就算他总是让你哭，总是让你提心吊胆，你的心还是丝毫不曾动摇，不愿意回头看一下身后的万丈光芒吗？

“对。”乔雯点头，缓缓转身，“他在我和陆遥之间选择了陆遥，是因为他看到了我给的眼色，那是专属于我们两个人的默契。他留我一个人对付其他三个，没有过来帮忙，是因为他相信我的能力对付几个浑蛋不成问题。封易，我和傅靳然之间，信任就是爱情。”不等他说话，她转身就走。就像在萨塔的莲花灯河畔那样，头也不回。

在后来的时间里，封易不知道是该开心还是该难过，那么早遇到爱情，耗掉了之后几乎半辈子的勇气和执念。

病房里，陆遥坐在傅靳然的床头，一直紧紧地握着他的手，把乔雯当空气。乔雯坐在另一边。三个人的空间，安静得几乎能听到输液管里滴液的声音。

傅靳然没有那么快苏醒过来，乔雯沉默了一会儿，还是向陆遥开了口，“我不知道你失踪了，对不起。”

陆遥不说话。

“三个月前，我离开萨塔的前一天晚上回到咖啡馆，没有看到你。我以为你……是去散心了。你以前心情不好，就是买上一张机票说走就走的。”

陆遥仍然沉默。

乔雯被她那沉默如冰的脸冷到无以复加，没有了第三次开口的勇气。

这时陆遥却突然笑了：“乔雯，你特怕我死吧？”每个字像一把冷箭插在乔雯的心口。

她的头发变长，已经过肩，招牌式的活泼和明媚仿佛被留在了过去，再不会在她身上出现。眉眼之间的恨意和冷漠如此强烈，如齐刷刷掉下的冰凌。

“你怕如果我死了，你和傅靳然之间再也不能好好地在一起了。”陆遥斜眼，犀利的视线不容别人一丁点的心虚。

乔雯无法否认。

“你根本就不是来救我的，你是来救你自己的。”看到被自己说中，陆遥越发地面露狠意，“乔雯，我们扯平了。”

原来她一开始就这么想了，乔雯被她的阴阳怪气生生地卡住咽喉，她左手盖在右手上，大拇指戳进虎口，“不管如何，我是真心不希望你有事。”

陆遥侧过脸没再说话，握着傅靳然的手，用手背飞快地拂过眼角的泪水。

乔雯心痛得无以复加，没有人知道。当她说服封易后找到钱成华，钱成华用电棒袭击了她，她苏醒后如愿见到陆遥。

陆遥躺在一个不到一米宽的铁笼里，身下脏乱的稻草发出阵阵恶臭，她睁开眼睛时，先是一怔，随后重新闭上了眼睛。

那一刻的冷漠和拒绝，一度让乔雯觉得陆遥是被折磨得太久，涣散地失去了意识，才会有这样反常的举动。

可她错了，陆遥看到傅靳然那样激动，说到底，她等的人从来都不是她这个生死相托过的故友罢了。

空气里只剩下无止境的尴尬，乔雯起身想去给陆遥拿块毯子。

“乔雯。”陆遥忽地叫住她。

乔雯回头。

“再让我陪陪傅靳然吧。”这句话不像在询问，也不像在征求意见，像是在对她说，又像是在和自己讲。

不知道为何，乔雯心里涌上一种很奇怪的难受。

乔雯走出房间，向护士要了一块毯子放到陆遥的腿上，想着她一定很久没有吃东西了，便又折出去准备去买点吃的。下楼前，她先去了一趟洗手间，把脸上的血给洗掉。

看着镜子里的自己，乔雯出现晃影，在仓库时被当头袭击的那一棍，应该给她造成了轻微的脑震荡，稍微走快一点就天旋地转。

刚才护士拦住乔雯，希望处理一下她的伤口，她拒绝了。

她才不要躺下去，推进扫描室拍片没完没了的，就此错过傅靳然的苏醒。

洗了一把脸后清醒些，乔雯进电梯下楼，刚到门口，就看见穿着白大褂的封楠提着一摞高高叠起的食盒走了过来。封楠脚步先是匆匆，在他看到她时，有些踌躇地放慢了脚步，随后又快步上前。

封楠的目光闪烁，把手里的东西提上来，局促地说：“封易让我送过来的。”

乔雯垂眸接过，温热的食盒即便是带着封易未消的怒气，还是暖到了心里。她再抬头看着封楠有些凌乱的头发，略显疲态的神情，想他一定是忙了一天还在医院，就被封易一个电话打过来当跑腿。

“辛苦你了，多谢。”

“他说他以后再也不会见你了。” 封楠搓着手，想为封易说好话，“到底是怎么回事？你们又吵架了吗？乔雯，你也知道他年纪还小，总要忍不住耍小孩子脾气，在家里的时候我们全家又比较宠着他，所以……”

乔雯淡淡地打断他，“不见就不见吧，这样对他是最好的。”

不见，就可以不念。

封易正站在展望未来最好的十字路口，可以幡然醒悟，再好不过。

封楠没想到乔雯会这样说，一时愣住。

乔雯回神，头晕的感觉又来了，她赶紧和封楠挥手：“我先上楼去了。”

“哎。”封楠见乔雯的身形踉跄，忍不住问道，“你是不是受伤了？”

他扶她到门口的长椅上坐下，轻轻地拨开她的头发，看到伤口不禁蹙眉：“你就在医院里怎么不去处理一下呢？！”

“怪不得封易都说你的脾气比他还倔！”乔雯侧目，印象中这是封楠第一次冲她发脾气。不过被他这么一骂，她却心安不少。从萨塔回来后的这两次见面，他变得怪怪的。

封楠从护士那里要来纱布和碘酒，亲自给她处理伤口。

乔雯直视他的眼睛：“封楠，我们之间……没事吧？”

封楠微微一怔，目光重新进入回避模式：“我们……有什么事？”

“真的没事？”乔雯探过脸。

“当然。”封楠转头露出一贯的温暖笑容。

乔雯点头，“那就好，我可不想失去你这个好朋友。”

封楠眼底闪过不易察觉的刺痛，笑着点头：“我们永远都是好朋友。”

乔雯回之这几天以来最舒心放松的微笑，起身告辞。

她不知道，封楠静坐在长椅上许久，望着她不见的背影，默默呢喃他自己说的最后一句话：我们永远都是好朋友。

在听到封易说了事情的始末，他从震惊到诧异，再从诧异到平静，最后从平静到羡慕，没有人晓得这份心路历程饱含着一个旁观者的落寞。

他打心眼里羡慕弟弟封易，霸道地、不由分说地、执拗地，陪在乔雯的身边。

他虽然输了，但还是赢了。

■□■ 3

傅靳然终于醒了。

后半夜两点的时候，乔雯抵着脑袋在椅子上睡着后听到陆遥在喊傅靳然。

傅靳然的眼睛缓缓睁开，盯着天花板好一会儿，最先看向乔雯。

乔雯忙道：“你感觉怎么样？”

陆遥低头，傅靳然正想从她这儿把手挣脱出去，而她紧握着的、不愿意松开的他的手，正缓缓地伸向乔雯的脸。

“你……”

“我没事，只是轻伤。”乔雯握住傅靳然的手，明白他是想问她头上厚厚的纱布，“你感觉怎么样？医生也说你没事，还好那一刀刺得不深。我们，都没事了。”

最后六个字，是他们等了许久，共襄盛举的捷报。

他受伤的时候她没有哭，在等他醒来的这段时间也没有哭，陆遥的话让她鼻子一酸还是忍住了。可望着傅靳然的眼睛说这句话时，乔雯的眼泪再也止不住。

傅靳然大拇指抚过乔雯的眼窝，气若游丝地安慰：“既然都没事了，就不要哭了。”

乔雯用力点头。

这时陆遥起身，看了看他们两个人，“我去倒点热水过来。”

“我去吧。”乔雯直起身，被傅靳然拉住。

陆遥收回视线：“还是我去吧。”

病房里，他们两人终于有了独处的时间。乔雯贪恋地把脸贴在他的手背上，感觉他的温度，感觉平静相守可以看到光明未来的恬淡。

四目相对，无言胜过万语。

傅靳然开口：“我还清了，对于陆遥。”

乔雯微微一怔。

“以后，我只欠你一个人。”

在仓库，他做的一切决定，她都选择了相信。可即便如此，听到他主动解释，乔雯还是十分感动。

他知道她深埋在内心的忐忑，知道在萨塔 Jack 的死是挥之不去的隔膜。所以他毫不犹豫地选择陆遥，毫不犹豫地拒绝她的挺身相护，他要把所有的牵扯都结束。

因为他想好好地和她在一起。

面对这冷不丁的情话，乔雯鼻子一酸，可她故意板起脸，挑眉反问，“好啊，你倒说说看，欠我什么？”

“欠你一世长情，你说好不好？”傅靳然毫无血色的嘴唇有些干裂，高冷俊傲的脸此时温顺得不像话。

乔雯俯身，把脸贴在他的胸膛上，听着他结实有力的心跳，从未这么幸福过：“好。”

好呀，一世长情，你欠着我，我欠着你，我们一辈子都不要彼此还清。

屋内的他们紧紧相拥，站在门口的身影缓缓离去。

第二天一早，两个警察来到病房要对傅靳然进行问话，基于他有伤在身，便直接在病房里展开了工作。他们询问了傅靳然和托塔木的关系以及托塔木和钱成华的一些事。

傅靳然正常交代了他和托塔木的关系，对于他和钱成华的事也是后来发现账本以后才知道的。现在警察的当务之急就是抓钱成华了。

乔雯一个人躲在逃生通道里，看着警察离开后才出来。她拿着手机对电话那头的封易说谢谢，是他提早通知，她才能避开警察，省去一堆没必要的麻烦。

封易没有说什么，只是淡淡道：“我已经动用我的关系让钱成华账本的事公之于众了，这件事算是圆满完结。”说着他挂掉了电话。

乔雯上网，果然看到各大门户网站的头版头条，以及微博转发，都是钱氏集团假慈善真面具的报道，效果十分给力。

一个高高在上众人追捧的钱总，变成过街老鼠人人喊打的对象，只是一夜之间而已。

这时社长打来电话："喂，乔雯啊，你病好了没有啊？这钱成华的报道一开始是你弄的专访，现在还得你赶紧再写一篇报道来把我们H社的锅给放下去啊。这个时候我们得把弯路给直回来！"

风向变得真是快，社长压根儿没想到当初千金难得的钱总专访，现在竟成了主动招揽来的黑锅，难怪他火急火燎的，乔雯连声说好后长长地叹了口气。

她回到病房，陆遥正在给傅靳然切水果吃。傅靳然醒后和她说过，让她去休息，这边不用她来照顾。可陆遥不听，仍然寸步不离，她就像是要把痴傻一装到底，只做她愿意做的事，听她想听的话，满心满眼都是傅靳然，傅靳然是她的支柱，谁也不能从她身边带走。

乔雯站在门口，望着她瘦骨嶙峋的娇小背影，心里是沉甸甸的难受。

这时傅靳然抬眼看到她，乔雯立刻做了一个"嘘"的手势，并用手比画着自己要出去一趟。傅靳然回以温暖应允的眼神。

乔雯决定先回家一趟，她打车到家楼下，上楼后看到门口放着一个药袋子，打开一看，都是治疗外伤的消炎药和口服药。最上面还有一张纸条：头上的伤，不可大意，记得外敷内服。

封楠的字漂亮如他，风雅隽秀。

乔雯进屋后洗澡换衣，按照药方上的叮嘱，乖乖吃药后再提包出门。

■□■ 4

H社。

乔雯刚进到大厅，同事王子玲就飞奔了上来："乔雯你可算回来了。听说这几天你病了？你知不知道你采访的那个钱成华……你肯定知道了，社长说了，让你赶紧写篇文章，把爆出钱成华是假慈善的这件事的功劳给抢过来！毕竟你是第一个拿到他专访的人嘛。"

乔雯越过她，在自己位置前坐下："我知道。"

王子玲追过来拉过椅子，凑近瞅她："这病得不轻啊，几天没见瘦了一圈，不过这满脸的春风得意是怎么回事啊？"

乔雯余光都不带瞅一下旁边的八卦脸，直接开电脑开文档："王子玲，社长知道你把工资都花在八卦上了吗？"

"别别别，我知道错了。"王子玲见好就收，举双手投降，回到自己位置上不忘嘟囔，"我这点工资啊，还不够我买一件洋装呢。唉，还是找个金龟婿嫁了比较靠谱。"

乔雯投以无奈的白眼，却看到王子玲电脑桌面的男神换成了一个骑单车的男生，这个男生她熟。那是封易。

"怎么样，怎么样，帅吧？"看到乔雯的目光停留的地方，王子玲捂嘴笑了，"听说这位小帅哥在我们公司楼下出现过，被我们这儿的单身女性在内部论坛上传得沸沸扬扬，说他是来这里追一个姑娘的。唉，也不知道追成了没有，如果没有，我就还有希望。"

"嗯，你有希望。"

"你怎么知道的？"

见某人的花痴状，乔雯决定不深陷泥潭，“直觉。”

王子玲不置可否，没有继续纠缠。

花了两个小时的时间，乔雯把文章赶了出来，交去社长办公室审核，一看手表，已经中午了，拿出手机，呆愣了片刻，又抿唇放下了。

医院里不许打电话，傅靳然是病人，没有手机。

午休的时间不长，加上上海的车况，乔雯一个来回就是：马不停蹄。

当她气喘吁吁地推开病房门时，傅靳然静静地在床上睡着，他的病床旁边新加了一张病床，陆遥在上面躺着，也安静地睡着，手却依然紧紧地握着傅靳然的手。

乔雯见陆遥身上已经换上了病号服，想来是傅靳然的劝说，她才不再坚持。

护士刚给傅靳然检查了伤口缝合的情况，乔雯掩着门拦住护士问他们两个人的情况。傅靳然的伤问题不大，静养几天就可以出院，至于陆遥……

“她身上有很多伤痕和淤青，都是殴打所致。不过这些都是皮外伤，真正受伤的……”护士指了指心。

“好，我知道了，谢谢你。”乔雯踮起脚小心翼翼地走进去，俯身想要把傅靳然身上的被子拉上来一点，不想他突然睁开了眼睛。

他右手拉她入怀，突然脸皱成一朵菊花，乔雯吓得赶紧缩回手：“我是不是碰到你伤口了？快让我看看。”

傅靳然大手一捏，将她的手按住：“喂，这里可是医院，你乱摸可还行？”

“……你才乱摸！”乔雯瞪眼，他这调戏的样子真不知道哪句是真哪句是假，“我是要……”

“我没事。”傅靳然拨开她额前的头发，看到结痂的伤口，心疼蹙眉，“看到你，我就没事了。”

乔雯真心不习惯他如此密集的情话，不禁别扭地咬唇打量他，“傅靳然，你到底是怎么了……”

傅靳然歪头看她，伸手指了指自己的嘴。

乔雯瞪眼，脸红了。

“你不亲？”傅靳然见某人迟疑，伸手就要进攻她的腋窝。

她怕痒，他是知道的。

“傅靳然！”乔雯涨红脸，慌乱地看向近在旁侧的陆遥，极力压低声音道，“这样会吵醒陆遥的……”

“那就看你是要安静地进行，还是要热闹地进行。”傅靳然耸肩。

乔雯只好乖乖照做。

傅靳然就像个要求得到满足的孩子，终于安静了下来，拥过乔雯的身体，享受这个比天下任何药石都要有力量的吻。在经过芦苇丛的生死一线，仓库的混斗，陆遥又寸步不离地夹在中间。

他太想念她了。

有时候看得到的想念，比看不到的，更让人扼腕。

乔雯红潮从脸上蔓延到耳朵，傅靳然就是不肯松手。最后她推开他，闷声提醒自己得赶回去上班。

“别去上班了。”傅靳然一本正经地说。

乔雯只当他是玩笑话，翻了个白眼，“不上班你养我啊。”

“我们离开这里，回巴黎。”傅靳然看向窗外，“回到我们最初认识的地方结婚，沿着塞纳河畔，去看薰衣草花田，再去一趟埃菲尔铁塔，完成我们之前没有完成的约定。你说好不好？”

他的眼神里写满向往，仿佛窗口就是那巴黎盛景。

结婚？乔雯听到这两个字莫名地心头一热：“你这算是求婚吗？”

傅靳然目光灼灼：“你愿意嫁给我吗？”

乔雯故作不悦地噘嘴：“有谁在医院里求婚的呀，我不同意。”

“你再说一遍，你说什么？”傅靳然压眉扳过她的下巴。

这时陆遥咳嗽着醒来，乔雯口袋里的手机适时地震动。乔雯赶忙推开傅靳然，起身，咧着嘴说：“我走了。”

傅靳然见她一溜烟地跑掉，心满意足地摸了摸嘴边残留的草莓味润唇膏。

岁月静好，说的大抵就是这种感觉吧？

风雨波折，万般艰辛，最后的最后，我们还能相视一笑，还能笑说以后。

乔雯回到公司，在社长的督促下修修改改，终于在下班之前把明天的头版给搞定了。下班后，她去寿司店打包了寿司便匆匆地赶回医院。

钱成华还没有抓到，舆论持续发酵，H社一直是忙翻了的节奏。

连续好几天，乔雯就是公司医院两头跑。

封易真如他所说的，再也没有出现过。

第十天，医院通知傅靳然第二天可以出院，回家继续疗养。

傅靳然靠着枕头正在喝乔雯打包回来的猪腰汤，听到医生这样说，放下勺子抬眸：“医生，我能不能多住两天？”

医生怔住：“为什么？”

乔雯紧张地看向他：“你还是不舒服？”

“我想多享受几天她这样的温柔。”傅靳然很认真地表达内心想法。

“……”

医生满脸黑线，干笑摆手。

丢人，实在是太丢人了。乔雯石化在椅子上看着医生忍着笑意离开，缓缓瞪向某人，拿起屁股下的坐垫直接扔在他脸上，笑眯眯道：“温柔是吧？现在就让你温柔个够！”

傅靳然抱着坐垫，生无可恋地叹了口气：“小心我的猪腰汤好吗？”

乔雯双手叉腰扑哧笑出声，笑着笑着她忽然发现陆遥的床是空的，她不在。

她好像不在有一会儿了。

“陆遥什么时候出去的？”

经乔雯这么提醒，傅靳然也意识到陆遥不在有一会儿了，他眯眼想了想：“不知道，应该是出去散步了吧。”要知道，整天待在病房也是很闷的。

“不会。”乔雯盯着陆遥空荡荡的床突然很不安。

这么多天陆遥一直待在病房，和傅靳然形影不离，虽然不和乔雯说一句话，但目光却一直落在傅靳然身上，就算傅靳然不和她说话。哪怕出去，也顶多是倒个开水，没两分钟就会回来的。

好端端地，她怎么会出去散步呢？

乔雯快步走过去，掀开陆遥的被子和枕头，一个纸飞机掉了出来。

乔雯飞快地捡起，看到上面有字，急忙打开：

乔雯，我猜应该是你发现了这个纸飞机吧，我猜会是你，所以我写给了你。

当你看到这封信的时候我大概已经在飞往冰岛的路上了吧。

乔雯，这几天我故意不理你，但我知道你的目光一直落在我的身上。你的小心翼翼落在我的眼里让我何尝高兴？如果没有傅靳然的出现、Jack 的死，我们应该会一直好下去吧。

曾经没有你，就没有我。可是也因为你，我失去了原本的我。

命运真爱开我们的玩笑。

或许我真正恨的不是你，是命运。

恨他为什么不让我比你更早地遇见傅靳然，恨他为什么不让傅靳然爱上我，恨他把我最想要的东西给了你，恨他让我亲眼看着你们坚贞不移地幸福牵手下去。

明天你们就要离开了，我陪伴傅靳然也到了尽头。

我被掳走的三个月里每一天都想死，想过几万次，因为想到傅靳然，我告诉自己必须活下来，至少活下来给自己一个最后争取的机会。可是那天，在仓库里他一句“我不想再欠你”，让我彻彻底底清醒了，能够妥协能够服软的都不是爱情。

乔雯，我真羡慕你，羡慕到没有勇气再面对了。

乔雯，虽然很难开口，可是我还是想告诉你，就算到了这一刻，我也不后悔我自己做的这一切。

乔雯，爱一个人没有错，更何况我是真的很爱傅靳然。

再见了，乔雯，再见了。下辈子，我不要再和你做朋友，我宁愿成为你的敌人。

这样，我就能痛痛快快地赢你一场了。

不用找我，不用愧疚，也不用难过。

好好和傅靳然一起吧，不然，我随时会回来把他抢走的。

不过我更希望的是，我们永远不要再见。

陆遥

看完了最后一行字的时候，乔雯觉得自己的脸上湿湿的。

她从来没有想过有一天会和陆遥以这种方式告别。

从来没有。

陆遥连当面告别的机会都不肯给，就这么决绝地、孤意地离开。

乔雯知道，陆遥是在用这种方式告诉她，她的心里有多恨她。

这块石头，将永远压得她抬不起头来。

她仰起头，望见傅靳然站在窗前，他也已经看到了陆遥的信，他的神情不明。

这个他在萨塔顺手搭救的女孩子，这个爱恨极端的女孩子，这个曾经借着装醉哭着问如果上天让他早遇到她，会不会有不同选择的女孩子。

初次注意到她，是因为她被几个人高马大的流氓包围。她表现得很勇敢，那犀利的眼睛，那视死如归的勇气，让他停下了车。她不是不害怕，而是选择去勇敢。救下她以后，她跑过来说谢谢，并表示一定要报答他的救命之恩。

他说不用了，他以为不会再见到她了。

不想地球很小，缘分很奇妙，第二天他在咖啡馆看到了她，才知道她就是乔雯嘴里的好友。一开始并不知道她为什么要装不认识，拿口罩来挡住脸的方法幼稚又搞笑。

后来在她的眼神中，他就是再傻，也知道她的心意了。

故意不让他和乔雯有黏在一起的机会，实在太过明显，如果不是后来她的开口，他会一直装傻下去。

后来因为Jack的死，他成了乔雯和她之间的隔阂。就像一个线头乱掉的线球，他们三个人连同死掉的Jack被纠缠在里面，谁也不得解脱。每个人都困在彼此给的情绪和自己产生的恼怒里痛苦难过。

从恐怖分子包围的大楼里逃出后，他和Sami为躲避攻击，从车上跳下来和乔雯分开，她居然开着车及时地出现在他面前，示意上车。

她全力支持他想做的一切，她说她和乔雯不同。

她希望和他一起离开这里不管去哪里都好，她说她不在乎他现在还不爱她。

她在他的面前放下所有的自尊，卑微到尘埃里去。

她近乎奢求地渴望他的爱。

大概得不到的永远都是最好的，她是个好女孩，他多想她能梦醒。

可是如今，他怎么也没想到，她不但没有醒过来，还以这种惨烈的方式在他心里剜了一刀，让他永远对来自她的爱感到愧疚和不安。

乔雯不知道什么时候从房间里离开，坐到了窗外院子里的长椅上。

他知道，她需要一个人静一静。而他，只需要等她回来就好。

这个世上有很多事情可以分享，唯独伤痛，需要自己承担。

5

乔雯拿着陆遥的信走在街上，穿梭在密集来往的人群中，漫无目的地穿过人行过道，看着红绿灯不停地转换。她和陌生人擦肩碰撞，感觉不到脚下踏实的地面在一步一步承载自己的步伐。

她知道傅靳然在等她回去，可是她没有上楼的勇气。她害怕见到他后就想到陆遥。

陆遥你真是狠心啊，你自私地用这种方式决绝地离开，硬生生地拉开我和傅靳然才清白无碍的关系。偏偏我放不下你的离开，我满心的难受也无法对傅靳然讲。

乔雯嗤嗤苦笑，走过她身边的人都迅速避开，狐疑地看着奇怪的她。

这时乔雯想到了酒，她抬头急切地寻找哪里有酒吧。

偏这个时候，封楠来了电话："乔雯，封易喝醉了，我怎么劝他都不听。医院里有个手术急着叫我回去。乔雯……你能不能过去看看他？帮我送他回家？"

乔雯一听，讽刺笑道："好啊，他在哪里，我这就过去。"

她拦下一辆出租车，直奔CHAO酒吧。推开门，经过被调情男女占满的通道，乔雯在舞池对面的VIP专座看到了封易。

桌上堆满了空啤酒瓶，各种调制的鸡尾酒也绕着方形玻璃桌放了一圈。

封易的两旁坐着很多美女，纷纷往他身上贴去。他左手边的红衣美妞甜笑着要去抢他手里的酒。

乔雯走上前，从美妞的手里夺过酒杯，一饮而尽，"啪"地拍在桌面。

封易抬头眯眸，他显然已经喝了不少酒，眼神迷离游移："你是谁？"

"我是乔雯。"乔雯冷眼盯着他。

"乔雯？你也叫乔雯？"封易大笑，往后一仰，把两边的女孩用力一楼，倒在自己怀里说，“叫乔雯的人还真多。我认识的一个最没心没肺的女人，她就叫乔雯，你认识她吗？”

“让她们都走吧。我来陪你喝。”乔雯扫视了一眼面前的这些环肥燕瘦。

“你来陪我喝？凭什么？”封易挑眉，目光不羁地望向她，“我的眼光可是很高的，不是什么人都有资格陪我喝酒的。”

乔雯低头，把桌上没有开启的红酒拿出来并列摆好，然后直接扣着桌角一瓶一瓶地撬开，开始喝。

坐在卡座上看热闹不嫌事大的男女纷纷鼓掌吹哨，开始起哄。

封易的笑容一点点僵住了，在乔雯喝到第四瓶还不肯停下后他忽地起身夺过酒瓶猛地摔在地上：“乔雯你疯了！”

“是你疯了！”乔雯比他还要大声，“封易，没有我你会死吗？！你在这里耍什么酒疯？！”

“对，没有你我会死！”

“啪！”乔雯干脆利落地甩过去一个巴掌，眼神里喷射出火，恨不得掐死面前这个不懂事的男生。他知不知道生命有多么可贵？他知不知道今晚陆遥的离开让她有多难受？他又知不知道她多少次死里求生，只为更有意义地活着？他怎么可以轻易地说出“死”这个字？

所有人都目瞪口呆地看着面前怒火冲天的两个人。

封易缓缓转过头，瞪着平生第一个打他巴掌的女人，下一秒伸手一把搂过她的脖子，以吻回击。

所有人再次惊呼出声。

乔雯睁着眼睛，用力推开他，皱着眉头用手背抚过嘴，没有生气恼怒，而是用冷漠来处理这个吻。

“没有谁会因为谁活不下去，你也不例外。走吧，我送你回去。”

说着，她踢开这些女人挡路的腿，腾出一条道来，拉过他不由分说地往外走。

封易一个劲地想甩开她的手，两个人拉扯着出了酒吧。

“你放手！”封易愠怒甩手，灯光清晰地照耀着他醉红了的脸。他抹了一把脸，转过身去。他恼极了，拼命克制内心的思念，拼命压抑要去找她的欲望，把自己埋在酒瓶堆里试图借着酒精找回人生目标，可是她就这样出现在自己面前，一个巴掌一个吻轻易地将他这些天做的努力摧毁殆尽！

乔雯望着他侧脸上的手指印，自己的手隐约还疼着。那个巴掌她很用力。

乔雯低头：“闹够了没有？封楠还等着你回去，他很担心你。”

“原来你是受人之托。我说呢，你怎么会知道我在这里。”封易冷冷一笑，“乔雯，十一天又十个小时！你知不知道我有多想你！我说过我不会再见你，可才那么点时间我就几乎要熬不下去了！乔雯你告诉我，你有没有想过我？哪怕只是一点点？只是一个片刻？”

“陆遥离开了，就在刚刚。她带着对我的恨离开了，和我绝交了。”乔雯被封易扳着肩膀摇得几乎四分五裂，她空洞的眼神越过他情绪激动的脸，心如死灰，“所以我现在没有力气回答你的任何问题。你先回家吧，行吗？”

“乔雯……”

乔雯想逃，想推开他的双臂，封易按过她的头靠在他肩膀，拥她入怀。

不容拒绝的拥抱让乔雯死死地瞪着前方朦胧的霓虹，号啕大哭。她拽着他的衣角，哭得撕心裂肺，泣不成声。

眼泪是这个世上最没用的东西，它解决不了任何问题，可是它能让人心缓过最难熬的节点。

封易收起自己的脾气，抱紧崩溃的乔雯，无视他人的眼光，任凭她的眼泪弄湿他的衣服，任凭她哭了很久。最后他背起哭累的她走在回家的路上。

他知道她和陆遥的关系，但从来没有想到她们竟是这样的结局。

从好朋友变成陌生人，经历这么无法言明的转折，她有多痛，自己毫不知情就罢了，她强压伤痛过来找他，他还吼她。封易觉得自己很混账。但同时，他心里荡着微妙的甜蜜：乔雯没有在傅靳然面前哭，而是在他面前哭。

不管出于什么原因，至少在乔雯最难过的时候，是他陪伴着她，不是别人。

封易不用回头就知道她修长微翘的睫毛还挂着泪珠，他的心软到了极限："……是你主动来找我的，我可没有食言。"

深夜层层叠叠的光将他们重叠的影子拉得好长好长，他背着自己心尖上的那个人，真想就这么一直走下去，没有尽头。

第十二章

系我一生心

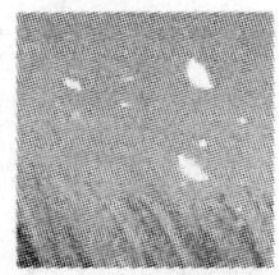

■□■ 1

乔雯醒来已经是第二天的事了，她摸着凌乱的头发坐起，发现自己在封易的房间里，而房间的主人躺在身旁睡得正香。

当下乔雯就把他给踹下床了。

封易大叫着从地上缓缓爬起，扶着受伤的腰："乔雯你疯了！"

"你怎么会睡在我旁边？我们……"乔雯面色凝重，努力回想昨晚的片段。

"我们……"封易暧昧一笑，爬上床，凑到她面前又流露出无赖相，"你不记得……啊！疼疼！"

乔雯揪住他的耳朵就是三百六十度旋转，吓得封易赶紧缩回脑袋，后退三尺，乖乖地站着："是你抓着我的手一直不肯放，我没办法才在你身边睡下的。这床有一米八宽，你总不至于让我睡地下吧！"

乔雯打量着某人委屈的模样，记忆开始一点点清晰。

"放心，虽然我很想做些什么，但我封易是个谦谦君子。封家的人不做这么没格调的事，所以我就是摸了你的小手而已。"封易右耳朵被揪得通红，一脸正气的模样显得有些滑稽。

乔雯看向墙上的时钟，已经是早上七点，她掀开被子下床。

今天是傅靳然出院的日子，她得马上赶回医院去。

"先陪我吃了饭再走。"封易跳上床，飞快地拉住乔雯，"不许说不，我知道今天傅靳然要出院，还有……陆遥的事。你可别忘了，昨天晚上是你主动来找的我，招惹了我想这么睡醒就走？我不答应。"

“你……”

“我什么我，刷牙洗脸，衣柜里有你尺码的衣服。你弄好再下来吧。”封易完全不给她开口说话的机会，大步流星地往门口走去不忘回头叮嘱，“对了，后花园我养了一条藏獒，你可别想着从窗户跳下去逃跑。”

乔雯觉得昨晚悲伤过度一时冲动答应封楠做好事的决定就是错误的。

可是说好不再见面的他，为什么会准备她穿的衣服？

乔雯打开衣柜，看到挂得整整齐齐密密麻麻的衣服，上边还有吊牌，每一件都是她的尺寸，不禁久久怔住。

其实封易没有未卜先知的本事，这些衣服都是他这几天憋着不去找她时买的，每天跑到百货商场里去看到漂亮的女装就买下来，弄得所有女装柜台的导购员都认得这个帅气多金的小男生，纷纷遐想被他宠爱的女主角是哪位幸运儿。

他把衣服带回家铺在地上，想着如果乔雯穿上它们一定很漂亮，思念就这么周而复始，心绪难平。

下楼来的乔雯还是穿着自己的衣服，她没有换衣柜里的衣服。

那些衣服就是封易美丽的邀请，一旦碰了，底线也就消失了。乔雯坐在封易的对面，“那些衣服不适合我。”

封易脸色沉了一下，但没有说什么，只是把舀好的粥推到她面前：“吃早点吧。”

乔雯低头，刚喝了几口粥，阿姨从门外跑了进来，冲封易说：“小少爷，不好了。”

“什么不好了？”封易皱眉。

“门外有很多记者围着，怎么赶都赶不走。”阿姨紧张地揪着围巾，手里还拿着修剪花枝的大剪刀。

封易和乔雯四目相对，他拿过放在一旁的手机，飞快地打开网页，神色一凛。

乔雯问：“怎么了？”

封易把手机递给她，只见上面全是她和封易在酒吧的照片。

她被他强吻的照片；门口她被他拥抱着大哭的照片；甚至还有他之前去公司楼下找她的照片。

铺天盖地，密集排版。

头条全都是——

“上海最年轻的富二代之神秘女友浮出水面”“封家二少的高挑情人”“封家二少为她买醉拒美”之类的香艳关键词。

原来门口的这些记者是冲着他们来的，乔雯把手机扔在桌上，横生这样的枝节是她没想到的，看着面前嘴抿成一条直线的罪魁祸首：“原来你这么红的。”

封易一怔，不好意思地耸耸肩：“我也没想到自己一不小心就成网红了，没办法，现在这个信息时代，我这样的天之骄子很难低调。”

“你！”乔雯“噌”地从椅子上站起来，如果不是他昨天那个莫名其妙的吻……

“算了，你带我从车库出去吧。”看在他喝醉的分上，她就不计较了。况且现在她只想赶紧回医院去。

成功绕开记者，溜出小区后，乔雯上出租车前严肃警告封易不管用什么方法赶紧把这些新闻给压下去。

■□■ 2

陆遥的床位已被撤掉，重新铺上了洁白的床单。

她走得太过决绝。

在刚才来医院的路上，乔雯坐在车上才静下心来回想这些年和陆遥的点点滴滴。

她在人群中出手救她的样子；她们彻夜坐在异国他乡的楼顶饮酒的样子；她们抱在一起睡在贫民窟忍着饥寒说笑的样子。

……

乔雯从小到大没有什么朋友，所以她格外珍惜陆遥。可惜命运不公，她别无选择。

掏出电话，她犹豫了很久，最终还是没有拨打陆遥的电话。

她知道即使打了她也不会接。

冰岛，一个千里之外的地方，她要逃到离她最远的地方，永远不见。千言万语，最后乔雯只打开了短信，发出了两个字："保重。"

如今看着她躺过的床位，乔雯吸了吸鼻子，让自己的情绪慢慢平复下来。

傅靳然已经换下了病号服，穿好了衣服。他听到动静回头，淡淡扬唇："回来了。"

仿佛什么事都没发生，她只是出去一晚，他只是等她回来而已。

乔雯迟疑地在门口站了会儿，上前："昨晚我……"

"不用解释，我明白。"傅靳然示意她不必再说，而他眼下的乌青掩饰不住一夜未眠的独撑。乔雯踮脚环过他的脖颈，抱住。

她昨晚只顾自己伤心了，甚至想着一醉方休而鬼使神差地去了

CHAO 酒吧。

她是肆无忌惮地哭到睡去，他呢？

“我去帮你办出院手续，你等我。”

乔雯给傅靳然办手续的时候，封楠来了。他给乔雯带来了钱成华被抓捕归案的好消息。

乔雯惊喜不已，暂时忘却了因为封易的尴尬。

“太好了。”

封楠笑容儒雅，看向傅靳然：“是啊，加上今天傅靳然出院，真是双喜临门。”

乔雯签完字，伸手要从傅靳然的手里提过包，傅靳然皱着眉拒绝：“我没那么娇弱！用你来提包？”

这时封楠伸手：“那就让我提吧。毕竟你现在还有伤在身。”

傅靳然看了一眼他，手轻轻松开，包落在封楠的手里。

封楠开车，载两人回乔雯的家。

车到时代广场被拥挤的道路给逼停，封楠修长的手指轻轻敲击方向盘，看向后视镜欲言又止。乔雯注意到他的眼神，慌乱地别过头，就这样看到望向车窗外的傅靳然视线落在广场上的 LED 大屏幕上。

她和封易“接吻”的照片被放大数倍于屏幕上，某娱乐新闻在下方不断滚动报道。

乔雯的脑袋一下子就炸了。

她还没有解释过这个误会，误会就以爆炸的方式造成不可收拾的地步。

时间仿佛定格在这一刻，世界停止转动。

身后的车开始不停地按喇叭，封楠回过神来踩下油门，车缓缓往前。

傅靳然收回视线。

乔雯攥紧衣角，很想要开口说点什么却不知道从何说起。她甚至都无法解释这个照片的来由。就在车内气氛异常沉默时，傅靳然开口说话了：“我们中午吃什么？”

“什么？”乔雯怔了怔。

“我说，我们中午吃什么。今天我想在家里吃。”傅靳然看向她，眉眼温和，一点生气的模样都没有。

“哦……好。”乔雯木木地点头，心虚到不行，明明她没有做错什么，不知道该怎么解释的不安竟顺理成章地变成了心虚。

封楠清了清嗓子：“那我开车去超市吧？”

“不用了，先送我们回家吧。等一下我自己去买菜。”乔雯扯了扯嘴角，迅速低下头。

她想，如果这是暴风雨前的宁静，那就不要让宁静僵持太久，这样暴风雨的程度才不会严重到突破天际。

封楠有些担心地应声说好，在送到他们家楼下后，趁着交接行李包的时候偷偷地拉住乔雯：“真的没事？”

“没事。”乔雯尽量展现轻松的表情调侃，“你还怕他打我啊。”

封楠皱眉。

“你回去吧，顺便让你那个弟弟把这件事尽快解决，我才是真的没事。”乔雯见傅靳然已经上了楼，从他手里接过行李包赶紧追上去。

进屋、换鞋、坐下，傅靳然一直沉默。他不想进房间躺下，乔雯便从房间里拿出一条毯子，给坐在沙发上的他盖好：“你休息，我去买菜。”

“嗯。”乔雯起身去厨房倒了一杯水回来递给他，“那我去买菜了？”

“嗯。”

“……你有特别想吃的东西吗？”

“没有，你看着办吧。”傅靳然依旧语气温和，只是不看她。

“……好。”乔雯咬唇，拿上包出门。在玄关穿鞋时听到傅靳然把电视机的声音开得很大。

她住的是老小区，离超市很近，不过五六分钟的路程乔雯走了十分钟。路上的低头族好像都在关注这新鲜出炉的新闻，有些眼尖的人认出她来，对其指指点点。

乔雯像受惊的鸵鸟恨不得把脸埋进胸口，绕着路走。在超市里又以各种迅速买菜走人。

关上家门时乔雯才敢如释重负地喘上一口气。

傅靳然依然在看电视。

乔雯提着袋子进到厨房，一边分食材，一边偷看正襟危坐的某人，“我买了很多东西，都是你爱吃的。”

“嗯。”

尽管听出他的敷衍，乔雯还是努力继续挑起话头：“今天中午有红烧排骨、韭菜炒鸡蛋、葱香鳗鱼，还有……”

“好。”

又是一个字，连多一个字都不肯给。

乔雯把排骨倒进大碗里，几乎要被这种不痛不痒的挤兑压抑疯了。然而做菜是不能带有情绪的，她这样心不在焉的下场就是切西红柿时切到了手。

“啊……”短促而尖锐的疼痛感惹得乔雯轻呼出声，她看着左手食指鲜血像温泉水一样泛出来，鼓成小山包。

出神间，一只手伸过来：“怎么了？”

乔雯抬头，傅靳然皱眉察看她的伤口，神情关切：“你等一下，我去拿创可贴。”

傅靳然转身间，乔雯从后面拥过他：“你看到的都不是真的。你要相信我。”

“我是很生气。”傅靳然推开她的手，拿过架子上的药箱从里面找出创可贴，替她包扎，“看到照片的那一刻我气得要命，我想问你以你的身手会拒绝不了封易？我想问你是不是比起我这个落魄的男人，你对热情多金又帅气的小男生心动了。我想问你……我太生气了，因为太生气所以忘了你为了见我整整逃了一年的时光，忘了你明明已经安全了还要跳下车回头来找我，忘了你义无反顾陪我进入被恐怖分子包围的大楼，忘了你在以为我带着 Sami 走了还坚守对我的感情，忘了你一直都很爱很爱我。”

他抬头，漂亮的招魂眼少了刚硬的戾气，多了极尽的温柔。

该死，他又一次让她出乎意料了。

男女之间相爱的关系是很微妙的，在这样微妙的关系里维系和信任是长久的两座基石。最让她感动的不是他的深明大义，而是他说出了那么多她爱他的瞬间。

乔雯咬唇，哽咽着破涕为笑：“我还以为你使脸色给我看呢……”

“吓吓你也不为过吧。”傅靳然挑眉抱臂，“我现在可是公开被戴了绿帽子的。”看着她战战兢兢坐立不安的模样，还是挺带劲的。

“……”乔雯哭笑不得，从没见过一个男人说自己戴了绿帽子还说得那么坦然无比的。

“放心，我们会好好的，就算为了 Jack 和陆遥，我们都要一直好下去。”玩笑过后，傅靳然的大手放在乔雯的头上，宠溺摸头。

乔雯伸手想要拥过他，却被他用手指头戳中额头，无情推开：“别想着卖乖，好好烧菜，味道不好，旧罪新错一起罚。”

乔雯默默无语地重新拿起菜刀，受伤后他好像换了一个人。

事实上，乔雯对做菜并不拿手，在报社工作后大部分时间都在食堂或者路上解决了，偶尔做的也就是煮两根面条。

这几道菜对她来说可是大菜。

傅靳然笑眯眯地回到客厅，默默挪到乔雯放包的单人沙发上，伸手搜出她的手机，翻到上面封易的号码，迅速编辑一条短信发出去，然后立刻删掉。

几分钟后，坐在家中书房看着投影布上偷拍的照片的封易收到了来自乔雯的短信：晚上七点攀岩馆见。

封易微微一怔，乔雯主动约见面？

为了照片的事情，她一副要把自己给吃掉的样子，难道是为了当面惩罚？封易胡思乱想了一圈也没有想出头绪来，便欢快地跑去楼下的储物间翻找攀岩的装备。

3

晚上六点五十分，露易丝敲开乔雯的家门。

这会儿，乔雯刚伺候傅靳然切好饭后的水果，马不停蹄地又跑去给她开门，露易丝进门见某人系着个围裙，跟个陀螺一样，不禁笑了:“傅靳然，也只有你能让我们乔雯变成家庭主妇还毫无怨言了。”

傅靳然十分淡定地啃着苹果：“你来了。”

露易丝叹了口气，走过来坐下，看着面前这两个人：“我能不来吗，你们伤的伤……总之，我得来看看，有能帮什么忙的地方没有。”

伤的伤，走的走，不好提到这个敏感的字眼。露易丝摆摆手示意乔雯坐下来歇会儿：“看你这忙里忙外的，坐下来喝口水吧。”

事实上乔雯从中午开始就没歇过，傅靳然一直支使她忙这忙那的，一不顺心就拿伤口疼做挡箭牌，他有尚方宝剑在手，乔雯即便是将信将疑也只好服务到底。

“请问傅先生您还有什么指示吗？”乔雯屁股刚贴到沙发，就看到傅靳然的眼睛看过来，立刻笑眯眯地站起身问。

“没有了。”傅靳然重新直视前方，乔雯这才在露易丝身边坐下。

露易丝撩拨她凌乱的刘海，啧啧两声：“你什么时候成了这副逆来顺受的样子了，真是不认得了呢。”

“你过来难道是说风凉话的。”乔雯斜眼。

“当然不是，我来是带你出去，我们两个姐们说说私房话。”露易丝迅速地看了一眼傅靳然，后仰过去给乔雯解围裙。

乔雯怔了怔：“出去？”

“去吧，放你三个小时的假。”傅靳然故作漫不经心地附和。

乔雯有些懵，不明就里地被露易丝半推半拉地带出门去，门刚关上，傅靳然就掀开毯子，关掉电视，起身也准备出门。

没错，露易丝是他找来的救兵，既可以陪乔雯说说话又可以把乔雯支走。

这满城风雨的新闻，他不可能真的坐视不理。

七点，傅靳然准时出现在攀岩馆。

封易戴着蓝色的棒球帽也到了。

傅靳然望过去，某人正满脸欢喜地四处环视，直到看到他，脸上的喜悦渐渐隐退。

“你怎么在这里？”封易皱眉。

傅靳然眉目清冷：“因为是我约你来的。”

“你？”封易顿时有种上当的感觉，他闭眼侧过脸去，“你找我做什么，该不会是想要找我算账吧？”

“不然我找你喝茶吗？”傅靳然冷冷地瞥他一眼，阴冷地怒道，“你现在跑还来得及。”

“我敢作敢当，凭什么要跑？”封易冷笑反问。

傅靳然点头，面露欣赏之意，这个答案在他的意料之中，虽然这个家伙第一眼看到时就觉得很讨厌，年纪小，对乔雯的喜欢表现得不依不饶，但做他的情敌，有资格。

“好，C 区。比谁更快爬上去摸顶。”傅靳然指着面前的道具墙，“我让你十秒。”

“不必了，你有伤在身，我可不想占你便宜。”封易傲娇拒绝。

真是年少不知天高，傅靳然苦笑摇头，和他绑好安全绳，各就各位。

傅靳然说：“谁输了，就要听谁的。”

封易不服气：“谁怕谁。”

两个身形高挑、俊容非凡的男人比赛的场景是养眼的。很快吸引攀岩馆里的女生们闻声过来观摩。

傅靳然喊“321”，和封易同时出发。

几乎是五六秒的速度，傅靳然立刻就把封易甩出了一大截。他矫捷的身手丝毫不像有伤在身。封易大吃一惊，听到底下众人的惊呼，自己也不由地张大了嘴巴，他是在和一个人比吗？分明就是一只能飞的鸟！

封易内心的世界观分分钟崩塌，他自诩运动精神极佳，攀岩更是拿手的项目，可是却被傅靳然秒杀！

封易摸到顶，一脸怨念地听到某人在旁边得了便宜还卖乖：“我说过让你十秒钟的，是你自己不要。”

“……”

傅靳然带着得意直线降落，收获一众迷妹的崇拜目光。只有他自己知道，他只使了三分之二的力而已。

封易跟着降落，和他一起解开安全绳，悻悻道：“我知道你要我做什么，不用你吩咐。乔雯一大早就和我说了。”

傅靳然睨他：“一大早说的，到现在新闻已经发酵出新的高潮，你仍然没有动静。”

封易不动声色，答得飞快：“压新闻，公关需要时间。”

傅靳然冷冷抬眸：“你根本是不想办吧。”

不等封易答话，傅靳然突然伸手揪过他的脖颈！

封易瞪大眼睛，只觉得一张脸瞬间逼近，然后——他被亲了！

此时鸦雀无声，还没有散去的女生们集体一个动作，那就是捂嘴瞪眼。

这明明辣眼却又让人浮想联翩的画面像被冻结在那儿一般，又纷纷被闪光灯记录下来。

当事人封易一把推开傅靳然，错愕不已，错愕到连质问都堵在喉咙口上不去下不来。

唯独傅靳然淡定地用大拇指抹嘴，投去警告的眼色，幽幽道："你亲了我女朋友，我必须得亲回来。这样才公平。"

他居然能想到用这种方法来报复，也算是天下第一奇葩了……封易血液直接冲向头顶，他的脸红了、绿了、紫了，最后反感地往地上吐了一口口水，"傅靳然你丫就是个浑蛋！"

傅靳然像个在感情里辜负了对方的浪子被骂，他目送某人快速离开的背影，转身看向各位看官装作才发现被注目许久的模样，故作无辜地解释："哎，你们别拍了，我们只是在打赌，玩真心话大冒险！你们别拍了！"

然后跑掉。

做完该做的事后傅靳然看手表，发现时间差不多了，便打车回家。

另一边，因为乔雯不愿意离开小区太远，露易丝便带着乔雯来到小区对面的咖啡馆里坐着，丝毫不知道外面已经悄然发生了翻天覆地的变化。

露易丝点了两杯卡布奇诺，乔雯一直心不在焉地注意时间。

露易丝无奈吐槽："你这样黏着他就不怕他嫌你烦吗？"

乔雯露出醉人的甜笑："能有个人黏是一件很幸福的事情。"

三个月的时间恍如隔世，面前的这个女孩，收起身上所有的棱角和光芒，平凡得不像话，和之前在萨塔的时候判若两人。

露易丝感叹爱情的魔力："之前一副要出家的样子，现在是实打实要成家的样子。唉，真是不认识你了。不过看到你和傅靳然经历这么多波折，现在还能好好地在一起，真心为你们感到开心。”

乔雯抿唇，喝到嘴里的咖啡都变甜了。

“话又说回来，你和封易亲嘴是怎么回事啊？乔雯你玩劈腿啊？”露易丝以为傅靳然叫她过来是接乔雯这个叛徒走的，却看到一团和乐的场景。

乔雯差点没把嘴里的咖啡吐出来。

“我没有。”乔雯满脸黑线，却也一时语塞，“这件事是个误会。总之……我没有劈腿……”

露易丝的八卦心态是不在乎事实的真相的，或者说比起事实的真相，她更在意乔雯自带的桃花体质：“乔雯你说你，我不比你长得差啊，为什么你在萨塔随随便便就能捡一个小帅哥对你这么穷追不舍呢？关键这小鲜肉居然是上海大医院的高质素富二代……”

乔雯盯着露易丝眉飞色舞地说了一堆，终于忍不住无情打断：“改天我把封易介绍给你认识，你亲自当着他的面去八卦吧。”说着起身要走。

露易丝立刻拉住她，讨好求饶，“好了好了，我不说了行了吧，你坐下！”

露易丝拍了拍乔雯的手背，从包里拿出一个小袋子：“喏，这个还给你。”

小袋子里装的是傅靳然的别扣。

乔雯望着这个别扣笑了，露易丝挑眉：“现在对你来说，傅靳然的身份只剩下一个了吧？”

“什么？”乔雯反应慢半拍。

“未来老公啊。”

乔雯的脸一下子就红了，她推开露易丝凑过来的脑袋，闷声瞪眼：“露易丝你应该跳槽去当娱记！一定比你现在有出息！”

“哈哈，我也这么觉得。”

露易丝拖着乔雯坐在咖啡馆里又聊了一些在萨塔的琐事，便在门口分别。

傅靳然收到露易丝报告行踪的短信时，已经换回之前的居家服，盖好毯子，手里端着大麦茶，完全没出去过的模样。

可乔雯从玄关处进来时，却是一脸阴沉和惊愕。傅靳然睨了三次，无法避免某人充满杀气的眼光：“怎么了？”

乔雯把手机扔到他怀里。

傅靳然拿起来一看，哦，现在网络传播的速度真是比想象中还要快，不过是一会儿的工夫，他和封易的亲吻照已经变成最新的头条了。

“露易丝是你的帮凶吧？她三番两次拉着我不让走，演技太拙劣。”乔雯盯着傅靳然，倒吸一口凉气恍然道，“原来你之前和我说的那些好听的话都是哄我的，你就是打着暗度陈仓的主意！”

傅靳然皱眉，“暗度陈仓这个成语好像不是这么用的吧？”

“……你少给我打岔！”乔雯被怼得一时语塞，又瞪着眼道，“你说，你根本就不相信我和封易对不对！所以你才会瞒着我偷偷去找他打击报复！”

如果是换成以前的傅靳然，遭到误解，他要么沉默走人要么高冷反驳，可这样的结果只会把情况弄得更糟。现在的傅靳然很清楚，非常时期必须保持内部团结才能化解危机。

他深深地吸了一口气，放下茶杯起身，郑重其事地说道：“不，我是去解决问题的。”

乔雯怒极反笑：“解决问题？去亲封易？”她看到推送消息的时候确认了十遍，才相信照片上的男男对嘴，其中一位是……是，他！

“对。”傅靳然点头，重新拿起沙发上的手机，飞快地往下拉，嘴角邪魅勾起，“你看，出效果了。”

乔雯半信半疑地看向屏幕，评论的数量不断增加，而评论的内容都是说这是封易花花公子的酒后游戏，男女不限，玩得挺嗨等等诸如此类的话。更有甚者说新闻媒体断章取义，报道失实。

舆论风向神奇地把这两件事合并在一起，用“不过是富家子弟的玩闹游戏，看官们被耍了”的中心思想淡化了之前的报道。

乔雯不可置信地看向傅靳然：“……你料到会这样？”

“我一个人料到可不行，还要封易一起料到才行。”傅靳然点破这不是他一个人的功劳。

乔雯明白了，即便是傅靳然想要这种效果，但凭他一个人的力量哪儿能办得到？这些默契的评论，是傅靳然这家伙对封易施压的结果。

事情能这么快得以解决，乔雯自然是开心的，可是看着面前用如此脑洞大开的方式解决问题的傅靳然，请原谅，她有些适应不了，有些……笑不出来。

傅靳然瞄着某人别扭的神情，坐下往后仰去，“怎么，把你从富二代女友的神坛上拉下来，觉得可惜了？”

乔雯倏地往他身边坐下，打量他一如往昔棱角分明的脸，“傅靳然，我只是没想到你为了我，会做出这么奇怪的事情来。”

傅靳然缓缓侧目，眼底闪过一丝狡黠的笑意，“我可是会做更奇怪的事情，你忘了？”

“喂，你干什么，傅靳然，你腰上还有伤呢！”

“医生说了，多运动对伤口复原有好处……”

“你……”

随着衣服以抛物线的曲线落在地上，乔雯的嘴被严严实实地堵上，乖乖就范。

他要从她的身上讨回解决问题的利息，这样才不吃亏。

■□■ 4

上海终于进入深冬，钱成华被捕并交代了所有的事情。

所有的所有，终于结束了。虽以惨烈的方式，好在结局还算圆满。

乔雯唯一的愧疚是陆遥带着恨意决绝地离开。

这些天她努力地把陆遥尘封在心底深处，将所有的注意力都集中在照顾傅靳然身上，可是她心里知道，陆遥做到了。她就是要用这种方式让自己心里永远都有一个窟窿，怎么样都填不满。

那天傅靳然也看出了乔雯的心事。他拉着她去深冬的山上跑步，他们一口气跑到山顶。这期间傅靳然一句话都没有说，直到站在最顶端，乔雯喘着气，看到冉冉升起的日出。

艳光如火。

“有时候好好地告别，只为更好地相见。”

那是傅靳然开口说的第一句话。

乔雯听到了，却没有回头。她只是怔怔地望着那轮日出，然后紧紧地握住了傅靳然的手。

下山的时候，傅靳然推乔雯在内里走，乔雯看着自己的脚尖："在萨塔的时候，你告诉了陆遥所谓巴黎的真相，那时我以为我们真的走到了尽头。"

傅靳然垂眸。

"到后来我才知道，我们在萨塔的重逢对你而言，是多么艰难的面对。是我害死了你最好的战友。"乔雯驻足站回上一个台阶，看向傅靳然。

傅靳然摇头："真正的凶手是托塔木，不是你。如果不是你的那一枪……可能我也死了。"如果不是她的那一枪，他提早降落直升机，连同他自己都会死去。

真相永远是残忍的，他亲眼看到的真相不是最后的真相，他差点想要亲手杀了她来完成自己对战友的承诺。

他皱眉苦笑，满怀庆幸："还好，还好我们没有失去彼此。"

乔雯伸手抱过他，用力点头。她曾经恨他夺走了她的梦想，恨他让她任务失败颠沛流离，她站在自己的立场看不到全部事情的真相。她差一点，就失去了今生唯有的爱情。

盘旋的山梯，旁边就是浓密深不可测的树木。

他们终于在最好的时候，拥抱在一起。

"我们快点下山吧，时间有点赶。"傅靳然忽然说。

"什么时间？赶去哪？"

"巴黎。"

"巴黎？你……什么时候订的机票？"

"昨晚你睡着的时候。"

“现在这个时候去那里干吗？”

“娶我最爱的女人。”

“你最爱的……”乔雯愣了半晌才反应过来，“你没有忘记过你的誓言？”

“从来没有。”

“那为什么是今天？”

“我知道你很想嫁。”

“嗯，很想嫁了，只想嫁给你。”

■□■ 5

知道乔雯要去巴黎，封易和封楠坚持要来送机。乔雯挽着傅靳然和他们道别。

封楠说：“乔雯你去了巴黎后还继续当记者吗？”

乔雯看向傅靳然：“不知道，可能会和他开个花店，每天看着巴黎夕阳西下，然后去香榭大道走一走，过过平凡的生活。”

封楠点头：“远遁江湖，红尘相伴，这样挺好，挺好。”

相比封楠的彬彬有礼，满口祝福，封易则黑着脸把下巴抬得高高的。乔雯拍了拍他的肩，打趣道：“喂，怎么说我也做过你的绯闻女友，我要走了，你不说点什么？”

“我没什么好说的。”封易别过头。

乔雯伸手使劲摸乱他的头发，看到他大怒瞪眼，她才笑笑收手：“我可是有话要对你说。”

封易一愣，闷声道：“什么？”

“好好念书，听你哥的话，别再去酒吧那种地方鬼混！”乔雯严肃警告。

封易无语地推她走，“谁让你婆婆妈妈了，赶紧走吧！”知道她要走，他郁闷了一夜都无法接受，好不容易说服自己来相送，可不是来听她充当长辈训导的。

傅靳然拎过乔雯的衣领，把她重新圈回怀里，看向封楠：“那我们走了。”

封楠挥手，封易愣是别着头，偷偷用余光目送他们转身。

突然封易感觉到怀里一暖，他怔了怔，是乔雯毫无预兆地折返给了他一个大大的拥抱。

短促几秒，封易听到她说：“封易，再见了。”

再见了，带给我快乐、烦恼、感动和惊喜的少年。

封易呆在原地许久，心里的芥蒂莫名地被这个拥抱释怀了，他哑然失笑，恍然想哭，就在刚刚，他放下了一个深深爱过的女孩。

猝不及然，又仿佛准备已久。

“走吧，封易。”

封易回神，望着哥哥封楠，终于放下了强挤出的笑容，也拍了拍他的肩：“哥，下次记得赶早。”

封楠愣住，含糊摆手：“你在说什么，我听不懂。”

“不懂就不懂吧。”封易耸肩。

没有人看到封楠眼底暗暗苦涩的落寞。

这个世界上每时每刻都会发生爱情，有些爱情是双方的热闹，有些爱情是单机的坚持，而有些爱情无须被人知道，包括自己。

独角戏，只是感动了自己，也为难了自己。

飞机上，傅靳然闭目养神。

但乔雯却觉得奇怪。

“傅靳然，你怎么了？不舒服吗？怎么和封楠他们告别以后你好像一直不对劲。”

“你才发现我不对劲？”

“……”乔雯有点摸不着头脑，“那你为什么不对劲呢？”

“你刚刚抱了别人。”

乔雯欲哭无泪，“傅靳然，以前怎么没发现你醋劲这么大？”

“因为以前你还不是我的合法妻子。”

“现在也还不是吧？”乔雯心里裹了蜜一样。

“是吗？所以你就可以当着我的面为所欲为了？”傅靳然说着忽然扭过头来，将乔雯直逼到窗口。

“傅靳然，你要干吗？这可是飞机上……喂，你矜持一下行吗？后面还有小朋友看着呢……”

“我亲我媳妇，合法行为。”

“……”

飞机缓缓加速，穿越云层，穿越四季，穿越整个时光。

窗外蓝天白云，窗口玻璃上，映着他们甜蜜的样子。

余生终是你，还好就是你。